古典文獻研究輯刊

九 編

曾 永 義 主編

第 6 冊

隋唐五代讖文學的文化闡釋

周 睿 著

國家圖書館出版品預行編目資料

隋唐五代讖文學的文化闡釋／周睿 著 — 初版 — 新北市：花
木蘭文化出版社，2014〔民103〕

目 4+194 面；19×26 公分

（古典文學研究輯刊 九編；第6冊）

ISBN：978-986-322-538-6（精裝）

1. 中國文學 2. 文學評論 3. 隋唐五代

820.8   103000747

ISBN-978-986-322-538-6

9 789863 225386

古典文學研究輯刊
九 編 第 六 冊   ISBN：978-986-322-538-6

隋唐五代讖文學的文化闡釋

作　　者　周睿
主　　編　曾永義
總 編 輯　杜潔祥
副總編輯　楊嘉樂
編　　輯　許郁翎
出　　版　花木蘭文化出版社
社　　長　高小娟
聯絡地址　235 新北市中和區中安街七二號十三樓
　　　　　電話：02-2923-1455／傳眞：02-2923-1452
網　　址　http://www.huamulan.tw 信箱 hml810518@gmail.com
印　　刷　普羅文化出版廣告事業
初　　版　2014 年 3 月
定　　價　九編 27 冊（精裝）新台幣 48,000 元   版權所有‧請勿翻印

隋唐五代讖文學的文化闡釋

周　睿　著

作者簡介

周睿，1979 年生於重慶。西南大學中文系副教授、碩士研究生導師。2007 年在四川大學獲文學博士。2010 年在美國奧勒岡大學東亞系任訪問學人，2013 年在臺灣國立屏東教育大學任客座副教授。中國杜甫研究會理事，中國唐代文學學會、中國韻文學會、四川省杜甫研究會、重慶市古代文學學會會員。重慶市首批社會科學普及專家。主持教育部、重慶市社會科學研究項目數項，目前已出版專著一部（中華書局出版），發表研究論文二十多篇。主要從事中國古代文學、傳統文化國際化與當下化、重慶地域文化等研究。想要走遍世界。

提　　要

　　讖是對未來的吉凶有所徵兆及應驗的隱語或預言，是古代的方士、儒生編造出來的具有預言性質的文字和圖記。讖文學是文學樣式與讖的結合，是假借文學的語言物質外殼來宣揚讖的思想精神內核，並通過這種語言載體進行傳播，從而達到某種先兆的預測或某種目的。本文擬整體研究讖文學在隋唐五代的具體表徵以及隱含其中的深層次社會文化心理。首先，對讖文學的概念、範圍進行界定，簡單梳理先唐讖文學的發展演變史，指出讖文學作為獨立的文學樣式在隋唐五代文學研究中的地位和意義；其次，考察隋唐五代讖文學發生、發展的制度背景，探尋這一時期讖文學滋生和傳播的沃土。再次，探討讖與文學結合的基本內涵和文化意蘊，指出讖文學在體裁上的分類和文本類型。接下來進入到整個論著的核心所在 論述讖文學的文本實質，分別從陰陽學、心理學、民俗學、語言學、美學等角度切入，仍然以文學文本研究為核心。最後，論述讖文學的文學價值和藝術成就，從技術層面上總結讖文學的生成與傳播機制，並通過以「杜詩讖」為個案研究來管窺讖文學在中國傳統思維的印記，兼及「讖文化」對現代社會心態的影響。本文將憑藉扎實的文獻資料論證，通過細讀和搜集散見於各種典籍中的與隋唐五代史料相關的讖文學作品，對隋唐五代讖文學進行全面、深入、細緻的研究，力求客觀科學地評價讖文學的文學成就和文學史地位。

2010 年教育部人文社會科學研究
西部和邊疆項目青年項目資助
批准號：10XJC751010

目

次

前　言

緒　論

在中國文學史上，有一脈獨特的文學樣式，歷來爲封建帝王和正統文人所提防或不齒。然而，也正是這一脈似乎隱含著若干玄機的文學文本，素來以鄉謳民謠爲載體，在民間大行其道，同時也被賦予了形態各異的附加闡釋。這，就是讖文學。本書擬在堅實的歷史文獻資料的支撐下，對讖文學進行全面而深入的研究，並打算以對隋唐五代時期的讖文本爲個案的研究爲契入點，對隋唐五代文學中這一奇特的文學樣式作具體的深層次的探討。

讖，《說文解字》釋爲「驗也」〔註1〕，是對未來的吉凶有所徵兆及應驗的隱語或預言，是古代的方士、儒生編造出來的具有預言性質的文字和圖記。何謂讖文學？讖文學是文學樣式與讖的結合，是假借文學的語言物質外殼來宣揚讖的思想精神內核，並通過這種語言載體進行傳播，從而達到某種先兆的預測或某種目的。有時候這個概念又跟詩讖、謠讖、讖語、讖言詩糾纏不清，你中有我，我中有你。讖文學分爲兩大類：一是統治者爲驗證自己的天命性、作爲改朝換代的合法工具而刻意製造的符瑞讖言，上可追溯到「河圖洛書」、漢代特盛的讖緯神學，但由於其神秘主義特徵與政權危亡息息相關，故歷代亦屢禁其行；二是普通民眾基於生命的無法駕馭而產生的種種猜測和附會，如《冷齋夜話》所稱「富貴不得言貧賤事，少壯中不得言衰老事，康強不得言疾病死亡事，脫或犯之，人謂之詩讖。」〔註2〕把超自然、超現實的

〔註1〕許慎：《平津館校刊說文解字》卷三上，臺北：世界書局，1979年，第69頁。
〔註2〕惠洪撰，李保民校：《冷齋夜話》卷四，《宋元筆記小說大觀》，上海：上海古籍出版社，2001年，第2189頁。

魔幻主義思想依附在政治生涯或命運生死之上，試圖將不可知論轉換爲可觸可感的「安排」，從而形成一種典型的神學歷史觀和價值觀，千百年來積澱成爲中華民族傳統心理和歷史文化。這種思想直到今天，依然成爲民間茶餘飯後的談資。

　　本書擬整體研究讖文學在隋唐五代的具體表徵以及隱含其中的深層次社會文化心理。首先，對讖文學的概念、範圍進行界定，簡單梳理先唐讖文學的發展演變史，指出讖文學作爲獨立的文學樣式在隋唐五代文學研究中的地位和意義。其次，考察隋唐五代讖文學發生、發展的制度背景。隋唐五代，既出現過江河一統的穩定局面，也經歷過分崩離析的分裂時期，讖文學在隋唐五代時期呈現出來的獨有特徵，既不同於漢代讖緯佔據支配思想地位的時期，也不同於宋明讖緯爲理學所融合的時期，因此有必要在對隋唐五代的歷史文化背景分析中探尋這一時期讖文學滋生和發展的沃土。再次，探討讖與文學結合的基本內涵和文化意蘊，指出讖文學在體裁上的分類和文本類型。接下來是整個論著的核心所在，論述讖文學的文本實質，分別從陰陽學、心理學、民俗學、語言學、美學等角度切入，仍然以文學文本研究爲核心。最後，論述讖文學的文學價值和藝術成就，從技術層面上總結讖文學的生成與傳播機制，並通過以杜詩讖爲個案研究來管窺讖文學在中國傳統思維的印記，兼及「讖文化」對現代社會心態的影響和我們所要採取的應對策略。本書將憑藉紮實的文獻資料論證，通過細讀和搜集散見於各種典籍中的與隋唐五代史料相關的讖文學作品，對隋唐五代讖文學進行全面、深入、細緻的研究，力求客觀科學地評價讖文學的文學成就和文學史地位。總之，在前人研究的基礎上將讖研究引向深入，是本書的努力方向。

　　本選題的意義在於，一方面澄清過去在讖文學的成因和闡釋上的一些似是而非、懸而未決的爭論。作爲神秘主義和文學結合的畸胎，以讖言詩爲主的讖文學有其獨特的文化意義。歷代詩學研究對讖言詩或諱莫如深、或不屑一顧，有意無意地否定其在文學文本研究中應有的地位；在傳統文化的研究中，讖緯學也因其怪誕要眇的神學理論體系而常常受到冷落。如何正確認識和理解「讖文學」這種「詭爲隱語，預決吉凶」的「文化怪胎」，恢復讖文學應有的文學史地位，是本書著力關注的方向：既強調文學文本研究，亦重視文化社會研究，既不拔高，亦不貶低，既不因爲其文學價值不如同時期的優秀作品而放棄對其文學本質的闡釋，也拒絕因其神秘文化的屬性而宣揚不可

知論和封建迷信。

　　另一方面，不僅將對讖文學的文學成就作實事求是、恰如其分的評價，如詩藝表現、格律運用、修辭手法，等等，而且還將透過闡釋學、心理學、語言學、民俗學、陰陽學等學科視角，對讖文學所蘊含的深層文化心理進行探討。讖文學作爲隋唐五代文學研究體系中的一部分，應該得到文學文本上的正視和文化意義上的理解，並被平允地視爲文藝思潮和文學研究中的一種客觀存在的現象，從而得到批判性的歷史理性主義分析。這樣不僅有利於瞭解傳統神學歷史觀借助超現實的神力滲透於中華民族生活而形成獨特的歷史文化現象，而且也有益於正確理解當下「末日論」傳播的文化心理，找到合理的解釋和對策，實現古典文學文化意義的現代價值轉化。全面而細緻地勾勒隋唐五代讖文學的總體風貌，從其文藝理論、美學思想、創作動機、文化思潮等諸多方面予以界定，確立其在文學史上的應有地位，應該說是具有深遠意義的。

目前國內外研究的現狀和趨勢

　　對於讖文學的研究，國內外的學界亦做出過一些努力。

　　國外學界基於對全知全能的宗教神靈的篤信，對 Prophetic Literature（預言型文學，某種程度上近似於中國的「讖文學」）的注意較多，也有不少的相關成果問世。代表作如 James W. Watts & Paul R. House, *Forming Prophetic Literature*（Sheffield Academic Press, England, 1996）和 Marvin A. Sweeney, *The Prophetic Literature*（Abingdon Press, USA, 2005），都是通過對聖經文本的闡釋來細讀其中的預言，揭示出隱藏在《聖經》文本世界後的潛在文化密碼，是典型的將「預言」和「文學」結合起來進行探討的專著。Patricia Johnson, *Prophetic Poetry：Inspired by the Holy Spirit*（WestBow Press, USA, 2012），從宗教的視角去討論預言型的詩歌，認爲詩歌與預言的合二爲一是神的旨意。探討更接近於中國文化中的「讖」的概念的英文專著不算太多，值得一提的有，Jan Wojcik & Raymond-Jean Frontain, *Poetic Prophecy in Western Literature*（Fairleigh Dickinson University Press, USA, 1984），該書以西方文學的代表作家作品爲個案，分析諸如密爾頓、牛頓、馬克·吐溫、惠特曼等的詩歌與預言詩的關係；Uriel Simon, *Reading Prophetic Narratives*（Indiana University Press, USA, 1997）則是從文體的角度對預言文學加以分析，其中較多地涉及到一些

災難性、悲劇性的預言；Aaron Kramer, *The Prophetic Tradition in American Poetry*（Fairleigh Dickinson University Press, USA, 1968）淡化了宗教對於文學的影響，直接著眼於讖與詩的關係。

直接關注和研究中國讖的英文專著，最得力的當屬呂宗力的《語詞的威力：讖言與中國政治》*Power of The Words：Chen Prophecy in Chinese Politics, AD 265～618*（Peter Lang, Switzerland, 2003），該書全面論述了讖緯在中國政治中的影響，其中深入的個案研究最爲引人注目。還值得一提的包括 Tjan Tjoe Som, *Po Hu T'ung：The Comprehensive Discussions in the White Tiger Hall*（E.J.Brill, Netherlands, 1949）、Jack L Dull, *A Historical Introduction to the Apocryphal〔Ch'an-wei〕Texts of the Han Dynasty*（Ph.D Dissertation, University of Washington, USA, 1966）等，但這些研究都相對集中在先唐時代的讖緯，尤以漢代爲主。

受意識形態的影響，二十世紀以來國內學界都較少涉及讖文學的研究，因此成果並不多見，主要集中在詩讖的成因、詩讖的類型劃分、詩讖與讖緯、謠讖的異同、詩讖的闡釋與解讀、詩讖的影響等方面（王嫻《近十五年詩讖研究綜述》，蘭州教育學院學報，2010 年 1 期）。丁鼎、楊洪權的《神秘的預言：中國古代讖言研究》（山西人民出版社 1993 年）是較早對散見於古籍中的古代讖言作梳理和研究的專著，在文化研究視野上有所拓寬。謝貴安的《中國讖謠文化研究》（海南出版社 1998 年）立足民間文化的畛域，用歷史唯物史觀解讀讖謠文化現象。另外，鄺向雄《唐代讖謠初探》（首都師範大學 2004 年）、詹蘇杭《讖緯與漢樂府》（陝西師範大學 2005 年）、王佃印《宋代詩讖研究》（山東師範大學 2007 年）、周長豔《明清小說中的讖緯現象研究》（華東師範大學 2010 年）、李敏《唐宋文人詩讖研究》（西北大學 2012 年）等碩士學位論文，或以讖緯對文學的影響，或以某個歷史時期的讖言詩現象爲研究對象進行了專題探討。上世紀值得注意的關於讖文學研究方面的論文或將讖言從讖緯中獨立出來作爲研究對象，如丁鼎《古代讖言論略》（《中國社會科學》，1990 年 4 期）；或探討神秘主義對文學創作及評論的影響，如吳承學《論謠讖與詩讖》（《文學評論》，1996 年 2 期）。自本世紀以來，國內歷史學、民俗學及文學界對讖文學的研究取得了一些突破，但是主要仍限於從歷史學、社會學的角度來進行解讀，具有一定的學科局限性，如王克奇《齊地的方士文化與漢代的讖緯之學》（《管子學刊》，2004 年 4 期）在地域文化研究中

涉及到讖緯對於文化的影響；林冠夫《詩讖與文人命數》（《藝術評論》，2005年 1 期）涉及以詩歌為載體的讖對於文人創作的心理暗示。而從文學的角度來認識讖文化與讖文學的，如鄒志勇《宋代詩讖的類型劃分及心態解析》（《晉陽學刊》，2006 年 4 期），把宋代讖言詩分為不同的主題類型進行解讀；萬偉成《詩讖說的文學批評價值》（《南昌大學學報》，2008 年 6 期），指出正確評價詩讖對批評地接受傳統詩學遺產的必要性；舒大清《中國古代政治童謠與讖緯、讖語、詩讖的對比》（《求索》，2008 年 11 期）對比了與讖相關的幾組概念；孫蓉蓉《詩歌寫作與詩人的命運——論古代詩讖》（《學術月刊》，2010年 5 期）總結了詩讖的形成原因，即受到傳統天命論的思想、以及語言禁忌和「微言大義」等說詩傳統的影響。另外，王煥然《讖緯的流行及其對漢賦的影響》（《內蒙古社會科學》，2002 年 5 期）、向彪《試論<紅樓夢>中的讖謠表現藝術》（《船山學刊》，2002 年 2 期）、劉天琪《隋唐「讖語」墓誌及相關問題》（《唐都學刊》2009 年 4 期）等，對文學中的「讖」的表現藝術進行了探討，也有一定的參考價值。

由此可見，學界對讖這種文化現象已經有一定程度的關注，但是將讖作為一種文學樣式的研究還是相當欠缺的，迄今尚無讖文學的綜合研究成果。本課題擬堅持獨立思考的世界觀和方法論，批判性地研究讖文學，體現文學研究的科學態度和科學精神，致力於填補學術空白，為該領域今後的研究奠定基礎。

第一章　讖文學概說

第一節　讖文學的概念與範圍

　　對於讖的界定，歷來諸家各持一說。讖，許慎《說文解字・言部》：「讖，驗也。從言，韱聲。楚蔭切。」〔註1〕段玉裁《說文解字注》對其加以闡釋：「『驗也』，驗本馬名，蓋即『譣』之假借。『讖』、『驗』疊韻。『有徵驗之書，河雒所出書曰讖』十二字依李善《鵩鳥》、《魏都》二賦注補。」〔註2〕「譣」字，《說文》釋爲「問也」，段注補充曰：「問也。按：《言部》讖，驗也。《竹部》簽，驗也。驗在《馬部》爲馬名。然則云『徵驗』者，於六書爲假借，莫詳其正字。今按：『譣』其正字也。譣訓問，謂按問。與試驗、應驗義近。自『驗』切魚窆，『譣』切息廉，二音迥異，尟識其關竅矣。」〔註3〕《說文》及段注以「驗」、「譣」與「讖」互訓，認爲讖的本初特徵是「應驗」，並指出「讖」的原始出處是傳說中的「雒書」，但「驗」、「譣」之間的互訓關係不甚明朗。劉熙《釋名・釋典藝》：「讖，纖也。其義纖微也。」〔註4〕「纖」取纖微、細微之義。如《韓詩外傳》：「患生於忿怒，禍起於纖微。」〔註5〕「讖」和「纖」字形相近互訓，大概是基於二字自身包含了千絲萬縷的關係、牽一

〔註1〕許慎：《平津館校刊說文解字》卷三上，前引書，第69頁。
〔註2〕許慎撰，段玉裁注：《說文解字注》，上海：上海古籍出版社，2010年，第90頁。
〔註3〕許慎撰，段玉裁注：《說文解字注》，前引書，第92頁。
〔註4〕劉熙：《釋名》卷六，北京：中華書局，1985年，第99頁。
〔註5〕韓嬰撰，許維遹校：《韓詩外傳集釋》，北京：中華書局，1980年，第324頁。

髮而動全身的內涵。值得注意的是,《釋名》的互訓並沒有悲劇色彩,但是到了《韓詩外傳》這裡,則隱約跟災禍聯繫在一起,也爲將來讖的神秘化埋下伏筆。

對「讖」的釋義歸納最爲完整的是《康熙字典·言字部》:「《唐韻》:『楚蔭切。』《集韻》:『楚譖切。』《韻會》、《正韻》:『楚禁切,竝屬去聲。』《說文》:『驗也。』徐(鉉)曰:『凡讖緯皆言將來之驗也。』《六書故》:『前定徵兆之言也。』《釋名》:『纖也,其義纖微也。』《史記·趙世家》:『公孫支書而藏之,秦讖於是出矣。』《後漢·光武紀》:『宛人李通等以圖讖說光武。』注:『讖,符命之書也。』《晉書·武帝紀》:『泰始三年,禁星氣讖緯之學。』又《集韻》:『又鑒切,攙去聲。與懺同,悔也。』按,懺悔之懺本從心,集韻強同,非。又叶楚獻切,音霰。《山海經·堪豸魚軨軨獸贊》:『見則洪水,天下昏墊。豈伊妄降,亦應牒讖。』俗作讖,非。」〔註6〕從《康熙字典》的釋義來看,「讖」的內涵可以歸納爲五個關鍵詞:前定、纖微、徵兆、符命、應驗。歷史學家范文瀾先生總結道:「讖是謎語式的預言,源出巫師和方士」〔註7〕,恰如其分在闡釋了「讖」的幾個關鍵特徵之外,還進一步指出了讖的「始作俑者」。

由此可見,讖是對未來的吉凶有所徵兆及應驗的隱語或預言,是古代的巫覡、方士、儒生編造出來的具有預言性質的文字和圖記,是萬物有靈思想映射下陰冥力量在人世間以圖像或文字方式的呈現。

讖文學,則是讖與文學樣式的結合,它假借文學的語言物質外殼來宣揚讖的思想精神內核,並通過這種語言載體進行傳播,從而達到某種先兆的預測或某種目的。讖文學在語體特徵上遵從文學的本質規定,通過審美形象和敘事話語來反映現實生活,是古典文學中帶有鮮明傳統思想特色的一支。儘管內容上多有荒誕不經的闡釋,然而作爲文學研究對象,在學界幾乎未引起過重視。讖文學的敘事藝術形式包括讖與各種文學體裁的結合,如讖言詩、讖言詞、讖言文、讖言曲、讖言小說等。試舉二例。前蜀後主王衍自製《甘州曲》:

> 畫羅裙,能結束,稱腰身。柳眉桃臉不勝春。

〔註6〕陳廷敬、張玉書撰,王引之校:《康熙字典》酉集上,北京:中華書局,2011年,第 1187 頁。

〔註7〕范文瀾:《中國通史》第二編,北京:人民出版社,1994 年,第 287 頁。

　　薄媚足精神，可惜許、淪落在風塵。〔註8〕

據《舊五代史・僭偽列傳》載：「衍，建之幼子也。……秋九月，衍奉其母、徐妃同遊於青城山，駐於上清宮。時宮人皆衣道服，頂金蓮花冠，衣畫雲霞，望之若神仙，及侍宴，酒酣，皆免冠而退，則其髻鬖然。又構怡神亭，以佞臣韓昭等為狎客，雜以婦人，以恣荒宴，或自旦至暮，繼之以燭。」〔註9〕又《新五代史・前蜀世家》載：「嘗與太后、太妃游青城山，宮人衣服，皆畫雲霞，飄然望之若仙。衍自作《甘州曲》，述其仙狀，上下山谷，衍常自歌，而使宮人皆和之。」〔註10〕《五國故事》、《蜀檮杌》所載略同。由此可見，王衍偏安一隅、生活荒淫、耽於風情，赴青城山上清宮遊樂所見所感，是為《甘州曲》的本事，其所頌美的道姑形象，被比擬成落入凡間的神仙。這闋詞後來被闡釋為「讖」。清人李調元《五代花月》：

　　　　後主遊青城山，自製《甘州曲》，其意本謂神仙謫落風塵也。迨

　　後宮人多淪落民間，始應其讖。〔註11〕

這首作品被解讀為「讖言詞」，關鍵在於對「風塵」一詞的解釋。按照李調元的說法，「其意本謂神仙謫落風塵也」，「風塵」在《甘州曲》中的本義是人世間紛擾的現實生活境界，跟神仙世界相對照。郭璞《遊仙詩》「高蹈風塵外，長揖謝夷齊」〔註12〕、皇甫冉《送朱逸人》「雖在風塵裏，陶潛身自閒」〔註13〕，都是用的這層意思。但是，「風塵」詞義擴大，漸漸有了流言蜚語、風月場所等多重意蘊，「迨後宮人多淪落民間」，用的是「風塵」所包含的「風月」之義，指這些宮人後來的身份角色轉換為青樓妓女，陷入以色相為生的悲慘境地。這層意思文學中多有表現，例如南宋吳曾《能改齋漫錄・記詩》：「遇一妓，本良家子，失身於風塵，才色俱妙」〔註14〕，再如關漢卿名劇《救風

〔註 8〕王衍：《甘州曲》，曾昭岷等：《全唐五代詞》正編卷三，北京：中華書局，1999年，第 491 頁。

〔註 9〕薛居正：《舊五代史》卷一百三十六，北京：中華書局，1995 年，第 1819 頁。

〔註10〕歐陽修：《新五代史》卷六十三，北京：中華書局，2007 年，第 792 頁。

〔註11〕李調元：《五代花月》，蟲天子：《香艷叢書》九集卷一，北京：人民文學出版社影印，1992 年，第 2335 頁。

〔註12〕郭璞：《遊仙詩十九首》，逯欽立：《先秦漢魏晉南北朝詩》晉詩卷十七，北京：中華書局，1998 年，第 865 頁。

〔註13〕皇甫冉：《送朱逸人》，彭定求：《全唐詩》卷二百四十九，北京：中華書局，2003 年，第 2794 頁。

〔註14〕吳曾：《能改齋漫錄》卷十一，上海：上海古籍出版社，1979 年，第 322 頁。

塵》，「風塵」都有妓女、風月場的意思。正是基於對多義詞的不同理解，讖言詞「橫空出世」。

杜牧《唐故宣州觀察使御史大夫韋公溫墓誌銘》序：

> 韋公會昌五年五月頭始生瘡，召子婿張復魯曰：「三稚女得良婿，死以是託。墓宜以池州刺史杜牧爲誌。」復魯曰：「公去歲兩瘡生頭，今始一，尚微，何言之深？」公曰：「吾年二十九官校書郎時，嘗夢涉滻水，既中涴，有二人若舉符召我者。其一人曰：『墳墓至大，萬日始成，今未也。』今萬日矣，天已告我，我其可逃乎？」謝醫不問。以其月十四日，年五十八，薨於位。公從父弟某書公切行，以公命來命牧，牧位哭，序且銘之。〔註15〕

人必有一死，如果用之前所提到的「讖」的五個關鍵詞來分析此段墓誌銘序文，前定——「天已告我」，纖微——「墳墓至大，萬日始成」；徵兆——「夢涉滻水」；符命——「舉符召我」；應驗——「吾年二十九官校書郎時……以其月十四日，年五十八，薨於位」，可謂環環相扣。在這則墓誌銘中，顯然可見，讖的文化心理在對人的生老病死的預測上有強烈的暗示意義，杜牧通過序文的方式，煞有其事地介紹韋溫的「死生有命」的前因後果，使之成爲一則「讖言文」。

至於散文、小說、戲劇中表現讖現象的讖文學作品，較之詩歌，無論是質量上還是數量上，算得上是小巫見大巫了。詩，作爲中國古典文學的最主要的樣式，全面而細緻地滲透到中國傳統文化和思維的方方面面，所以讖言詩就成爲讖文學中最具代表性的表現方式。

讖言詩，又稱詩讖、讖謠、謠讖、語讖、讖謠。儘管，這些名稱之間仍然存在著一些細微的差別，在這裡我們姑且暫時忽略這些差別，將其籠統地歸爲「讖言詩」。所謂讖言詩，是以「前定」爲指導、以「纖微」爲特徵、以「徵兆」爲表現、以「符命」爲工具、以「應驗」爲結局的中國傳統讖運思想精神，搭載詩（包括謠諺，多指以齊言和押韻爲詩體特徵的文學體裁）的文學的語言形式來加以編碼與傳播，最後以解碼的形式達到某種先兆的預測或某種預定的目的。它的核心意義在於，把超自然、超現實的魔幻主義和先驗主義思想依附在政治生涯或命運生死之上，試圖將不可知論轉換爲可觸可

〔註15〕杜牧：《唐故宣州觀察使御史大夫韋公溫墓誌銘》，吳在慶注：《杜牧集繫年校注》卷八，北京：中華書局，2008年，第726頁。

感的「安排」，從而形成一種典型的神學歷史觀和價值觀，這種神學歷史觀和價值觀千百年來積澱成爲中華民族傳統心理和歷史文化的一部分。

歷來對於讖言詩的闡釋很多，至今尚未有定論，試舉數例來印證本書對於「讖言詩」的界定的合理性。

「詩讖」是以詩歌形式表達的讖語。《王直方詩話》云：「人謂富貴不得言貧賤事，少壯中不得言衰老，康強不得言疾病死亡，或犯之，謂之詩讖。」〔註16〕以《南史·侯景傳》所引材料最具代表性（即，青衣讖）：「初，簡文《寒夕詩》云：『雪花無有蒂，冰鏡不安臺。』又《詠月》云：『飛輪了無輒，明鏡不安臺。』後人以爲詩讖，謂無蒂者，是無帝；不安臺者，臺城不安。輪無輒者，以邵陵名綸，空有赴援名也。」〔註17〕詩讖就是觸了黴頭的「詩」。

「謠讖」是以謠諺形式表達的讖語，「讖謠」是包含讖言內容的謠諺。吳處厚《青箱雜記》卷七：「謠讖之語，在《洪範》、五行，謂之詩妖，言不從之罰，前世多有之，而近世亦有焉。」〔註18〕「詩妖」的概念較爲早見，《漢書·五行志》：「君炕陽而暴虐，臣畏刑而柑（鉗）口，則怨謗之氣發於歌謠，故有詩妖。」〔註19〕可見，「詩妖」就是指某些爲禍亂徵兆、有妖言惑眾之嫌的里巷歌謠。

由此可見，上述幾個概念具備如下幾個共同的特徵：徵兆、應驗、韻語，它們都有相似的東方神秘主義色彩，是基於陰陽五行、語言禁忌、巫術民俗、心理暗示等闡釋學理論的一種超自然文化形式，因此可以用「讖言詩」來予以統籌。詩讖在製作方法上可概括爲：採用帶有神秘主義色彩的手法，假託天意或神冥，借助模糊、含蓄、隱蔽等表現方法，加工製造以社會發展動向、人事禍福吉凶爲描述對象的詩體預言。不過正如法蘭西斯·培根所說：「一切迷信，不論占星、圓夢、預兆或者神籤以及其他等等，亦都如出一轍；由於人們快意於那種虛想，於是只記取那些相合的事件，其不合者，縱然遇到的多得多，也不予注意而忽略過去。」〔註20〕在大多數的情況下，讖言詩借助

〔註16〕王直方：《王直方詩話》，郭紹虞：《宋詩話輯佚》卷上，北京：中華書局，1980年，第 106 頁。案：此說亦見於惠洪：《冷齋夜話》，字詞幾乎完全一樣，出處先後俟考，今二存。

〔註17〕李延壽：《南史》卷八十，北京：中華書局，1975 年，第 2007 頁。

〔註18〕吳處厚撰，李裕民校：《青箱雜記》卷七，北京：中華書局，1997 年，第 69頁。

〔註19〕班固：《漢書》卷二十七中之上，北京：中華書局，1964 年，第 1377 頁。

〔註20〕培根撰，許寶騤譯：《新工具》第一卷，北京：商務印書館，1984 年，第 23

詩歌語體，實際上只是在傳播人心幻想所導致的神秘主義和迷信思想。本書將重點以讖言詩為例，重新確立讖文學在隋唐五代文學研究領域應有的位置。

第二節　先唐讖文學發展溯源

　　最早的讖，可以上溯到「河圖洛書」的時代。段玉裁《說文解字注》補充《說文》之闕：「有徵驗之書，河雒所出書曰讖。」有關「河圖洛書」，目前最早的記載是《尚書‧周書‧顧命》：「大玉、夷玉、天球、河圖在東序。」〔註21〕《周易‧繫辭上》記錄了更為後人所熟悉的文本：「河出圖，洛出書，聖人則之。」〔註22〕《尚書》、《周易》儘管貴為儒家「五經」之一，但是其成書年代眾說紛紜，難以確知，但是河圖洛書的提法，後世文獻屢見。《論語‧子罕》：「子曰：鳳鳥不至，河不出圖，吾已矣夫！」〔註23〕《管子‧匡君小匡》：「昔人之受命者，龍龜假，河出圖，洛出書，地出乘黃，今三祥未見有者。」〔註24〕這些記載表明，早期的河圖洛書應當既有圖像又有文字，圖文相佐來闡發晦義，所以最早的讖並不拘泥於文字，而也應指向所有錄之在前、驗之在後的徵驗之作。

　　比較可靠的最早的文獻記載是春秋時期的一段史料。司馬遷《史記‧趙世家》：

　　　　趙簡子疾，五日不知人，大夫皆懼。醫扁鵲視之，出，董安于問。扁鵲曰：「血脈治也，而何怪。在昔秦繆公嘗如此，七日而寤。寤之日，告公孫支與子輿曰：『我之帝所甚樂。吾所以久者，適有學也。帝告我：「晉國將大亂，五世不安；其後將霸，未老而死；霸者之子且令而國男女無別。」』公孫支書而藏之，秦讖於是出矣。獻公之亂，文公之霸，而襄公敗秦師於殽而歸縱淫，此子之所聞。今主

　　　　頁。
〔註21〕孔安國傳，孔穎達疏：《尚書正義》卷十八，阮元：《十三經注疏》，上海：上海古籍出版社，1997年，第239頁。
〔註22〕王弼、韓康伯注，孔穎達疏：《周易正義》卷七，阮元：《十三經注疏》，前引書，第82頁。
〔註23〕何晏注，邢昺疏：《論語注疏》卷九，阮元：《十三經注疏》，前引書，第2490頁。
〔註24〕管仲撰，黎翔鳳注：《管子校注》卷八，北京：中華書局，2004年，第426頁。

君之疾與之同，不出三日疾必閒，閒必有言也。」

居二日半，簡子寤。語大夫曰：「我之帝所甚樂，與百神游於鈞天，廣樂九奏萬舞，不類三代之樂，其聲動人心。有一熊欲來援我，帝命我射之，中熊，熊死。又有一羆來，我又射之，中羆，羆死。帝甚喜，賜我二笥，皆有副。吾見兒在帝側，帝屬我一翟犬，曰：『及而子之壯也，以賜之。』帝告我：『晉國且世衰，七世而亡，嬴姓將大敗周人於范魁之西，而亦不能有也。今余思虞舜之勳，適余將以其冑女孟姚配而七世之孫。』」董安于於受言而書藏之。以扁鵲言告簡子，簡子賜扁鵲田四萬畝。

他日，簡子出，有人當道，辟之不去，從者怒，將刃之。當道者曰：「吾欲有謁於主君。」從者以聞。簡子召之，曰：「譆，吾有所見子晰也。」當道者曰：「屏左右，願有謁。」簡子屏人。當道者曰：「主君之疾，臣在帝側。」簡子曰：「然，有之。子之見我，我何爲？」當道者曰：「帝令主君射熊與羆，皆死。」簡子曰：「是，且何也？」當道者曰：「晉國且有大難，主君首之。帝令主君滅二卿，夫熊與羆皆其祖也。」簡子曰：「帝賜我二笥皆有副，何也？」當道者曰：「主君之子將克二國於翟，皆子姓也。」簡子曰：「吾見兒在帝側，帝屬我一翟犬，曰『及而子之長以賜之』。夫兒何謂以賜翟犬？」當道者曰：「兒，主君之子也。翟犬者，代之先也。主君之子且必有代。及主君之後嗣，且有革政而胡服，并二國於翟。」簡子問其姓而延之以官。當道者曰：「臣野人，致帝命耳。」遂不見。簡子書藏之府。〔註25〕

趙簡子，名鞅，嬴姓，趙氏，諡號簡。春秋末期晉國卿大夫，六卿之一，趙氏大宗宗主。趙簡子病至昏迷，扁鵲問診之後引敘秦繆公的故事，直言之爲「秦讖」。這段記載表明，至少在春秋末年，就有了「讖」的專名。這段讖的內容是「晉國將大亂，五世不安；其後將霸，未老而死；霸者之子且令而國男女無別」，與後來趙簡子自己「疾必閒，閒必有言」後的讖「晉國且世衰，七世而亡」，幾乎如出一轍。這種「夢讖」，除了具備命定、隱晦、徵兆等基本特徵之外，還必須經歷闡釋的過程，於是出現了神秘的「當道者」，對其中的「徵兆」和「符命」意象——比如熊羆之死——來加以詮釋，並「書藏之

〔註25〕司馬遷：《史記》卷四十三，北京：中華書局，2009年，第1786頁。

府」，以待日後的驗證。但後來的歷史是否完全按照讖的預兆發展呢？晉獻公晚年有驪姬之亂，歷經獻公、惠公、懷公、文公，再加上一個在位僅十個月的姬奚齊，正好五世，晉文公稱霸，這印證了「秦讖」的「可靠性」。然而，繼位的晉襄公鞏固霸位、取得殽之戰及與周邊諸國的幾次戰事的勝利，史書言之鑿鑿；而其耽於淫樂，正史上卻隻字未提，從中似可窺見「秦讖」的製作者的用心。「趙簡子讖」所預言的晉國亡國，也為後來中行氏和智氏被滅、趙魏韓三家分晉所印證，其希冀趙氏坐擁自大的用意亦是不言自明的。至此，「讖」的應驗性得到了證實，正式宣告了「讖」成為具備預測性質的語言文字的產品，因此可以說上述記載應該是最早的可靠的「讖言散文」。

《史記·秦始皇本紀第六》所記載的盧生所奏錄圖書之語則更具說服力：

> （始皇三十二年）因使韓終、侯公、石生求仙人不死之藥。始皇巡北邊，從上郡入。燕人盧生使入海還，以鬼神事，因奏錄圖書，曰：「亡秦者胡也」。始皇乃使將軍蒙恬發兵三十萬人北擊胡，略取河南地。〔註26〕

錢鍾書說：「圖讖見史似始此（秦讖、趙讖）。」〔註27〕盧生所奏獻給秦始皇的錄圖書帶著強烈的讖色彩，「以鬼神事」表明盧生的身份在於溝通陰陽，傳遞未知世界的信息，以示「事皆前定」。其內容「亡秦者胡」，曖昧地傳達出某些「徵兆」。之所以說其「曖昧」，是因為「胡」的語義雙關。秦始皇在面對這樣一則讖語的反應是「乃使將軍蒙恬發兵三十萬人北擊胡，略取河南地」，把「胡」理解為胡人、胡族，必欲斬草除根，方可保住大秦江山社稷。但「一語成讖」的結果是秦國二世而亡，秦二世的名字恰好是「胡亥」。

王充《論衡·實知篇》對此加以闡發：

> 孔子將死，遺讖書，曰：「不知何一男子，自謂秦始皇，上我之堂，踞我之牀，顛倒我衣裳，至沙丘而亡。」其後，秦王兼吞天下，號「始皇」，巡狩至魯，觀孔子宅，乃至沙丘，道病而崩。又曰：「董仲舒亂我書。」其後，江都相董仲舒，論思《春秋》，造著傳記。又書曰：「亡秦者，胡也。」其後，二世胡亥，竟亡天下。用三者論之，聖人後知萬世之效也。孔子生不知其父，若母匿之，吹律自知殷宋大夫子氏之世也。不案《圖》、《書》，不聞人言，吹律精思，自知其

〔註26〕司馬遷：《史記》卷六，前引書，第252頁。
〔註27〕錢鍾書：《管錐篇》第二冊，北京：三聯書店，2001年，第522頁。

世，聖人前知千歲之驗也。

　　曰：此皆虛也。

　　案神怪之言，皆在讖記，所表皆效《圖》、《書》。「亡秦者胡」，
《河圖》之文也。孔子條暢增益，以表神怪；或後人詐記，以明效
驗。高皇帝封吳王，送之，拊其背曰：「漢後五十年，東南有反者，
豈汝邪？」到景帝時，濞與七國通謀反漢。建此言者，或時觀氣見
象，處其有反，不知主名；高祖見濞之勇，則謂之是。〔註28〕

孔子的讖書再次提到了錄圖書，不過並未提及書名，按照當時一些人的理解，
此乃孔子「書」之，親自製作的，以驗證「聖人前知千歲之驗也」。王充予以
了駁斥，斷言「此皆虛也」。「神怪之言，皆在讖記，所表皆效《圖》、《書》」，
這與《史記・秦始皇本紀》所載材料有諸多互證之處，「以鬼神事」的陰陽先
生所傳達的正是「神怪之言」，「所表皆效《圖》、《書》」，再次印證了讖的源
頭在於河圖洛書的時代。與《史記》所說是盧生所獻略有出入。王充認為錄
圖書所載內容是「河圖之文」，認為是來自上古之書，而非孔子原創，孔子只
是「條暢增益」、在此基礎上加以發揮的人。然而「讖」之所以為「讖」，卻
是在接下來的關鍵環節——「後人詐記，以明效驗」——得以實現，即，由
後來的闡釋者尋求別有用心的合理解釋，或者根據一些蛛絲馬迹來進行推
測。比如關於吳王濞的七國之亂的讖，就是根據「建此言者，或時觀氣見象」
以及「高祖見濞之勇」這些線索所推出的結論。如果缺少了後來的「驗證」
及闡釋者，「聖人後知萬世之效」就成了一句空話。其中最值得玩味的是王充
所說的「詐」，充滿了欺騙詭譎的色彩，正好填充了讖的神秘主義內質。

　　讖緯神學在董仲舒的「天人感應說」的發揮影響下大行其道，到東漢時
達到鼎盛，成為佔據統治地位的思想。短命政權新朝的王莽和東漢開國皇帝
劉秀就曾分別利用圖讖、符命，將其作為「改制」與「中興」的合法依據。
緯不同於讖，它原本依傍於儒家經典而存在，由方士化的儒生編集，其對於
經義的解說貫通天人，多夾雜陰陽五行、占星八卦之說，這使其漸漸被灌注
了神學色彩濃重的讖的某些特徵，而統治者往往出於鞏固皇權等目的與社會
迷信的風俗認同，偏好於採用這些學說，於是讖與緯才最終合流，成為一個
統一的概念，繼而成為漢代的神學迷信思想。王莽篡漢，「……濬井得白石，

〔註28〕王充撰，黃暉注：《論衡校釋（附劉盼遂集解）》卷第二十六，北京：中華書
　　　　局，1990 年，1069～1071 頁。

上圓下方，有丹書著石，文曰：『告安漢公莽爲皇帝。』符命之起，自此始矣」
〔註 29〕；劉秀登基，「讖記曰：『劉秀發兵捕不道，卯金修德爲天子。』……
於是建元爲建武，大赦天下」〔註 30〕；皆可見政治借助讖緯進行的自我肯定，
同樣的現象在之前已不少，在之後更是屢見不鮮。

　　然而，讖緯神學的流行，並非讖文學的興盛，這段時期的文學從未擺脫
經學附庸的地位，讖文學自身的發展也無從談起。讖文學與讖緯或者初期的
讖不同。讖可以是圖，可以是文，可以是夢，可以是兆；讖緯則是一種神學
思想，在彼時須與儒家經義相結合，而讖文學只是具備預測性質的語言文字
產品，又或者說特指讖書中語言文字的部分，必須以語言文字的形式表現出
來，需要借助書寫或者口述的載體，未必必須依附經典、圖文並茂。而讖言
詩的限定更爲狹窄，即必須具備有詩的文學形態，形式上要考慮其句式、韻
律、審美等文藝特徵。讖言是讖的一種表達方式，而讖言詩則是讖言的一種
固定文體下的存在形式。讖言的外延比讖狹窄，讖言詩的外延又比讖言狹窄。

　　讖言詩的出現，應當是文學逐漸掙脫經學的附屬地位、取得文藝和審美
上的獨立之後的魏晉時期，其內容上也從單純爲政治目的服務，轉而擴大至
關注個體生命的生老病死和仕途窮達。目前所見較早的讖言詩，出自《世說
新語・仇隙第三十六》：

　　　　孫秀既恨石崇不與綠珠，又憾潘岳昔遇之不以禮。後秀爲中書
　　　令，岳省內見之，因喚曰：「孫令，憶疇昔周旋不？」秀曰：「中心
　　　藏之，何日忘之！」岳於是始知必不免。後收石崇、歐陽堅石，同
　　　日收岳。石先送市，亦不相知。潘後至，石謂潘曰：「安仁，卿亦復
　　　爾邪？」潘曰：「可謂『白首同所歸』。」潘《金谷集詩》云：「投分
　　　寄石友，白首同所歸。」乃成其讖。〔註 31〕

《晉書・潘岳傳》文字略同。《世說新語》標明此詩爲「讖」，是爲詩讖之始。
潘岳以美貌著稱，石崇則以炫富知名。孫秀垂涎石崇的美妾綠珠，而石崇不
欲與之，再加上以前又因被潘岳輕視，故對石、潘二人懷恨在心，孫秀本人
心胸狹窄，睚眥必報，後來果然被他抓住機會，必除二人而後快。石崇、潘

〔註 29〕 班固：《漢書》卷九十九，前引書，第 4078 頁。
〔註 30〕 范曄：《後漢書》卷一，北京：中華書局，1973 年，第 22 頁。
〔註 31〕 劉義慶撰，徐震堮注：《世說新語校箋》下，北京：中華書局，2001 年，第
　　　　493 頁。

岳在刑場相遇，潘岳玩起黑色幽默，引用以前自己寫過的詩句「投分寄石友，白首同所歸」。這句詩本意是說，一直到頭髮白了依然同氣相投、情比石堅，可攜手歸隱矣，以此形容友誼長久不渝。白居易《九年十一月二十一日感事而作》「當君白首同歸日，是我青山獨往時」〔註32〕即援用此義。歸，既可指歸隱，也可指歸宿；而在臨刑的語境當中，「白首同所歸」表示年老時同時去世。潘岳、石崇被處斬於永康元年（公元 300 年），是時二位的年紀都剛過半百，「白首」顯然有些牽強，但是潘岳再度引詩的重點落在「同所歸」的理解上，強調的是「歸宿」義，故被後來的闡釋者視爲「讖」。這基於中國詩學的一個傳統：詩言志。既然詩歌可以傳達人的內心志向和情感，那麼就可能會在不經意間透露出某些值得關注的命定的信息。

　　無論是政治爭鬥，還是個人命運，讖文學自先秦兩漢至魏晉南北朝，按照自身規律不斷發展，延至詩藝全面精湛的隋唐五代，逐漸呈現出獨放異彩的文學性。

〔註32〕白居易：《九年十一月二十一日感事而作》，朱金城箋：《白居易集箋校》卷三十二，上海：上海古籍出版社，1988 年，第 2230 頁。

第二章　隋唐五代讖文學的歷史背景與文本類型

第一節　先唐統治者之於讖文學的態度

　　時代背景的不同，決定了文學的發展軌迹和態勢。對於讖文學的發展，歷代統治者持有不同的態度。既然本書探討的主體是隋唐五代讖文學，本節討論在上位者之於讖文學的態度的時段即局限在先唐。

　　讖言詩的哲學基礎是戰國後期以鄒衍爲代表的、以應驗爲要義的陰陽五行之學，用金木水火土五行的思想對政權更迭、改朝換代的歷史現象做出神秘主義的解釋。推而廣之，也包括民間對一切有先兆的、視偶然爲必然的現象的解釋。先秦時期，限於認識水平，大多數的君主都對讖說心存敬畏：前文所引秦穆公、趙簡主，都是對夢讖篤信不已，到了秦代，秦始皇在對待錄圖書的態度上是果斷而堅決的，採取了其一貫的暴力手段，試圖用武力征服北方的胡族，以避免「亡秦」的後果出現，在一定程度上說，他是既相信讖的眞實性和魔力，同時又希望通過自己的力量對其加以控制或改變。

　　董仲舒在漢武帝時期進一步推演出與陰陽五行相配置的系統化的「天人」學說，作爲附會天意、索解人事的神秘主義哲學的一個分支，以「符命」與「天譴」來印證天人感應。《漢書・董仲舒傳》既表示天意欲「使之王者，必有非人力所能致而自至者，此受命之符也」而顯之「天瑞應誠而至」；又表明上天若不滿人事，「國家將有失道之敗，而天乃先出災害以譴告之，不知自省，

乃出怪異以警懼之。尚不知變，而傷敗乃至」〔註1〕，從正反兩方面溝通了天人之間的感應關係，陰陽五行也跟讖記、星占之類聯繫起來。天人感應思想的重要特點是將人事與天命、自然現象結合起來，認為人類的活動會導致自然界的某些變化，天之所言，必有所端倪呈現世間。董仲舒《春秋繁露‧必仁且知》：「凡災異之本，盡生於國家之失。乃始萌芽，而天出以災害以譴告之，譴告之而不知變，乃為怪異以驚駭之，驚駭之尚不知畏恐，其殃咎乃至」〔註2〕這種讖思想為漢武帝所接受。漢武帝自己對於讖是無可奈何的。比如當時非常流行的「春秋讖」云：「代漢者，當塗高。」〔註3〕對於這個讖言，漢武帝的態度是這樣的：

> 行幸欣言中流，與群臣飲宴，乃自作《秋風》辭，顧謂群臣曰：「漢有六七之厄，法應再受命，宗室子孫誰當應此者，六七四十二，代漢者，當塗高也。」群臣進曰：「漢應天授命，祚逾周殷，子子孫孫，萬世不絕，陛下安得此亡國之言，過聽於臣妾乎？」上曰：「吾醉言耳。然自古以來，不聞一姓遂長王天下者，但使失之，非吾父子可矣。」〔註4〕

劉徹自己對此讖並不完全忌諱，但也保持敬畏。當他在酒宴上提到「春秋讖」，群臣大驚失色，以為不祥，劉徹自我解嘲，「吾醉言耳」，酒後失言可以原諒，但是對於讖本身的神聖性，既不肯定也不否定，懂得天下沒有一成不變的道理，但求不要在自己或子輩手上失掉社稷江山，就算對得起列祖列宗。這種寬容的態度在統治者中是相對少見的。

王莽和劉秀都是積極利用讖言來實現自己政治目的的高手。前文已述，他們並非不對讖本身的神秘性懷有多大的興趣，但甚至他們自己可能也親自參與讖言或符瑞的製作，藉以製造輿論與參與政治（如官吏任免）。劉秀中興漢室，在建武三十二年四月改元中元，「宣佈圖讖於天下」，第一次以官方文件的形式將讖緯之學升格為國家意識形態，讖學遂成顯學。之後的漢章帝在

〔註1〕班固：《漢書》卷五十六，前引書，第2500、2498頁。

〔註2〕董仲舒撰，凌曙注：《春秋繁露》卷八，北京：中華書局，1975年，第318頁。

〔註3〕《春秋緯》引《三國志》，安居香山、中村璋八輯：《緯書集成》，石家莊：河北人民出版社，1994年，第942頁；陳壽：《三國志》卷四十二，北京：中華書局，1964年，第1020頁。案：後者《蜀書第十二‧周群傳》周群之父周舒將其闡釋坐實為「當塗高者，魏也」。

〔註4〕李昉：《太平御覽》卷八十八，北京：中華書局，1998年，第421頁。

建初四年詔太常、博士、大夫、議郎及諸儒會於白虎觀，纂成《白虎通義》，把讖緯神學與今文經學融合交織，使得讖文學的傳播得以進一步加速。

讖文學的表徵很多，比如文字、圖記、石刻、夢兆等等。《晉書·宣帝紀》：

> 帝（司馬懿）內忌而外寬，猜忌多權變。魏武察帝有雄豪志，
> 聞有狼顧相。欲驗之。乃召使前行，令反顧，面正向後而身不動。
> 又嘗夢三馬同食一槽，甚惡焉。因謂太子丕曰：「司馬懿非人臣也，
> 必預汝家事。」太子素與帝善，每相全佑，故免。〔註5〕

司馬懿有篡權的野心，曹操身爲一代奸雄，似乎早有察覺，對於政權的穩定性，日有所思夜有所夢，「嘗夢三馬同食一槽」，當中的關鍵詞「馬」、「曹」，或許是曹操自己操心過度所幻化出來的意象，更可能是後人的附會。曹操的表現很值得注意——「甚惡焉」，這表明曹操對於夢讖是不持歡迎態度的，而且對此高度提防，遂令太子曹丕未雨綢繆。所謂「治亂無常，興亡有運」，曹操對這個讖還是主動採取了一定的預防措施的，並且「科禁內學」〔註6〕，明文反對讖緯。然而讖緯的流行並不以君主意志爲轉移，史載侍中陳群、尙書桓階奏曰：「漢自安帝已來，政去公室，國統數絕，至於今者，唯有名號，尺土一民，皆非漢有，期運久已盡，曆數久已終，非適今日也。是以桓、靈之間，諸明圖緯者，皆言『漢行氣盡，黃家當興』。」〔註7〕即是明證。曹操反對讖是因爲他深知讖可以作爲政治工具，讖緯既可以作爲證明曹氏「代漢」正統性的工具，也可以成爲其他試圖取代曹魏的其他政治勢力的工具。這種想法跟吳主孫策不謀而合：

> 世人多惑於圖緯而牽非類，比合文字以悅所事，苟以阿上惑眾，
> 終有後悔者，自往迄今，未嘗無之，不可不深擇而熟思。……〔註8〕

在孫策看來，讖並不可信，其「比合文字」的做法就是一種文字遊戲，本身並無科學性可言，而且其危害甚大——「阿上惑眾」，理應被禁絕。

一旦天下紛亂，即便像漢光武帝一樣對讖言奉若神明的君王，如若控制不了讖的流傳態勢，也可能落得玩火自焚的下場。既然可以利用讖，那麼也

〔註5〕房玄齡：《晉書》卷一，北京：中華書局，1974年，第20頁。

〔註6〕陳壽：《三國志》卷二三裴松之注引：《魏略·清介傳》，北京：中華書局，1964年，第660頁。

〔註7〕陳壽：《三國志》卷一裴松之注引：《魏略》，前引書，第52～53頁。

〔註8〕陳壽：《三國志》卷四六裴松之注引：《吳錄》，前引書，第1106頁。

可能被讖所利用。政權不是穩定的，往往很多人會覬覦，並想方設法以其為謀取天下尋求合理性。西晉的開國皇帝司馬炎的表現最為明顯。據《晉書·武帝紀》載，司馬炎當政期間，僅「白龍」這一符瑞就出現了十八次之多。這說明他是非常關注讖意象的，具有強化天命神授的意識，而同書也記載，「（泰始三年）十二月……禁星氣讖緯之學」〔註 9〕。可見，讖緯已經很難在官方層面上登堂入室了。

　　前秦國君苻堅對讖文學也厲行禁止，《晉書·苻堅載記》稱其「禁《老》、《莊》、圖讖之學」〔註 10〕。洪邁《容齋三筆》：

　　　　苻堅禁圖讖之學，尚書郎王佩讀讖，堅殺之，學讖者遂絕。及季年，為慕容氏所困，於長安自讀讖書，云：「帝出五將久長得。」乃出奔五將山，甫至而為姚萇所執。始禁人為讖學，終乃以此喪身亡國，「久長得」之兆，豈非言久當為姚萇所得乎！又「姚」與「遙」同，亦久也。〔註 11〕

尚書郎王佩因為讀讖而招致殺身之禍，以至於天下「學讖者遂絕」，但是下達殺頭命令的苻堅本人，在內憂外患的情況下，卻「自讀讖書」，可見其心理的矛盾。對於讖，苻堅是既信又怕，「始禁人為讖學，終乃以此喪身亡國」，為自己禁絕讖言的行為付出高昂代價。清人王士禎《池北偶談》對此持同一立場：「苻堅以讀讖殺王彤、王佩，此一事過光武遠矣。其後乃以讖文入五將山，竟為姚萇所執，當是末路憒憒耶。」〔註 12〕《晉書·苻堅載記》亦錄此事：「城中有書曰《古符傳賈錄》，載『帝出五將久長得』。先是，又謠曰：『堅入五將山長得。』」〔註 13〕可見，無論是謠還是書，都明顯區別於之前的圖記與夢兆，帶有鮮明的文學色彩，而苻堅的態度是「大信之」。值得一提的是，同書記載苻堅被俘之後的情形：

　　　　萇求傳國璽於堅曰：「萇次膺符曆，可以為惠。」堅瞋目叱之曰：「小羌乃敢干逼天子，豈以傳國璽授汝羌也。圖緯符命，何所依據？

〔註 9〕房玄齡：《晉書》卷三，前引書，第 56 頁。
〔註 10〕房玄齡：《晉書》卷一一三，前引書，2897 頁。
〔註 11〕洪邁：《容齋三筆》卷七，孔凡禮校：《容齋隨筆》，北京：中華書局，2005年，第 508 頁。
〔註 12〕王士禎撰，勒斯人校：《池北偶談》卷六，北京：中華書局，1997 年，第 132頁。
〔註 13〕房玄齡：《晉書》卷一一四，前引書，第 2928 頁。

> 五胡次序，無汝羌名。違天不祥，其能久乎！璽已送晉，不可得也。」
>
> 〔註14〕

姚萇想要「次膺符曆」，是說自己可以順承天意承襲帝位。苻堅嗤之以鼻，「圖緯符命，何所依據？五胡次序，無汝羌名」，他認為姚萇沒有足夠的讖緯神學證據來支撐他篡奪帝位的野心，也缺少天人感應的徵驗符瑞，所以沒有資格接受傳國玉璽。周一良先生《魏晉南北朝史札記》：「陳寅恪先生謂五胡次序當是圖緯符命之一種，汝羌指姚萇本人，言其中不載萇名，非謂五胡中不包括羌族也。（周）案：卷一一五《苻堅載記》中登檄文稱姚萇『於圖讖曆數，萬無一分』，亦指此。」〔註15〕可見，苻堅對符讖是篤信的。

南北朝時期的君主對讖的管制更加嚴厲。北朝以北魏為例，魏太武帝拓跋燾認定「愚民無識，信惑妖邪，私養師巫，挾藏讖記、陰陽、圖緯、方伎之書」，要對讖緯神學加以打擊，「自王公已下至於庶人，有私養沙門、師巫及金銀工巧之人在其家者，皆遣詣官曹，不得容匿」〔註16〕，在某種程度上說，他是承認讖具有令民眾「信惑妖邪」的魔力，同時也以行政干預的方式杜絕讖文學滲透到政治鬥爭的情況發生。之後的魏孝文帝拓跋宏則全面禁絕讖緯：

> 圖讖之興，起於三季。既非經國之典，徒為妖邪所憑。自今圖讖、秘緯及名為《孔子閉房記》者，一皆焚之，留者以大辟論。又諸巫覡假稱神鬼，妄說吉凶，及委巷諸卜非墳典所載者，嚴加禁斷。
>
> 〔註17〕

在這份詔書中傳達了很多的信息。首先，讖的興起被追溯到「三季」，即夏、商、周三代的末期。《國語·晉語一》曰：「雖當三季之王，不亦可乎？」韋昭注：「季，末也。三季王，桀、紂、幽王也。」〔註18〕說明讖出現的時期是在文字成型的早期階段，同時也跟政治崩壞的歷史背景密切相關。其次，讖文學師出無名，並非經典，到了東漢才漸漸跟經學合流，而後屢為「妖邪所憑」，淪為邪說工具。既然不是「經國之典」，統治者出於維護正統思想的目

〔註14〕房玄齡：《晉書》卷一一四，前引書，第2928頁。

〔註15〕周一良：《魏晉南北朝史札記》，北京：中華書局，1985年，第113頁。

〔註16〕魏收：《魏書》卷四下，北京：中華書局，1974年，第97頁。

〔註17〕魏收：《魏書》卷七上，前引書，第155頁。

〔註18〕徐元誥撰，王樹民等校：《國語集解》晉語一，北京：中華書局，2002年，第251頁。

的，再加上防止政治鬥爭的無端蔓延，自然應當禁絕。再次，採取禁絕的手段，是「焚之」。書之五厄，以遭遇火焚兵燹為最，但是文化的傳承也並不會因此而斷絕，所以這一手段事實上也未能真正能夠阻斷讖文學的傳播。最後，在懲戒的程度上，是「留者以大辟論」。大辟，古五刑之一。《尚書·周書·呂刑》載：「大辟疑赦，其罰千鍰。」孔穎達疏引《釋詁》云：「辟，罪也。死是罪之大者，故謂死刑為大辟。」〔註19〕可見，讖的傳播關涉到身家性命，已經不可能在官方層面上生存，只能轉向民間，以群眾口耳相傳的模式存在。

南朝君王對讖的態度也存在二重性，一方面是對圖讖的傳播嚴加禁絕，一方面也尋求讖的天命神授的理論支撐。齊高帝蕭道成篡奪劉宋江山，昭告江山提到「象緯昭澈，布新之符已顯；圖讖彪炳，受終之義既彰」〔註20〕；他以「齊」為國號而「實應天命」，竟是崔祖思建言依據讖書「金刀得刃齊刈之」而得〔註21〕，這些都為其禪代的合理性提供了理論支撐。繼任之朝的開國皇帝蕭衍也故技重施，他要滅齊，需要造足輿論，道士陶弘景適時而動，「援引圖讖，數處皆成『梁』字，令弟子進之」，可見陶以讖干預政治的目的非常強烈，且有意為之的可能性很大。蕭衍則投桃報李，「既早與之遊，及即位後，恩禮逾篤，書問不絕，冠蓋相望」〔註22〕。蕭衍受禪位於齊帝，昭告天下：「河嶽表革命之符，圖讖紀代終之運」〔註23〕，表明自己的帝統的正統性。而且他自己也精於此道，史載其「六藝備閑，棋登逸品，陰陽緯候，卜筮占決，並悉稱善」〔註24〕。然而，在他當權之後，對於讖的態度就發生了改變，則開始「禁畜讖緯」。當時的隱士阮孝緒精通讖緯，想要獻書，時人勸之〔註25〕。可見蕭衍對讖的態度有「只許州官放火，不許百姓點燈」的意味，究其深層的原因，並非他自己不喜讖緯，而是擔心讖緯為人所利用。

隋代一統天下、結束分裂，讖言之說也未能重獲新生。隋文帝楊堅跟南朝的皇帝「僭取」前朝帝統的行徑沒有不同，登基昭告認為自己「應籙受圖，

〔註19〕孔安國傳，孔穎達疏：《尚書正義》卷十九，阮元：《十三經注疏》，前引書，第 249、250 頁。
〔註20〕蕭子顯：《南齊書》卷一，北京：中華書局，1974 年，第 21 頁。
〔註21〕蕭子顯：《南齊書》卷二十八，前引書，第 517 頁。
〔註22〕姚思廉：《梁書》卷五十一，北京：中華書局，1973 年，第 743 頁。
〔註23〕姚思廉：《梁書》卷一，前引書，第 26 頁。
〔註24〕姚思廉：《梁書》卷三，前引書，第 96 頁。
〔註25〕李延壽：《南史》卷七十六，前引書，第 1895 頁。

君臨海內」〔註26〕，然而仍然是嚴屬禁止讖緯的傳播，《隋書・經籍志》曰：
「及高祖受禪，禁之踰切」〔註27〕，除非是官方授權，能在自己的意志控制
範圍之內，方才有合法性。王劭「採民間歌謠，引圖書讖緯，依約符命，捃
摭佛經，撰爲《皇隋靈感誌》，合三十卷，奏之。上令宣示天下」〔註28〕，此
類事實也說明了統治者對讖緯的控制。讖本身的眞僞並不重要，重要的是能
恰當地爲政治統治服務。隨後，隋煬帝楊廣以不法手段奪取帝位，讖緯再次
遭遇毀滅性的打擊：「煬帝即位，乃發使四出，搜天下書籍與讖緯相涉者，皆
焚之，爲吏所糾者至死。自是無復其學，祕府之內，亦多散亡。」〔註29〕楊
廣對自己僭位的過往應該是有所顧忌的，所以通過打擊讖緯來實現自己的政
治統治，不容許他人指手畫腳。在進入唐代之前，讖文學的發展似乎走到了
死角。錢鍾書先生評價：「禁之（讖），亦恐『人有悖心』爾，而禁之嚴適由
於其信之深焉。」〔註30〕附：先唐歷代禁讖簡表〔註31〕

朝代	禁讖緯者	主要內容	出　處
漢	張衡	建議「收藏圖讖，一禁絕之」	《後漢書・張衡傳》
魏	曹操	「科禁內學」	《魏略》（《三國志・常林傳》注引）
晉	晉武帝司馬炎	禁星氣讖緯之學	《晉書・武帝紀》
後趙	石季龍	不得私學星讖	《晉書・石季龍載記上》
前秦	苻堅	禁圖讖之學	《晉書・苻堅載記上》
劉宋	孝武帝劉駿	禁圖讖	《隋書・經籍志》
梁	梁武帝蕭衍	禁蓄讖緯	《南史・阮孝緒傳》《隋書・經籍志》
北魏	太武帝拓跋燾	不得隱藏讖記圖緯	《魏書・世祖紀下》

〔註26〕魏徵：《隋書》卷一，北京：中華書局，1994 年，第 14 頁。
〔註27〕魏徵：《隋書》卷三十二，前引書，第 941 頁。
〔註28〕魏徵：《隋書》卷六十九，前引書，第 1608 頁。
〔註29〕魏徵：《隋書》卷三十二，前引書，第 941 頁。
〔註30〕錢鍾書：《管錐篇》第二冊，前引書，第 523 頁。
〔註31〕鍾肇鵬：《讖緯論略》，瀋陽：遼寧教育出版社，1995 年，第 32 頁。

朝代	禁讖緯者	主要內容	出　　處
北魏	孝文帝 拓跋宏	圖讖秘緯，一皆焚之	《魏書‧高祖紀上》
隋	隋文帝 楊堅	私家不得隱藏讖緯	《隋書‧高祖紀上》
隋	隋煬帝 楊廣	凡與讖緯相涉者皆焚之	《隋書‧經籍志》

第二節　隋唐五代的讖文學發生發展的歷史背景

《隋書‧經籍志》總結了隋前讖文學的發展簡史：

　　《易》曰：「河出圖，洛出書。」然則聖人之受命也，必因積德累業，豐功厚利，誠著天地，澤被生人，萬物之所歸往，神明之所福饗，則有天命之應。蓋龜龍銜負，出於河、洛，以紀易代之徵，其理幽昧，究極神道。先王恐其惑人，祕而不傳。說者又云，孔子既敘六經，以明天人之道，知後世不能稽同其意，故別立緯及讖，以遺來世。其書出於前漢，有《河圖》九篇，《洛書》六篇，云自黃帝至周文王所受本文。又別有三十篇，云自初起至于孔子，九聖之所增演，以廣其意。又有《七經緯》三十六篇，並云孔子所作，並前合為八十一篇。而又有《尚書中候》、《洛罪級》、《五行傳》、《詩推度災》、《汜曆樞》、《含神務》、《孝經勾命決》、《援神契》、《雜讖》等書。漢代有郗氏、袁氏說。漢末，郎中郗萌，集圖緯讖雜占為五十篇，謂之《春秋災異》。宋均、鄭玄，並為讖律之注。然其文辭淺俗，顛倒舛謬，不類聖人之旨。相傳疑世人造為之後，或者又加點竄，非其實錄。起王莽好符命，光武以圖讖興，遂盛行於世。漢時，又詔東平王蒼，正五經章句，皆命從讖。俗儒趨時，益為其學，篇卷第目，轉加增廣。言五經者，皆憑讖為說。唯孔安國、毛公、王璜、賈逵之徒獨非之，相承以為妖妄，亂中庸之典。故因漢魯恭王、河間獻王所得古文，參而考之，以成其義，謂之「古學」。當世之儒，又非毀之，竟不得行。魏代王肅，推引古學，以難其義。王弼、杜預，從而明之，自是古學稍立。至宋大明中，始禁圖讖，梁天監已

> 後，又重其制。及高祖受禪，禁之踰切。煬帝即位，乃發使四出，
> 搜天下書籍與讖緯相涉者，皆焚之，爲吏所糾者至死。自是無復其
> 學，祕府之內，亦多散亡。〔註32〕

而隋唐五代，既有江河一統的穩定局面，也有分崩離析的分裂時期，讖文學在隋唐五代時期呈現出來的獨有特徵，既不同於漢代讖緯佔據支配思想地位的時期，也不同於對讖緯普遍抱有半遮半掩心態的南北朝時期。因此，在對隋唐五代的歷史文化背景分析中探尋讖文學滋生和發展的沃土，是必要而有益的。

隋代結束了自東晉末年以來長達三百年的分裂戰亂的局面，是在五胡亂華後漢民族重新建立的大一統王朝。它上承南北朝、下啓唐五代，自 581 年隋文帝楊堅受禪於北周靜帝稱帝開始，到 619 年隋哀帝楊侗禪讓王世充隋朝滅亡，國祚三十八年。隋朝的統一，在中國歷史上有著深遠的意義。在政治制度方面，確立了三省六部制和科舉制度；在軍事方面，繼續推行和改革府兵制度；在經濟方面，實行均田制和租庸調制，採取清差戶口措施，增加財政收入；在工程建設方面，興建大運河以及各地馳道，建設京師大興城和東都洛陽城，促進江南城市經濟繁榮；在外交方面，與周邊國家高昌、倭國、高句麗、新羅、百濟、突厥等往來通商，接受日本派遣的遣隋使。這些政策的實施，不僅促成了中國歷史上少有的盛世之一──開皇之治──的到來，也催生了中國歷史上臭名昭著的暴君──隋煬帝。對於讖文學，二帝的態度已見前文所述，隋代身爲一個短命王朝，既要疲於與前朝遺老遺少鬥智鬥勇，又要應付不斷風起雲湧的反隋起義，讖文學在夾縫中求生存還是適宜的。

唐朝是中國歷史上統一時間最長、國力最強盛的朝代之一。公元 618 年，當隋恭帝「禪位」給李淵的時候，唐高祖不過只是諸多割據軍閥之一，跟他一樣想要江山社稷的還有很多支強大的力量，但是唐朝至此建立，定都長安，逐漸平定天下。唐太宗李世民登基不以長子身份，違背了傳統的嫡庶之別，卻開創了「貞觀之治」的太平盛世。唐高宗繼位之後，穩定發展，號「永徽之治」，其後大權旁落，進入到中國史上唯一的女皇帝時期，武則天以周代唐，遷都洛陽十五年，史稱武周。唐中宗恢復大唐國號，還都長安，直至唐玄宗李隆基即位之前，宮廷政變頻仍，流血鬥爭不斷。唐玄宗開創了歷史上少見的全盛時期──「開元盛世」，唐朝的政治、經濟、文化、軍事、外交發展到

〔註32〕魏徵：《隋書》卷三十二，前引書，第 940～941 頁。

達鼎盛。公元 755 年是唐朝由盛轉衰的轉捩點，這一年爆發了安史之亂。表面上無比風光的盛世不堪一擊，連皇帝都落荒而逃，鑾輿幸蜀，戰亂持續了八年才宣告平息，但是藩鎮割據的形勢已經不可逆轉。肅宗、代宗、德宗儘管都希冀有所作爲，但是唐朝畢竟逐漸陷入了外有吐蕃、回紇、南詔等強大的少數民族軍事力量侵擾，內有宦官專政到可以決定兵權、相權乃至皇權的廢立的地步。唐憲宗即位亦是利用宦官擁立的力量，通過「永貞內禪」而登基帝位，但是他勵精圖治，令唐朝中央氣象一新，史稱「元和中興」。然而，隨之而起的「牛李黨爭」加劇了唐王朝的內耗進程。唐文宗在革除宦官專權弊政上孤注一擲卻慘遭失敗，即「甘露之變」，繼位的武宗吸取教訓，出現了短暫的「會昌中興」，然而他的滅佛運動也多爲時人所詬病。宣宗是唐朝最後一位稱得上振作的皇帝，敦煌一度在他的統治期間回歸中土。接下來的懿宗、僖宗都是無能昏君，在他們的治下，爆發了幾乎徹底摧毀唐王朝力量的黃巢起義，朝廷陷入宦權、相權和兵權的無盡紛爭中。昭宗繼位已無力回天，朱溫把持朝政，任意廢黜，釀成「白馬驛之禍」，公元 907 年，歷史重現，曾經從隋帝手中「禪讓」而來的皇璽，再一次被「禪讓」給了朱全忠。梁朝建都開封，唐朝滅亡。唐朝歷經二百八十九年，疆域極盛時統治東至朝鮮半島，西達中亞鹹海以西，南到越南順化，北至貝加爾湖，在中國封建史上多與「漢唐」並稱。在政治制度方面，完善了隋代的三省六部制和科舉制度；在軍事方面，改府兵制爲征兵制和募兵制，唐朝前期在軍事上比較強勢，遠征突厥、高昌、高句麗、百濟、靺鞨、鐵勒、室韋、契丹等，後期則相對收縮，甚至借用胡兵以自保；在經濟方面，農業、手工業進一步發展，中期實施兩稅法，開元通寶確立了國家鑄幣的法幣地位；在工程建設方面，城市經濟繁榮，長安是當時世界第一大都市，絲綢之路的起點，洛陽、南京、揚州、成都都是著名的大都會，有「揚一益二」之說；在外交方面，與周邊國家或戰或和，總體來說保持了較爲友好的關係，比較有名的事件包括文成公主聯姻吐蕃松贊干布，日本派遣的遣唐使學習漢文化，借道西域諸國與大食阿拉伯世界通商等。在文化藝術方面，宗教上周流三教，科技上出類拔萃，文學上唐詩風流，藝術上書畫璀璨，是文化史上不可多得的多元盛世。

唐王朝近三百年的發展歷程中，讖文學一直都以潛流暗湧的形式存在於唐文學的發展進程中，唐代帝王對於讖的總體態度是趨於寬容的。有意思的是，唐朝的開國和末代皇帝，都是以「禪讓」的方式來讓渡皇位的，前文多

有論證，凡是涉及「天意」、「神授」的時候，就是讖文學孳生蔓延的良機。這裡僅以唐太宗時期的一則讖文學爲例管中窺豹。李淳風是初唐著名的術士，是唐太宗治下首席星象預測師：

> 太宗得祕讖，言「唐中弱，有女武代王」。以問淳風，對曰：「其兆既成，已在宮中。又四十年而王，王而夷唐子孫且盡。」帝曰：「我求而殺之，奈何？」對曰：「天之所命，不可去也，而王者果不死，徒使疑似之戮淫及無辜。且陛下所親愛，四十年而老，老則仁，雖受終易姓，而不能絕唐。若殺之，復生壯者，多殺而逞，則陛下子孫無遺種矣！」帝采其言，止。〔註33〕

唐太宗對「讖」的態度最初是干預，跟前面提到的秦始皇、漢武帝的做法相似。在手段上，秦始皇立即出兵滅「胡」，唐太宗「我求而殺之」，在扼殺讖的魔性方面都是堅決而果斷的。在態度上，漢武帝承認漢朝不可能千秋萬代延續，但求不要在自己和自己的兒子手上亡國，唐太宗在「天之所命，不可去也」的前提下，接受了「雖受終易姓，而不能絕唐」的底限。然而，唐太宗對此始終耿耿於懷，「采其言，止」，看起來多少有點敷衍李淳風的意味。據《舊唐書·李君羨傳》載：「貞觀初，太白頻畫見，太史占曰：『女主昌。』又有謠言：『當有女武王者。』太宗惡之。時君羨爲左武衛將軍，在玄武門。太宗因武官內宴，作酒令，各言小名。君羨自稱小名『五娘子』，太宗愕然，因大笑曰：『何物女子，如此勇猛！』又以君羨封邑及屬縣皆有『武』字，深惡之。會御史奏君羨與妖人員道信潛相謀結，將爲不軌，遂下詔誅之。」〔註34〕唐太宗最終還是動手製造了一起冤案，跟秦始皇之於錄圖書的誤會異曲同工。饒有趣味的是，等這則讖言真正驗證之後，當事之主武則天的反應是：「天授二年，其（李君羨）家屬詣闕稱冤，則天乃追復其官爵，以禮改葬。」〔註35〕顯然，武則天有意證實讖的合理性，毫不掩飾對於讖的神秘力量的頂禮膜拜。蘇東坡對此評價：「漢景帝以鞅鞅而殺周亞夫，曹操以名重而殺孔融，晉文帝以臥龍而殺嵇康，晉景帝亦以名重而殺夏侯玄，宋明帝以族大而殺王彧，齊後主以謠言而殺斛律光，唐太宗以讖而殺李君羨，武后以謠言而殺裴炎，世皆以爲非也。此八人者，當時之慮豈非憂國備亂，與憂元海、祿山者同乎？

〔註33〕歐陽修、宋祁：《新唐書》卷二百四，北京：中華書局，2006年，第5798頁。
〔註34〕劉昫：《舊唐書》卷六十九，北京：中華書局，1997年，第2524頁。
〔註35〕劉昫：《舊唐書》卷六十九，前引書，第2525頁。

久矣，世之以成敗爲是非也！」〔註36〕李君羨因爲讖言丟了性命，其深層原因在於「憂國備亂」，唐太宗深知，從其父李淵登基開始，李唐的天下的合法性就來自於符讖的支撐，那麼對有關社稷安危的讖言就不可能置若罔聞，寧可錯殺一萬，也不肯錯過萬一。由此可見，帝王對讖言一般是採取禁絕態度的，然而，在天意不可違的歷史背景下，雖貴爲帝王天子，讖緯亦不爲之屈也。

讖文學除了預示王朝的興亡、政權的交替以外，還關係到個人命運的福禍休咎。讖文學大致劃爲兩大類，一是統治者刻意製造符瑞讖言來驗證自己的天命性，以之爲自己改朝換代的合法工具，由於讖言的神秘主義特徵與政權危亡息息相關，故歷代屢禁其行；二是普通民眾由於生命的無法駕馭而產生的種種猜測和附會，把超自然、超現實的魔幻主義思想依附在政治生涯或命運生死之上。伴隨著士族特權的逐漸失勢，更多的寒族士子通過多種途徑，或是科舉考試，或是邊塞從戎，或者入幕藩鎮，在自己的人生舞臺上展現自我風采，比起南北朝時期「世冑躡高位，英俊沉下僚」〔註37〕的現實而言，他們因爲有了更多的選擇，更多焦慮也隨之而來。於是，讖在預示個人政治前途與生老病死的方向上，又有了新的發展動力和方向。從文學自身發展史來說，文學在魏晉時期取得自覺獨立地位以來，詩歌在唐代發展到了登峰造極的時代，故讖在唐代與詩歌合流，形成讖文學、讖言詩這一獨特的審美文學樣式。

唐朝滅國之後，在中國北方的中原地區相繼出現了後梁、後唐、後晉、後漢和後周五個王朝以及建立在巴蜀、江南、嶺南、河東等地域的十個割據政權，史稱「五代十國」。「五代」定都在開封、洛陽，一般被認爲是相對正統的中央王朝，而十國是指定都成都的前蜀、後蜀，定都南京的吳、南唐，定都杭州和紹興的吳越，定都福州的閩，定都長沙的楚，定都廣州的南漢、定都江陵的南平（荊南）和定都太原的北漢，則被認爲是割據一隅的地方小政權。五代十國時期從 907 年唐代滅亡開始，到 960 年宋朝建立結束〔註38〕，

〔註36〕蘇軾撰，王松齡校：《東坡志林》卷六，北京：中華書局，2002 年，第 118頁。

〔註37〕左思：《詠史詩八首》，遼欽立：《先秦漢魏晉南北朝詩》晉詩卷七，前引書，第 733 頁。

〔註38〕個別政權的存在時間或與此段時間略有出入，例如，吳越國舉國入宋是在公元 978 年。

這五十多年是介於唐宋之間的一個特殊的歷史時期。五代十國整體特徵是分裂。在政治制度方面，設置三司使的專職掌管中央財務；在軍事方面，中央政府多是節度使藩鎮起家，故在控制地方勢力上不遺餘力，加強了中央禁軍的力量；在經濟方面，戰火連綿，百姓流離失所，人口銳減，但是一些割據政權統治區域，諸如巴蜀、江南、瀟湘，經濟有部分程度的恢復；在工程建設方面，幾乎陷入停滯階段；在外交方面，諸國林立，兵禍連年，商貿往來受到了嚴重影響。

　　在這樣的戰亂頻繁的歷史背景下，各派勢力你方唱罷我登場，都在歷史舞臺上曇花一現，獲取政權都缺少「君權神授」的合理性，這無疑使讖文學在唐代發展的基礎上更加有了立足的沃土，幾乎每次新皇帝登基，都會有伴隨著論證其「合法性」的讖文學的產生，這樣的例子不勝枚舉，岳飛之孫岳珂《桯史》記錄當時的情形：「唐李淳風作《推背圖》，五季之亂，王侯崛起，人有倖心，故其學益熾。開口張弓之讖，吳越至以徧名其子，而不知兆昭武基命之烈也。……」〔註39〕這一方面是文學自身衍變的必然結果，詩的體裁形式與思想內容在唐代已臻頂峰，詩本身發展到相當高度而出現試圖滲透社會各個領域的趨勢；另一方面是文學外部環境使然，國勢多難、政權交替頻繁，讖言符瑞舊焰復熾，使得詩與讖相互結合並盛行五代成為可能。由此，讖文學成為五代十國時期文學的重要文學樣式，「上鏡率」很高，佔了隋唐五代讖文學材料數量的近一半之多。透過讖文學，主要是讖言詩的研究，對瞭解和分析戰亂分裂時期國家政權和士人心態是很有幫助的。

第三節　隋唐五代讖文學的文本類型

　　關於讖文學的文本類型劃分，不同學者意見各異。鄒志勇先生《宋代詩讖的類型劃分及心態解析》將詩讖從內容上劃分爲「事關國事者」與「事關人事者」兩大類；同時還從記述狀況上劃分出三種：預作詩以讖後世者，即創作時候作者有以詩作讖的主觀意願，而後事恰驗證了他的預期；根據詩人後來的命運歸宿來推斷其先前所作詩歌爲詩讖；其義自現者，即雖未明言是詩讖，但據記錄者敘述的口吻可以推知其所記乃詩讖〔註40〕。鄺向雄先生的

〔註39〕岳珂撰，吳企明校：《桯史》卷一，北京：中華書局，1997 年，第 2 頁。
〔註40〕鄒志勇：《宋代詩讖的類型劃分及心態解析》，載《晉陽學刊》，2006 年第 4
　　　　期，第 110～112 頁。

碩士學位論文《唐代讖謠初探》把讖謠主要分成兩個方向，一是在政治上的
應用，二是對社會、自然現象的預測。前者又可細分為與政權直接相關的政
治性的讖謠、對社會政治局勢做出預測的讖謠、對人物命運做出預測的讖謠、
與軍事有關的讖謠和作為權謀手段應用於政治生活中的讖謠〔註 41〕。這些分
類都有一定的依據和原則，值得借鑒。本書試以與隋唐五代史料相關的以詩
的形式出現的讖言詩為文獻基礎，將這一時期讖文學劃分為四種基本的文本
類型〔註 42〕。

（一）形勢型讖文學

形勢型讖文學是對時代未來命運，尤其是政治命運的發展形勢的、「有關
國事」的預測性讖文學。

例一，《太平廣記》引《廣德神異錄》：

> 唐大曆中，澤潞有僧，號普滿，隨意所為，不拘僧相，或歌或
> 笑，莫喻其旨。以言事往往有驗，故時人待之為萬迴。建中初，於
> 潞州佛舍中題詩數篇而亡。所記者云：「此水連涇水，雙珠血滿川。
> 青牛將赤虎，還號太平年。」題詩後，人莫能知。及賊泚稱兵，眾
> 方解悟。此水者「泚」字，涇水者，自涇州兵亂也。雙珠者，泚與
> 滔也，青牛者，興元二年乙丑歲，乙者木也，丑者牛也。明年改元
> 貞元，歲在丙寅。丙者火也，寅者虎也，至是賊已平，故云青牛將
> 赤虎，還號太平年。〔註 43〕

這則讖言詩發生的時代是在「唐大曆中」，所用的形式是一首格律嚴格的五言
絕句。全詩充斥字謎、五行與諧音等讖文學的常見闡釋手法，終不許一語道
破。前二句「此水連涇水，雙珠血滿川」，用「此水」覆射「泚」，以「拼字
法」暗示主叛者朱泚的名字，「雙珠」則以「諧音法」附會為朱泚、朱滔二位
叛軍首領的姓氏；「涇水」繫聯叛亂起兵之地，「血滿川」則指戰事引致生靈
塗炭。後二句「青牛將赤虎，還號太平年」，闡釋者言之甚詳：「青牛者，興
元二年乙丑歲，乙者木也，丑者牛也。明年改元貞元，歲在丙寅。丙者火也，

〔註41〕郗向雄：《唐代讖謠初探》，北京：首都師範大學碩士學位論文，2004 年，第
7、22 頁。

〔註42〕拙文：《與五代史料相關的讖言詩的文本類型與文化闡釋》，載《社會科學家》，
2005 年 6 期，第 171～174 頁。

〔註43〕李昉：《太平廣記》卷一百四十，北京：中華書局，2003 年，第 1011 頁。

寅者虎也。」此乃用「五行法」互扣，以五行、干支、生肖相互影射，與中國傳統紀年法聯繫起來，並進一步以「太平年」進一步說明戰事的終結。若仔細推敲，很多說法並站不住腳，但是至少對其多義性的闡釋中，其中可以跟歷史暗合，從而對政治形勢的發展有所預測，使之成為讖。

例二，《宣室志》卷五：

> 寇天師謙之，後魏時得道者也，常刻石為記，藏於嵩山之上。上元初，有洛川邰城縣民，因採藥於山，得之以獻。縣令樊文言於州，州以上聞，高宗皇帝詔藏於內府。其銘記文甚多，奧不可解，略曰「木子當天下」，又曰「止戈龍」，又曰「李代代，不移宗」，又曰「中鼎顯真容」，又曰「基千萬歲」。所謂「木子當天下」者，蓋言唐氏受命也；「止戈龍」者，言天后臨朝也，止戈為武，武，天后氏也；「李代代，不移宗」者，謂中宗中興，再新天地；「中鼎顯真容」者，實中宗之廟諱，「真」為睿聖之徽謚，得不信乎；「基千萬歲」者，「基」，玄宗名也，「千萬歲」，蓋曆數久長也。後中宗立極，樊文男欽貢以石記本上獻，上命編於國史。〔註44〕

這則讖言詩在中國傳統的災異禎祥的天命觀念支配下，以隱晦的拆字、諧音、雙關手法預測了整個初盛唐皇位的更迭。《禮記·中庸》云：「國家將興，必有禎祥；國家將亡，必有妖孽。」〔註45〕本著天人感應的信仰，讖言的出現似乎是天命的暗示，這類讖言詩往往對帝王心態產生深遠影響，並有意通過讖言詩解讀「天命」。此則材料言「中宗立極……上命編於國史」，李顯主動以讖言詩的生成與傳播規律去迎合、完善及豐富詩的附加意義，類同心理學所說的自驗預言。所謂自驗預言，是指某事實正好如一個人預想或預言那樣，但這並不一定是由於個人的先見，而是因為實現自驗預言的人按照使這些結果盡可能完善的方式而行動的緣故。在有目的的情境中，讖文學之所以成「讖」，完全是個人對自己或別人對自己有所預期，而自己刻意或無意中去努力，結果讖言在自己以後行為結果中應驗，從而使讖文學更趨可信。如果真的要追究刻石之詩的真偽，「基千萬歲」很快就暴露了——哪有千秋萬代經營下去的王朝呢？

〔註44〕張讀：《宣室志》卷五，稗海本，板橋：藝文印書館，1966年，第10～11頁；張鷟撰，趙守儼校：《朝野僉載》卷五，北京：中華書局，1997年，第118頁，文字稍異，校勘注出自《太平廣記》卷三九一出《宣室志》。

〔註45〕鄭玄注，孔穎達疏：《禮記正義》卷五十三，阮元：《十三經注疏》，前引書，第1632頁。

（二）宿命型讖文學

宿命型讖文學是詩人創作或吟誦某詩，其後其詩整篇或斷章、甚至字詞的意義一語成讖，預示詩人的某種歸宿或命運走向，是「有關人事」的讖文學。這類讖文學多出現在頗具靈異色彩的傳奇故事記載中，多帶有報恩、復仇、遇仙等封建意味。

例一，《舊唐書・竇建德列傳》：

> （武德三年）秦王攻王世充於洛陽。……（武德）四年，建德克周橋，虜海公，留其將范願守曹州，悉發海公及徐圓朗之眾來救世充。……三月，秦王入武牢，進薄其營，多所傷殺……建德數不利，人情危駭，將帥已下破孟海公，皆有所獲，思歸洺州。……於是悉眾進逼武牢，官軍按甲挫其銳。及建德結陣於汜水，秦王遣騎挑之，建德進軍而戰，實抗當之。建德少卻，秦王馳騎深入，反覆四五合，然後大破之。建德中槍，竄於牛口渚，車騎將軍白士讓、楊武威生獲之。先是，軍中有童謠曰：「豆入牛口，勢不得久。」建德行至牛口渚，甚惡之，果敗於此地。建德所領兵眾，一時奔潰，妻曹氏及其左僕射齊善行將數百騎遁於洺州。……〔註46〕

竇建德被李世民「挫其銳」，打得丟盔棄甲，士氣低落，人心背向大勢已定，所以才會有「讖謠」的傳播。它的傳播，或是來自於李世民一方刻意為之，為實地和心理進攻造勢，包括在「牛口渚」埋下伏兵；或是肇始於竇建德一方暗藏的投降派，來為投降或者逃跑準備服務。童謠的傳播，暗地裏起到了「四面楚歌」的作用。軍中士氣已經為之動搖，當「牛口渚」的地名適時地出現時，諧音就成為一種語言巫術，因此這種觀念本質涉及到語言禁忌的問題。禁忌是以信仰為核心的心理民俗，凝結著人類原始的心理和幻想，語言禁忌建立在語言神秘感、語言魔力信仰的基礎上，是一種在民俗文化之中潛藏的古老巫術思維。當寫詩之人有意或無意識地製造出讖言詩時，言語便賦予一種神秘的超自然的詛咒力量，達到毀傷的目的，詩便在古老的巫術思想指導下成為一種咒語，令人恐悚，產生了強大的心理摧毀作用，從而淪為包含宿命論思想的讖文學。受到傳統陰陽思想潛移默化的影響，宿命論的認識在普通民眾的思想中根深蒂固，凡事皆由天定，人力不可違抗，富貴壽考固已前定。《蜀本分門古今類事》序：「凡前定興衰、窮達、貴賤、貧富、死生、

〔註46〕劉昫：《舊唐書》卷五十四，前引書，第2240～2242頁。

壽夭，與夫一動一靜，一語一默，一飲一啄，分已定於前，而形於夢，兆於卜，見於相，見應於讖驗者，莫不錄之。」〔註47〕一切事物的興衰成敗似皆有定數、命中注定，並通過一定的預兆顯示出來，抹煞了人的主觀能動性；但另一方面，雖有定數，讖言由天及人，中國傳統奉行「諸善奉行、諸惡莫作」的行為準則，思想模式導向「善有善報、惡有惡報，不是不報，時辰未到」的傳統心理結構。竇建德之兵敗，與當時李世民順應民意及歷史潮流也不無關係。

例二，《古今類事》引《名賢小說》：

　　王處厚，字元美，華陽人也。舉進士於孟氏廣政丁卯歲，下第無聊，乃出西郊淨眾佛剎。見一僧老而癯，揖與語，曰：「吾本太中人，姓王名緘，字固言，及進士第，至於今，合得五百九十四甲子，一千一百八十八決辰。時壯室有二，今計齒一百三十年矣。遭亂為僧，游蕩至此。」會語久之，別去，又曰：「秀才成在明年。」處厚歸，復訪之，已絕迹矣。是歲冬，忽聞扣門，乃其僧也，曰：「吾欲遊峩嵋，思一會別。」乃引處厚遊寺北社齬公廟。俄有數吏由廟出，降階列，僧曰：「新官在此，便可公參。」吏再拜。處厚悸悚，因問來春之事。僧為一札以授之，曰：「春試畢開之。」有十六字，曰：「周士同成，二王殊名，主居一焉，百日為程。」及放榜，處厚果第一，王慎言為榜眼，八人為周之八士也。處厚心惡百日之語，日出西郊，遊古陌，吟詩曰：『雖言今古事難窮，大抵榮枯總是空。算得生前隨夢蝶，爭如雲外指冥鴻。暗添雪色眉根白，旋落花光臉上紅。惆悵荒原懶回首，暮林蕭瑟起悲風。」及暮還家，暴卒。同年見處厚藍袍槐簡投刺云：「新授司命主簿」。自登第及死，正百日。此不謂之前定可乎？〔註48〕

暗示（suggestion）指向對方表達一種非強迫性的意見，能使對方在不加懷疑

〔註47〕委心子：《新編分門古今類事》前言，北京：中華書局，1987年，第1頁。
〔註48〕委心子：《新編分門古今類事》卷四，前引書，第58頁。此詩在《警世通言》中「雖言」作「誰言」，「蕭瑟」作「蕭索」，馮夢龍：《小夫人金錢贈年少》，《警世通言》卷十六，上海：上海古籍出版社，2012年，第180頁；一本作「誰言今古事難窮，大抵榮枯總是空。算得生前隨分過，爭如雲外指溟鴻。暗添雪色眉根白，旋落花光臉上紅。惆悵淒涼兩回首，暮林蕭索起悲風。」徐文助校，臺北：三民書局，2008年，第207頁。

的心態下接受，並在行動上實踐；自我暗示（self-suggestion）則是主客體合而為一，施受都來自自己的內心。其中，引起正面後果的屬於積極的自我暗示，引起不良後果的屬於消極的自我暗示。後者在如「杯弓蛇影」、「草木皆兵」等典故中都曾發揮過作用。王處厚在強烈的自我消極暗示下自我涉入，即對某一種事情或某一種態度立場很感關切，將詩句跟自己對號入座地聯繫在一起。正是這種自我的消極暗示，產生焦慮，當事人長期處在由緊張、不安、焦急、憂慮、恐懼等感覺交織成的情緒當中，知覺上處於一種反常狀態，認識上的失衡而將本來不具威脅性的事物誤解為可怕對象，惶惶不可終日，在過度焦慮中，健康受到極大損傷，終合「暴卒」。

（三）災難型讖文學

古人認為災難是不可避免的，但天人相通的預言能給人們以警告。災難型預言就是讖文學對某種即將發生的災難時間預先給予警報。這類讖文學，既可能有關於國事，也可能有關於人事，重點還是在天災人禍上，很難具體歸類到國事類還是人事類去，故單列一型。

例一，《太平廣記》引《通幽錄》：

> 唐元載為相時，正畫有書生詣焉。既見，拜語曰：「聞公高義好士。」輒獻詩一篇，以寄其意。詞曰：「城南路長無宿處，荻花紛紛如柳絮。海鶖銜泥欲作窠，空屋無人卻飛去。」載亦不曉其意。既出門而沒。後歲餘，載被法家破矣。〔註49〕

《玄怪錄·補遺》引《廣記》卷三三七，文字表述略有出入：

> 大曆九年春，中書侍郎、平章事元載早入朝，有獻文章者，令左右收之。此人若欲載讀，載云：「俟至中書，當為看。」人言：「若不能讀，請自誦一首。」誦畢不見，方知非人耳。詩曰：「城東城西舊居處，城裏飛花亂如絮。海燕銜泥欲下來，屋裏無人却飛去。」載後竟破家，妻子被殺云。〔註50〕

災難主要分為自然災難和人事災難兩大類。針對古代中國而言，自然災難是先民所依賴的自然界中所發生的異常現象，主要是火災、洪水、乾旱、

〔註49〕李昉：《太平廣記》卷一四三，前引書，第 1030 頁。
〔註50〕牛僧孺撰，程毅中校：《玄怪錄》補遺，北京：中華書局，2008 年，第 125 頁。

蝗災、暴雨、暴雪、冰凍等，發生頻率較高，給人民的生活和生產造成較
爲明顯的損失和影響的，同時也涵蓋了地震、地面沈降、泥石流、沙漠化、
颱風、火山、海嘯、酸雨等較少發生的自然災害。人事災難則跟前面所提
的「宿命型」有相似的地方，不過災難型更多指向人生的悲劇命運，強調
的是死亡、殘疾或者心理上的痛苦，宿命型則強調的是事件發生的必然性，
未必導向一個壞的結果。元載爲人慷慨大義，這位傳達神秘旨意的書生亦
加稱許：「聞公高義好士。」按照中國傳統思維中善有善報的道德慣性，他
不當有此難，然而，災難是難以預期的，這正是災難型與宿命型讖文學的
差別所在。此首讖言詩以七言絕句爲載體呈現，言意的模糊性終不許一語
道破，或許書生僅僅只是神秘力量的傳聲筒，他的詩被後人斷章取義地抓
出「空屋無人」的關鍵詞，來解釋元載「被法家破」的飛來橫禍，突出的
是元載命運的悲劇性。

　　例二，《太平廣記》引《錄異記》：

　　　　黃萬祐修道於黔南無人之境，累世常在。每三二十年一出成都
　　賣藥，言人災禍無不神驗。蜀王建迎入宮，盡禮事之。……後堅辭
　　歸山，建泣留不住，問其後事，皆不言之。既去，於所居壁間見題
　　處曰：「莫交牽動青豬足，動即炎炎不可撲。鷲獸不欲兩頭黃，黃即
　　其年天下哭。」智者不能詳之。至乙亥年，起師東取秦鳳諸州。報
　　捷之際，宮內延火，應是珍寶帑藏，並爲煨燼矣。乃知太歲乙亥，
　　是爲青豬，爲焚燕之期也。後三年，歲在戊寅土而建殂。方知寅爲
　　鷲獸，干與納音俱是土，土黃色，是以言鷲獸兩頭黃。此言不差毫
　　髮。〔註51〕

讖緯的思維方式自漢代讖緯神學大行其道後深深滲入封建主義意識形態中。
讖文學將天意、神命、冥定的預言賦予文學的形式，假託詩文，作出對社會
發展動向、人事禍福吉凶的先兆性預言。上天若不滿人事，「國家將有失道之
敗，而天乃先出災害以譴告之，不知自省，乃出怪異以警懼之。尚不知變，
而傷敗乃至」〔註52〕。蜀宮之火與王建駕崩被附會爲「天人感應」，這種附會
又恰恰跟天災聯繫在了一起，突如其來的災難給人世間帶來了不可估量的損
失，而這種「飛來橫禍」往往又會被認爲不可思議或不可抗拒，其起因無法

〔註51〕李昉：《太平廣記》卷八十六，前引書，第558頁。今本《錄異記》不載。
〔註52〕班固：《漢書》卷五十六，前引書，第2498頁。

解釋，所以只能跟超自然力量結合起來，導致使其蒙上一層神秘色彩。用讖言來解釋災難的成因，是災難型讖文學的典型特徵。

（四）巧合型讖文學

巧合型讖文學是指詩文的字詞章句中，有與現實或後世名物有所雷同者，這種雷同並非有意為之，而是渾然天成的巧合。上述形勢型、宿命型、災難型讖文學，在某種程度上來說，亦屬巧合，不過前三類有更多的隱喻、勸誡意味，單純的巧合型讖文學則更強調雙關的字面意味，而且盡力擯除了人為因素。巧合型跟前面的三種文本類型仍不免或多或少有歸類上的重複性。

例一，《蜀檮杌》卷下：

> 蜀未亡前一年歲除日，昶會學士辛寅遜題桃符板於寢門，以其
> 詞工，昶命筆自題云：「新年納餘慶，嘉節賀長春。」蜀平，朝廷以
> 呂餘慶知成都，長春乃太祖誕聖節名也。其符合如此。〔註53〕

《楹聯叢話》以為孟蜀桃符為聯語之始，此聯屢見諸本，而文詞多有異本，如《宋史·蜀世家》、《十國春秋·後蜀後主本紀》、《詩話總龜》引《談苑》均作「新年納餘慶，嘉節號長春」〔註54〕；《古今類事》引《國史補》、《茅亭客話》作「天垂餘慶，地接長春」〔註55〕；《洛中記異錄》則作「天降餘慶，聖祚長春」〔註56〕。無論異本出入如何，關鍵詞都不離「餘慶」、「長春」。讖言詩的觀念是建立在對語言文字先兆作用信仰和巫術潛意識的基礎上的，語言和文字被認為具有一種預示事物的發展與結局的神秘力量。與陰陽五行相配置的系統化的「天人」學說，作為附會天意、索解人事的神秘主義哲學的一種，以「符命」與「天譴」來印證天人感應，將人事與天命、自然現象結合起來，天之所言，必有所端倪呈現世間。「餘慶」、「長春」本是吉祥用語，恰好基於語音和語義上的雙關，而被借為人名和節名，先前並無刻意為之的

〔註53〕張唐英：《蜀檮杌》卷下，北京：商務印書館，1939年，第26頁。

〔註54〕脫脫：《宋史》卷四七九，北京：中華書局，1977年，第13881頁；吳任臣：《十國春秋》卷四十九，北京：中華書局，2010年，第742頁；阮閱撰，周本淳校：《詩話總龜》卷三三，北京：人民文學出版社，1987年，第327頁。

〔註55〕委心子：《新編分門古今類事》卷十四，前引書，第205頁；黃休復撰，李夢生校《茅亭客話》卷一，《宋元筆記小說大觀》，前引書，第399頁。

〔註56〕秦再思：《洛中記異錄》，陶宗儀：《說郛三種》卷二十，涵芬樓影印本，上海：上海古籍出版社，1988年，第372頁。

嫌疑，但是傳統思維必引向「天人感應」的陳詞濫調之上，彷彿這樣才能爲繼而發生的禍福作好注腳，事實上則是抹煞了必然和偶然之間的本質差別。

例二，《本事詩》曰：

> 崔曙進士作《明堂火珠》詩試帖曰：「夜來雙月滿，曙後一星孤。」
> 當時以爲警句。及來年曙卒，唯一女名星星，人始悟其自讖也。
> 〔註57〕

崔曙因其對仗工整、格律嚴謹、意境深遠、語言清新的「警句」爲時人稱誦，但是文中的對句被後來的闡釋者賦予了雙關的意味：「曙」，既可指清晨的曙光，又可指崔曙的名字；「後」，既可指時間上較晚發生的，又可特指「身後」，即過世；「星」，既是星辰的實指，又恰好影射崔曙女兒的名字；「孤」，既是單獨、突出的物體、心理的狀態，又可特指幼年失怙或父母雙亡的情形。就詩句本身來說，對句跟出句對仗完美，夜、曙，時令對；來、後，時序對；雙、一，數字對；月、星，天文對；滿、孤，狀態對。如果按照讖詩的讀法，則完全違背了對仗的要求。

例三，《十國春秋‧韋莊傳》：

> 武成三年，（韋莊）卒於花林坊，葬白沙之陽。是歲，莊日誦杜
> 甫「白沙翠竹江村暮，相對柴門月色新」之詩，吟諷不輟，人以爲
> 詩讖焉。〔註58〕

《南鄰》〔註59〕是杜甫作於成都草堂時期的一首七律，是杜甫對鄰里「錦里先生」安貧樂道、耿介平和的訪隱讚歌，從全詩來說，並無蕭索的氣氛。韋莊所吟誦是尾聯二句，「白沙」、「翠竹」形成句中對，勾勒出「秋水纔深四五尺，野航恰受兩三人」的江村日暮送別的背景，所選之物具有超凡脫俗的象徵意味，再加上明淨無纖塵的新月光輝，更給送別場景增添了別樣的清幽澹然之氣。韋莊對杜甫素來崇敬，在其生平經歷、詩歌思想、表達方式和風格韻味上都受到杜甫及其詩作的影響，甚至他入幕西蜀之後，在浣花溪畔重建當年杜甫的草堂遺址，以杜甫的文統自居，因此他欣賞杜甫《南鄰》詩中閒雲野鶴之氣是理所當然的。而其死後，因日吟杜甫《南鄰》詩，身葬「白沙

〔註57〕孟棨：《本事詩》卷六，丁福保：《歷代詩話續編》，北京：中華書局，2006年，第19頁。
〔註58〕吳任臣：《十國春秋》卷四十，前引書，第593頁。
〔註59〕杜甫：《南鄰》，仇兆鰲注：《杜詩詳注》卷九，北京：中華書局，1999年，第760頁。

之陽」，杜詩中的「白沙」二字由虛轉實，被坐實爲「詩讖」。這只是一個意外的巧合，並無半點人爲製造讖言的痕迹。杜詩氣象萬千，韋莊又熟讀杜詩，其中某個意象被意外放大，本來就存在很大的再闡釋和再發揮的空間。「白沙」這個意象不僅極其常見，而且也多作地名，在今日中國，浙江、福建、河南、廣西、重慶、江西、安徽，都有「白沙」同名之地。

由此可見，所謂巧合型讖文學，是根據詩文中的某些詞句與涵義上的某種莫須有或極爲牽強附會的關聯，以偏概全地將偶然性誇大成一種普遍規律並加以神秘化，從某個側面來說，也可管窺讖文學穿鑿附會的本質。

以上四種文本類型的劃分，歸類上還存在著相互交叉重疊的情況，但從思路上來說，大致可以理清讖文學的國事與人事、偶然與必然、有意與無意之間的界限，對於理解讖文學的脈絡和走向，還是有一定的幫助和意義的。接下來，本書將通過不同的視野切入到讖文學的文學與文化本質上，以此揭開籠罩在讖文學之上的神秘主義面紗。

第三章　陰陽五行學視角下的隋唐五代讖文學的文本闡釋

　　陰陽五行學說可謂是中國文化傳統中滲透最爲廣泛、影響最爲深遠的學說之一，明確陰陽、陰陽五行學說、陰陽家的概念，對釐清陰陽五行學說與隋唐五代讖文學的關係尤其重要。

第一節　陰陽五行學研究視角概說

　　陰陽家與陰陽五行學說由來已久。雖然作爲一門專業的學科研究始自近現代，然而其作爲中國傳統神學與哲學的核心思想與理論依據之一，在中國本土上下幾千年的歷史傳承中，廣泛滲透入中國文化的方方面面。比如陰陽五行學說作爲中國古代樸素的辯證法思想，對中國古代哲學產生了深遠的影響。除此之外，中國古代的天文學、氣象學、化學、算學、醫學、藝術學等學科也都在其滲透下不斷獲得新的發展助力，不管是天體運行、宇宙動態、地表演變、元素周期，還是生活中的醫藥、卜筮、建築、生活習慣、農業耕作、政治策令、文學創作等等，都能看到陰陽五行文化的影子。

　　陰陽學說最早的源頭通常被認爲是卜筮之書《周易》，但在《易經》的經文中提及陰陽的只有「鳴鶴，在陰」〔註1〕（《中孚·九二》）這一條。此條僅僅涉及「陰」字的古意爲背日，還稱不上有陰陽思想的內容。而《說文解字·

〔註 1〕王弼、韓康伯注，孔穎達疏：《周易正義》卷六，阮元《十三經注疏》，前引書，第 71 頁。

阜部》曰：「陰，暗也，水之南、山之北也」；「陽，高明也。」〔註2〕《說文解字義證》曰：「高明也者，對陰言也。」〔註3〕由此可見，不管是《周易》還是《說文解字》，對於「陰陽」的解釋均與日照、地理方位有關。這體現了古人的時間觀念和空間意識。日出月落則明，日入月出則暗，向光則明，背光則暗，這是物理常識，但是所反映的卻是古人日出而作、日沒而息的生活節奏。由此可知陰陽概念最初源於中國土地上原始初民的基本時空觀念。而記錄文字的出現，則是同一些人對自然進行觀察與總結的證據。

雖然最早的陰陽觀念來自於生活與勞動，但在日後的演化中，陰陽觀念漸漸從簡單具體的生活事物中抽離出來，敷衍出其玄虛艱澀的抽象含義，並且這一種抽象的含意通過向外發展，向內細分，取代了其具體含義，並形成體系，流衍為文化，最終形成了陰陽二元論，擁有了歷史性的生命。這一種理論認為陰陽交感化生宇宙萬物，認為任何事物內部都存在著陰陽兩個方面的對立與統一，一切世間事物的發生、發展、變化，都是陰陽二元對立統一活動的結果。巫術也認同對立與聯繫，「它相信自然界中普遍存在著人們不可見的種種聯繫和影響；相信外界（包括人死後的冥界）有種種可能對人們發生影響；相信人反過來也可以對這些外界發生影響；就是人本身，人與人之間也可能發生某種看不見的影響」〔註4〕。雖然我們還無法就此斷定陰陽五行便是巫術，但是至少陰陽學與巫術有著某些共同的特徵。而就是這一種理論，為後世看似煞有根據的預測未來、神鬼占卜和符籙術數埋下了伏筆。

與陰陽學說在傳統認識上容易混為一談的是五行學說。兩者固然在後代互相滲透結為一體學說，但是其二者最初的源頭與產生時代卻不盡相同，是兩個截然不同的系統。

五行學說始於殷商之際，發展於春秋戰國時期，完善於秦漢兩代。完整的五行文化在秦漢以後才真正形成。與陰陽學說相比，它的形成經歷了一個相對漫長的過程。五行文化源於多個方面，由諸多因素共同融合演化而成，如殷商甲骨文卜辭中所提到的「五方」、「五土」、「五風」，《尚書》、《左傳》所提到的「五材」說，以及其他一些以「五」字為模式的文化要素，如「五

〔註2〕許慎：《平津館校刊說文解字》卷十四下，前引書，第479頁。
〔註3〕桂馥：《說文解字義證》卷四十七，上海：上海古籍出版社，1987年，第645頁。
〔註4〕張紫晨：《中國巫術》，上海：三聯書店，1990年，第58頁。

官」、「五音」、「五色」等。《尚書・洪範》已將五行配五味：

　　　　一、五行：一曰水，二曰火，三曰木，四曰金，五曰土。水曰
潤下，火曰炎上，木曰曲直，金曰從革，土爰稼穡。潤下作鹹，炎
上作苦，曲直作酸，從革作辛，稼穡作甘。

《尚書正義》引《書傳》進一步闡發：

　　　　水火者，百姓之求飲食也，金木者，百姓之所興作也，土者，
萬物之所資生也，是爲人用。〔註5〕

《左傳》則把五行與五材、五方神聯繫起來：

　　　　天生五材金木水火土也，民並用之，廢一不可。

　　　　故有五行之官，是謂五官。實列受氏姓，封爲上公，祀爲貴神，
社稷五祀，是尊是奉。木正曰句芒，火正曰祝融，金正曰蓐收，水
正曰玄冥，土正曰后土。〔註6〕

《禮記》及《呂氏春秋》將這一個系統排列成整齊有序的五方、五帝、五佐
神的模式，且與四時的概念相互融合：「孟春之月，日在營室，昏參中，旦尾
中，其日甲乙，其帝大皞，其神句芒」，「孟夏之月，日在畢，昏翼中，旦婺
女中，其日丙丁，其帝炎帝，其神祝融」，「中央土，其日戊巳，其帝黃帝，
其神后土」，「孟秋之月，日在翼，昏建星（斗）中，旦畢中，其日庚辛，其
帝少皞，其神蓐收」，「孟冬之月，日在尾，昏危中，旦七星中，其日壬癸，
其帝顓頊，其神玄冥」〔註7〕。「其帝」皆是先君帝王，「其神」皆是自然主神，
古代中國人的原始宗教信仰模式從中可見一斑，這個模式也孕育出五德始
終、自然輪迴相結合的理論雛形。

　　與「陰陽」的歷史發展類似，「五行」在歷史演變中也逐漸脫離了自然物
質的指代而被抽象剝離爲描述事物性質的普遍概念，並形成了一整套與陰陽
互相關聯共生的、帶有極強神秘主義色彩的理論體系。

〔註5〕孔安國傳，孔穎達疏：《尚書正義》卷十二，阮元：《十三經注疏》，前引書，
　　　第188頁。舊題伏勝撰，皮錫瑞疏：《尚書大傳疏證》師伏堂影印本卷四，上
　　　海：上海古籍出版社，1995年，第171頁。
〔註6〕杜預注，孔穎達正義：《春秋左傳正義》卷三八、五三，阮元：《十三經注疏》，
　　　前引書，第1997、2123頁。
〔註7〕鄭玄注，孔穎達疏：《禮記正義》卷十四至十七，阮元：《十三經注疏》，前引
　　　書，第1352、1364、1371、1372、1380頁；呂不韋編，許維遹注：《呂氏春
　　　秋集釋》卷一、四、六、七、十，北京：中華書局，2010年，第5、83、132、
　　　154、215頁。

　　陰陽學與五行說都是解釋自然宇宙運行規律的學說，這是二者在後世能夠名正言順地互相融合的最根本原因。陰陽學與五行合流成為一套完整的陰陽五行理論，其初具雛形大約在春秋戰國時期，兩者之間以「氣」論為媒介得到溝通與連結，《道德經》「萬物負陰而抱陽，沖氣以為和」〔註8〕便是明證。《管子・四時》中，五方、五星、四時等要素皆相互聯繫而出現：

　　　　東方曰星，其時曰春，其氣曰風，風生木與骨……

　　　　南方曰日，其時曰夏，其氣曰陽，陰生火與氣……

　　　　中央曰土，土德實輔四時，入出以風雨，節土益力，土生皮肌

　　膚……

　　　　西方曰辰，其時曰秋，其氣曰陰，陰生金與甲……

　　　　北方曰月，其時曰冬，其氣曰寒，寒生水與血。〔註9〕

然而至此為止，陰陽五行仍是一種樸素唯物主義的自然哲學。後人將自然哲學的比類寓意的方式擴大化，極盡臆想之能事，在理論與事件之間強加因果，牽強附會，炮製出各種陰陽五行圖讖符記，並結撰出許多預測災禍吉凶、兆示運命禍福的占卜與命算之法，成為時至今日仍為國人廣為參考運用的「黃帝曆」、「堪輿術」、「占星學」等等民間學說；而統治階級則用它來論證自己皇統天命的合理性，如秦始皇統一天下後，就在政策上把五行思想正式引入帝國的宗教體系之中，以為秦代周之火德而為水德：「自齊威、宣之時，騶子之徒論著終始五德之運，及秦帝而齊人奏之，故始皇采用之。」〔註10〕五德始終的學說一旦被官方接受，遂開啓了後代陰陽五行對官方宗教和政治理論廣泛影響的大門。漢代基本承襲了秦始皇的宗教政策，高祖東擊項籍入關之後，把祭祀四方五帝納入國家行為。上行下效，民間遂有試圖邀功獲利的江湖術士層出不窮，因為一旦得到皇帝的信任就能名利雙收。例如，「騶衍以陰陽主運顯於諸侯，而燕齊海上之方士傳其術不能通，然則怪迂阿諛之徒自此興，不可勝數也」〔註11〕，憑藉陰陽之學獲得名利，吸引後代方士妖人亦步亦趨，秦代有徐福，漢代有辛垣平、李少君、欒大等。作為哲學理論的陰陽五行學在這些「專業人士」的研究與闡發下日趨庸俗、媚俗，逐步染上了濃

〔註 8〕李耳撰，陳鼓應注：《老子注釋及評介》四十二章，北京：中華書局，2001 年，第 232 頁。

〔註 9〕管仲撰，黎翔鳳注：《管子校注》卷十四，前引書，第 842～854 頁。

〔註 10〕司馬遷：《史記》卷二十八，前引書，第 1368 頁。

〔註 11〕司馬遷：《史記》卷二十八，前引書，第 1369 頁。

重的神秘主義色彩，並最終被異化成民間迷信的主要源頭與依據。

　　與其他宗教哲學或民主思想的發展一樣，陰陽五行學說在歷史中雖有異化，然而其原本的哲學性並沒有完全泯滅，在向其他學術領域和日常生活的擴張與滲透中，依靠部分關注於陰陽學的科學哲理性而非其神學功能性的陰陽家，其學說仍得到了進一步的研究與傳播，陰陽五行學說遂得以在歷史中不斷整合前人經驗、發掘學科潛力，爲開啓後代研究法門做足準備。其代表人物分佈之學科領域極爲廣泛，在個別學科的歷史進程中，其起源與發展甚至必須依照陰陽五行學說的思想內核才能不斷發展與完善，這一點在中醫方面體現地尤爲突出。在文化領域，例如兩千年儒學發展中，精通「易學」的要求使得古代大儒幾乎都兼備陰陽家的技能。從《連山》、《歸藏》到《周易》起始，到董仲舒《春秋繁露》裏的「天人感應」的神學目的論，儒學要素被引入神學體系改造陰陽五行學說，使其具備倫理化的框架並向著讖緯的方向發展，到北宋邵雍演邵子神數、梅花易數、鐵版神術，周敦頤作太極圖，明天理之根源，究萬物之終始，將一些術數理論引入易學，促使易學象數化，直接啓發了南宋朱熹的理氣論。縱觀整個中國古代史，從文化到生活到政治，皆離不開陰陽五行學說的滲透，或在明或在暗的陰陽家亦參與其間。

　　舊時對陰陽家的評價是褒貶並存、毀譽並生的，司馬遷評價陰陽之祖鄒衍：「乃深觀陰陽消息而作怪迂之變」〔註12〕，班固論陰陽家：「敬順昊天，曆象日月星辰，敬授民時，此其所長也。及拘者爲之，則牽于禁忌，泥於小數，舍人事而任鬼神」〔註13〕。而在今天，陰陽五行思想由於本身的抽象性和神秘性，其往往被認作是術數、方術、迷信，得到的評價則通常是備受貶毀的。

　　既然陰陽五行學說在社會文化中的滲透如此廣泛，那麼它就不可避免地會出現在文學創作領域。當一首詩作爲讖言與陰陽五行學說扯上關係，它也就同時具備了集科學與迷信於一身的特點。有些讖言詩的應讖是出自對歷史與現實的合理分析與敏銳的社會洞察力和敏感性，如杜甫的某些「預測詩」（詳見第十章）；但更多的讖言詩只是基於巧合或疑神疑鬼的心理作用。還有一些讖言詩，借用陰陽五行學說爲其理論依據，假以傳統詩詞之文體形式，包藏的則是個人或小集團攫取政治、權力、財富等利益的企圖。

〔註12〕　司馬遷：《史記》卷七十四，前引書，第 2344 頁。
〔註13〕　班固：《漢書》卷三十，前引書，第 1734 頁。

　　正如原子能既可以用來發電，也可以用來製造核武器一樣，陰陽五行學說作爲觀測天文現象、判斷地形風水、治療人體病症的依據，也可以被用來製造迷信活動、引發政治鬥爭。所以決定一首讖言詩是合理推測還是迷信運用的關鍵，並不在陰陽學本身，而在於讖言詩生成與傳播機制中人的因素。

第二節　讖言、詩歌與陰陽學的結合

　　讖、詩歌、陰陽學的結合有一個歷史過程，其中讖與陰陽五行結合要早於讖與詩的結合，這與陰陽學理論成型較早，而詩歌文體成熟較晚有關。

　　關於讖與陰陽學的結合，例子很多，比如漢代緯書《易緯乾鑿度》引《洛書摘六辟》說孔子爲素王，事前即有「孔表雄德，庶人受命，握麟徵」〔註14〕的預兆；《春秋演孔圖》：「玄邱制，命帝卯行也。卯金刀、名爲劉。中國東南出荊州，赤帝後次代周」〔註15〕；《詩含神霧》：「含始吞赤珠，刻曰玉英，生漢皇。後赤龍感女媼，劉季興」〔註16〕。這是預言劉邦之興的讖語。雖然在文體上並非詩與謠，然而通過「卯金刀」、「吞赤珠」等句可以看出語言通過與陰陽五行的結合完成讖的使命，這至少在漢代已有明確的記載。

　　將韻語用於陰陽學視野下的讖言記載較早：

> **周末時童謠**
>
> 　　《家語》曰：「齊有一足之鳥，飛習於公朝，下止於殿前，舒翅而跳。齊侯大怪之，使使聘魯，問於孔子。孔子曰：『此鳥名曰商羊，水祥也。昔童兒有屈其一腳，振訊兩〔眉〕〔肩〕而跳且謠，今齊有之，其應至矣。急告民趨治溝渠，修堤防，將有大水爲災。』頃之，大霖雨，水溢泛諸國，傷害民人，唯齊有備不敗。」〔註17〕
>
> 　　天將大雨，商羊鼓舞。

孔子以童謠的內容以及所知的傳說，結合陰陽五行學說中水與特定的鳥類之間的關聯作出對未來天象的推測，認爲「商羊」是「水祥」，並推測將有大水災。根據後來的記載，孔子的推測是正確的，但《家語》被認爲是漢人僞造的書，孔子言論並不可信。再看二則：

〔註14〕《易緯乾鑿度》卷下，安居香山、中村璋八：《緯書集成》，前引書，第 43 頁。
〔註15〕《春秋演孔圖》，安居香山、中村璋八：《緯書集成》，前引書，第 581 頁。
〔註16〕《詩含神霧》，安居香山、中村璋八：《緯書集成》，前引書，第 463 頁。
〔註17〕郭茂倩：《樂府詩集》卷八十八，北京：中華書局，2001 年，第 1233 頁。

漢元帝時童謠

《漢書·五行志》曰:「元帝時童謠,至成帝建始二年三月戊子,北宮中井泉稍上,溢出南流。井水,陰也,竈煙,陽也;玉堂、金門,至尊之居:象陰盛而滅陽,竊有宮室之應也。王莽生於元帝初元四年,至成帝封侯,爲三公輔政,因以篡位也。」

井水溢,滅竈煙,灌玉堂,流金門。

漢成帝時歌謠

《漢書·五行志》曰:「成帝時歌謠也。桂,赤色,漢家象。華不實,無繼嗣也。王莽自謂黃象,黃爵巢其顚也。」〔註18〕

邪徑敗良田,讒口亂善人。桂樹華不實,黃爵巢其顚。故爲人所羨,今爲人所憐。

前一則政治讖謠以陰陽五行對應宮中名物,認爲井水溢出、熄滅竈煙並流遍玉堂金門,是「陰盛而陽滅」的象徵,寓有宮廷政變之意;後一則以五言古詩的形式呈現在田間所見之現象,《漢書·五行志》以赤色配前漢,以黃色配新莽,來闡釋這首童謠,五言詩已開始跟陰陽學視野下的讖言合流。二則皆附應王莽篡漢,對韻語詩歌進行讖言式的詮釋產生的時間應該是在新朝至東漢初年之間。王莽爲了論證自己篡位的合法性僞造各種符命祥瑞,東漢光武帝以《赤符經》爲纛推翻新莽立國,上位後遂大倡讖緯,態度極爲虔誠。兩朝均爲讖緯之學大盛之時代,其爲讖言與陰陽五行進一步結合提供了社會條件。

從韻語和詩歌語體的角度上說,以上三則均載於《樂府詩集》。第一則四言韻語出現在周末,孔子之語雖不可信,但韻語本身或許並非造假。先秦以四言爲詩歌主要形式,故該則可視爲韻語、讖言、陰陽學結合的一個早期範例。後兩則一是三言韻語,一是五言古詩,均爲出現在西漢的謠讖。五言詩起源於西漢而在東漢末年趨於成熟,陰陽學視野下的讖言也跟隨了這一文體潮流,借五言詩的形式進行表達。從讖言演變的這一過程管窺古代文體組織形式從四言韻語到五言古詩演變的歷史軌迹,可見讖與詩的結合與詩歌文體的發展成熟密不可分,讖、陰陽學、詩的文體,三者最終有機融合、齊頭並進的時代極可能出現在東漢。

〔註18〕郭茂倩:《樂府詩集》卷八十八,前引書,第1234頁。

　　東漢時期出現的陰陽學視野下的讖言詩多是以民間謠諺的形式流傳，難以確考其作者，而魏晉南北朝以來出現的陰陽學讖言詩則往往有明確的作者歸屬，其原因或與文學的不斷自覺導致的文人創作的個人化傾向有關。到了隋唐五代時期，詩歌創作無論是數量還是質量上都已蔚爲大觀，讖言詩產生於讖言而又超出於讖言，不斷拓展和滲透到新的領域去。

　　讖、詩歌、陰陽學三者結合的過程，實際上是將天、地、人三者打通，共同存放於一種文體內進行表達的過程，通過具有魔力的詩性語言，溝通天道與人事。《文心雕龍‧原道》就將語言與天道——自然與社會的運作規律——聯繫起來：

> 　　人文之元，肇自太極，幽贊神明，《易象》惟先。庖犧畫其始，
> 仲尼翼其終。而乾坤兩位，獨製《文言》。言之文也，天地之心哉！
> 若乃河圖孕乎八卦，洛書韞乎九疇，玉版金鏤之實，丹文綠牒之華，
> 誰其尸之，亦神理而已。〔註19〕

天地陰陽，彼此對立，二元互生互克，詮釋宇宙眞理，而訴諸文字，即是《文言》，因爲天道與語言連接，故曰「言之文也，天地之心」；而語言又與人連接以傳達天道，遂能推導出《河圖》、《洛書》的神理，確立陰陽五行源頭的合理性。這個過程表明了漢語語言的神秘主義崇拜與陰陽五行學說獲得某種程度的結合，並產生了陰陽學視野下的讖言以詩的形式加以表達的可能。

　　當詩歌作爲一種被社會普遍認可的正統文體，並被賦予承載神秘主義內涵的能力時，想要運用這種具備強大社會影響力的文體爲己所用的人便也應運而生。這些人充分利用文體特徵，借陰陽學在文化傳統中的地位爲理論依據，或顛倒時序、或諧音雙關、或斷章取義、或藏頭去尾，牽強附會、故弄玄虛，意圖操縱社會心理，引導輿論聲勢，爲自己的某種政治意圖張目。隋末唐初、武后時期、唐末五代，每逢亂世或改朝換代，便會有大量此類政治讖言詩湧現。除了詩作爲倍受崇拜的正統文體這一原因之外，詩本身的文體特徵也是重要因素。英國詩人雪萊說：「詩人的語言主要是隱喻的。」〔註20〕所謂隱喻，是在彼類事物的暗示之下感知、體驗、想像、理解、談論此類事

〔註19〕劉勰撰，王利器注：《文心雕龍校證》卷一，臺北：明文書局，2007年，第1頁。

〔註20〕雪萊：《爲詩辯護》，《十九世紀詩人論詩》，北京：人民文學出版社，1984年，第121頁。

物，具備了產生各種主觀解釋的可能。詩歌體裁短小精悍，名句往往不脛而走、風傳海內，再度詮釋的空間很大。

從詩人創作的態度上看，詩歌自古以來即存在著干預時政的要求，從《詩經》的「風人之旨」，到漢樂府的「感於哀樂，緣事而發」〔註21〕，再到唐代白居易的「歌詩合爲事而作」〔註22〕，都是明證。詩歌作爲一種抒情文體，具有表現政治意圖的功能，這爲後代詩論家解釋前人作品時結合當時的國家大勢與具體的歷史事件去揣測詩意提供了傳統依據，甚至演化成一種固執的詮釋慣勢，如宋代詩學長於斷章摘字，尋找微言大義、比興寄託，其說詩風氣是「務求深解，多穿鑿之詞」〔註23〕，甚至發揮自己的想像力來自圓其說。這種穿鑿的解詩傳統很容易過度詮釋，爲一些原本非讖的詩歌的讖化提供了生成環境。

第三節　讖文學的陰陽五行學傳播環境

陰陽學視野下的隋唐五代政治讖文學的產生有著深遠的歷史文化淵源。讖文學社會影響的產生需要借助大眾傳播的力量，大眾傳播的口耳性、模糊性與歪曲性，使得讖文學廣爲流傳，並增加其神秘主義的色彩，讓人處處感受到所謂的「天意」。

讖與陰陽學的結合起源極早，中國自古就有災異禎祥的天命觀念：「國家將興，必有禎祥；國家將亡，必有妖孽」〔註24〕，認爲國家興亡之際即有禎祥妖孽顯現於人世間。《國語・周語》：「幽王二年，西周三川皆震，伯陽父曰：『周將亡矣。夫天地之氣，不失其序，若過其序，民亂之也。陽伏而不能出，陰迫而不能烝，於是有地震。』」〔註25〕根據當時的社會宗教信仰，將自然地震與國家大勢相聯繫，是士大夫對於天、地、人三者關係認識的思考；而以「陽伏」、「陰迫」爲由解釋地震成因，則表明了通過陰陽學理論對自然天象與時事政治的闡釋以溝通天人的思維方式古已有之。

〔註21〕 班固：《漢書》卷三十，前引書，第 1765 頁。
〔註22〕 白居易：《與元九書》，朱金城箋：《白居易集箋校》卷四十五，前引書，第 2792頁。
〔註23〕 永瑢：《四庫全書總目》卷一九五，北京：中華書局，1965 年，第 1779 頁。
〔註24〕 鄭玄注，孔穎達疏：《禮記正義》卷五十三，阮元：《十三經注疏》，前引書，第 1632 頁。
〔註25〕 徐元誥撰，王樹民等校：《國語集解》周語上，前引書，第 26 頁。

董仲舒在《春秋繁露》裏直截了當地將天意徵象之異變與國家治理之得失相聯繫，從理論上將人的行爲與天意徵象間建立了絕對的聯繫：「凡災異之本，盡生於國家之失。乃始萌芽，而天出以災害以譴告之，譴告之而不知變，乃爲怪異以驚駭之，驚駭之尚不知畏恐，其殃咎乃至。」〔註26〕而這種觀點的理論基礎即是陰陽五行之學。自此以後，以應驗爲要義，用五行始終思想對政權更迭、改朝換代的歷史現象作出神秘主義解釋的活動，在兩千多年的中國歷史裏不絕於縷。

讖緯之學開宗立派亦源自董仲舒建立的神學目的論儒學體系，其核心是天人感應思想。天人感應思想的特點是將人事與天命、自然現象結合起來，認爲人類活動會導致自然界的某些變化，而自然的變化又能一一反映人類活動的動向。董仲舒所用的方法是將先儒理論與陰陽五行相配置、系統化爲「天人」學說，再佐以「符命」與「天譴」來加以印證。讖緯之學附會天意、索解人事，其目的是爲了證明封建皇權政治存在的合理性，一個封建政治集團的存在需要依附這套理論所支持的社會觀念的存在，因而在以皇權爲核心的封建社會條件下，歷代的行政指令並不能禁絕這一種現象（詳見第二章第一節），而陰陽五行學說又跟讖記、星占、醫藥等實用性極強的學科緊密聯繫，更無可能盡數廢棄。一是以皇權爲政治依附形式，一是以實用科學爲社會存在形式，兩重原因令讖緯屢禁難止。

當對神秘主義的認可廣泛存在於社會心理中時，便會有人有意識地發現或製作一些神秘的預言與讖兆，文學體式則在這樣一種社會潛在心理下被賦予了一種超自然的預言魔力。基於語言先兆的魔力，不論讖文學的現實創作動機與對象如何，一旦帶有了某種先兆的意味，解詩者便可刻意忽略眞相，將讖文學進行主觀詮釋與扭曲，以達到應讖的效果，所以讖言詩往往被認爲是一種假借神秘主義外衣的詩體文字，它忽略或者跳過推論過程，直接預測事件結果，凸顯出迷信的本質。這樣的社會環境下也催生了一些專門研究神秘主義讖緯符兆之人，他們採用陰陽五行學說，試圖合理而富有邏輯地製作或者解說這一類讖文學，成爲讖文學存在和傳播的關鍵人物。他們在某種意義上來說都是陰陽家，事實上，並非完全意義上的陰陽五行研究者才算是陰陽家，例如前文所引的孔子和班固，在解釋讖言時都不自覺地扮演了陰陽家的角色。但只是臨時扮演的陰陽家與實際的陰陽家仍有區別，以科學之心分

〔註26〕董仲舒撰，凌曙注：《春秋繁露》卷八，前引書，第318頁。

析陰陽五行與借用陰陽五行宣傳神秘主義謀權奪利更存在著本質的差異。

　　隋唐五代文學史中陰陽學和讖文學結合，根據其本質的不同大致分為兩種。一種是方士、「妖人」，即以宣揚和使用陰陽學說為職業的人，他們並非真正醉心於陰陽五行的學問，僅僅是打著神秘主義的幌子沽名釣譽，文獻中往往以「陰陽家」、「道術家」或是「妖人」（據說有仙法、知天理、能預知）來稱呼之。他們能製作一些預知未來的詩歌，且這些詩歌的預測性已得到確實證明（無論是證明過程還是資料的可信度）。這類讖言詩本書命名為「妖人讖文學」。另一種是儒士、道師，即精通陰陽學說的知識分子，他們本職並非陰陽家，而僅在對讖文學的創作和闡釋中運用或暗合陰陽五行理論，臨時充當陰陽家的角色。而這種對詩歌文本進行的編碼與解碼，在日後也獲得了事實的印證，達到一種讖言成真的效果。這類讖言詩多出現在詩人文士的別集作品裏，故本書稱之為「文人讖文學」。

第四節　陰陽學視野下隋唐五代讖文學的分體闡釋

　　根據創作主體、創作心理和創作目的的差異而劃定的讖文學類型有四大類：形勢型、宿命型、災難型、巧合型，若更為粗略地一分為二，主要包含形勢型（有關國事的政治型）和宿命型（有關人事的運命型）讖文學兩個基本大類。陰陽學視野下的隋唐五代讖文學，是將讖文學置於陰陽學說範疇之內進行的考察，這就需要讖文學在其詩體製作與闡釋過程中有陰陽學參與這一條件，依據上文所述的陰陽學與讖文學基本類型的結合方法，歸類出四種排列組合模式。

（一）政治型妖人讖文學

　　這一類的創作主體為統治者或潛在篡權者，通過讖言詩影響社會輿論以達到某種政治目的，而此讖文學製作者或發現者多是為此政治團體雇傭的「妖人」或陰陽家之流。此類型讖文學在史料記載中出現最多，如杜光庭《錄異記》序載：

　　　　怪力亂神，雖聖人不語，經誥史冊，往往有之。前達作者《述異記》、《博物志》、《異聞集》，皆其流也。至於六經、圖緯、河洛之書，別著陰陽神變之事，吉凶兆朕之符，隨二氣而生，應五行而出……為災為異，有之乍驚於聞聽，驗之乃關於數曆，大區之內，無日無之耶？〔註27〕

―――――――――――――――――――

〔註27〕杜光庭：《錄異記》序，秘冊彙函本，板橋：藝文印書館，1966 年，第 1 頁。

「子不語怪力亂神」﹝註28﹞一直是後世儒家所尊奉之原則，但民間則認爲「怪
力亂神，雖聖人不語，經誥史冊往往有之」，杜光庭列舉「六經、圖緯、河洛
之書」來支撐這一論點，認爲「別著陰陽神變之事」，而「吉凶」亦皆有徵兆，
其原理在於「隨二氣而生，應五行而出」。陰陽五行學說被引入先兆預測的神
秘主義，以之爲其理論依據。然而，即便杜光庭本人言之鑿鑿，事實又如何
呢？《蜀檮杌》卷上：「巨人見青城山，鳳皇見萬歲縣。左右勸進，三遜而後
從。九月僭即僞位，號大蜀，改元武成。」﹝註29﹞《新五代史》：「是歲（大
順七年）正月，巨人見青城山。六月，鳳凰見萬歲縣，黃龍見嘉陽江，而諸
州皆言甘露、白鹿、白雀、龜、龍之瑞。﹝註30﹞這些離奇怪異的「瑞應」的
材料記載了當時青城山、萬歲縣、嘉陽江等地有巨人、鳳凰、黃龍等祥瑞出
現，左右遂勸王建登基，號大蜀，改元武成。如此看來，杜光庭的先兆祥瑞
似乎真的是「乍驚於聞聽」，實則「乃關於曆數」。然而對此置疑的仍有人在，
如《蜀檮杌》校箋者認爲：「道士杜光庭以方術事蜀主，青城瑞應似即其所爲」
﹝註31﹞，認爲都是杜光庭的人爲製造，但是這種懷疑並不徹底，「似」字猶疑
無底氣，屬揣測其事，而且校箋者當是以今日之唯物史觀來批判之。換言之，
《蜀檮杌》本身並未對其天意合法性表示懷疑，仍然承認了「瑞應」的存在
合理性，這表示古人對於陰陽五行學說所屬天命祥瑞之事仍然篤信，由此，
打著陰陽五行的旗幟，貼著天人合一的標籤來裝神弄鬼的妖人才有可乘之
機。杜光庭以「陰陽神變之事，吉凶兆朕之符」宣揚「怪力亂神」，兼具炮製
「青城瑞應」的能力，故歸爲「妖人」類，而觀其「隨二氣而生，應五行而
出」等語，可知其所宣揚「神變之事」的理論依據是基於將陰陽五行學說中
神秘主義與天人感應的理論進行誇大的結果。

《古今類事》卷十四引《賓仙傳》：

> 天復初，劉道昌，江吳人也。年九百歲，多曰之唐事。至成都
> 郫縣，常祝丹名鳥頂。一日，跨鶴遠市，別相知，留詩而去，人以
> 爲妖。後又得篆書於其室，曰：「八雄爭天下，猪鼠先啾唧。自庚子

﹝註28﹞ 何晏注，邢昺疏：《論語注疏》卷七，阮元：《十三經注疏》，前引書，第 2483
頁。
﹝註29﹞ 張唐英：《蜀檮杌》卷上，前引書，第 3 頁。
﹝註30﹞ 歐陽修：《新五代史》卷六十三，前引書，第 787 頁。
﹝註31﹞ 張唐英撰，王文才、王炎箋：《蜀檮杌校箋》，成都：巴蜀書社，1999 年，第
80 頁。

年黃巢見，朱全忠等八人僭號。兔子上天床，王建屬兔，又以卯年開國。猿猴三下失。朱溫三帝屬猴也。李子生狼藉，昭宗也，乃牛生叛孽。楊行密王於吳也。斗牛，吳之分也。群犬厥首尾，走上中華國。即六侵中國也。」其後，事皆應。〔註32〕

觀照史實，自庚子年（鼠年）黃巢亂唐以來，以唐正統而論，黃巢之「齊」、朱溫之「梁」、李克用之「晉（後唐）」、王建之「蜀」、楊行密之「吳」，錢鏐之「吳越」、王審知之「閩」、馬殷之「楚」，是爲「僭號」，詩中所言「八雄爭天下」當指此；王建屬兔，以丁卯年（兔年）開國，詩言「兔子上天床」，對應王建；後梁末帝朱友出生於戊申年（屬猴），梁三世而亡，所謂「猿猴三下失」也；「李子生狼藉」指唐朝末世傀儡皇帝昭宗李曄；楊行密封吳王，後被追諡爲吳太祖，斗、牛是吳之分野，是應「乃牛生叛孽」；「群犬厥首尾，走上中華國」，約指後梁、後唐、後晉、後漢、後周及契丹六侵中國，帝統歸於宋。至此詩句皆有時事對應，所以該詩被認爲是讖言詩。吳江人劉道昌「年九百歲」、「跨鶴遶市」等奇特生平事迹，是被神化的陰陽家，故歸類爲「妖人」，其所用隱語，基本上是基於陰陽五行與天干地支、星相分野的相配。其中，最有代表性的，是關於王建「兔子上天床」。《十國春秋·前蜀高祖本紀》：「帝以卯年生，至是丁卯即位，左右獻『兔子上金床』之讖。帝命飾金爲坐，詔蜀人以金德王，用承唐運。」〔註33〕是本「天床」作「金床」，「飾金爲坐」是行爲上的自驗，「詔蜀人以金德王」則是運用了陰陽五行學說的五德始終說，唐爲土德，蜀若要承繼帝統的正統性，按照五行相生說之土生金之原則，是爲金德，由此可見陰陽五行觀念廣泛存在於推測形勢走向的古代思維中。

（二）政治型文人讖文學

通過讖言詩可以影響社會輿論以達到某種政治目的，這類讖言詩由民間知識分子或封建官僚智識階級一類人製作完成，並具備某種置於陰陽學視野下考察的可能。《舊唐書·裴度傳》載（《古謠諺》卷八十七亦有載〔註34〕）：

寶曆元年十一月，度疏請入覲京師。明年正月，度至，帝禮遇隆厚，數日，宣制復知政事。而逢吉黨有左拾遺張權輿者，尤出死

〔註32〕委心子：《新編分門古今類事》卷十四，前引書，第 210 頁。
〔註33〕吳任臣：《十國春秋》卷三十五，前引書，第 501 頁。
〔註34〕杜文瀾輯，周紹良注：《古謠諺》卷八十七，北京：中華書局，2008 年，第 951 頁。

力。度自興元請入朝也，權輿上疏曰：「度名應圖讖，宅據岡原，不召自來，其心可見。」先是姦黨忌度，作謠辭云：「非衣小兒坦其腹，天上有口被驅逐。」「天口」言度嘗平吳元濟也。又帝城東西，橫互六岡，合《易‧象‧乾》卦之數。度平樂里第，偶當第五岡，故權輿取為語辭。昭愍雖少年，深明其誣謗，獎度之意不衰，姦邪無能措言。〔註35〕

同書載曰：「（裴）度與李逢吉素不協」，「然逢吉之黨，巧為毀沮，恐度復用」〔註36〕，這首詩是政敵李逢吉攻擊裴度的口實，從史料中可知這則讖言詩係李黨張權輿羅織偽造，用於政治鬥爭。雖有謠讖出現，但事出蹊蹺，後人多不信以為真。張權輿既是封建官僚，屬於智識階級，並非陰陽家的職業身份，故歸類為「文人」。其製作讖言詩所根據的理論仍是圖讖、《周易‧象傳》一類的文獻，可見製作者是運用儒家經典，結合漢以來盛行的圖讖理念，試圖造成輿論聲勢，蠱惑人心，以達到影響朝政局勢的目的。而無論圖讖，還是《周易‧象傳》理論，皆與陰陽五行學說有千絲萬縷的關係。

（三）運命型妖人讖文學

創作主體為民間個體的陰陽家，其創作心理中並不指向直接的社會政治目的，但具備某種置於陰陽學視野下考察的可能，並且最終經確認成為了一種讖語。這類運命型妖人讖文學記載甚夥，《太平廣記》引《宣室志》：

> 貞元中，有袁隱居者，家於湘楚間，善《陰陽占訣歌》一百二十章。時故相國李公吉甫，自尚書郎謫官東南。一日，隱居來謁公。公久聞其名，即延與語。公命算己之祿仕，隱居曰：「公之祿真將相也！公之壽九十三矣。」李公曰：「吾之先未嘗有及七十者，吾何敢望九十三乎？」隱居曰：「運算擧數，乃九十三耳。」其後李公果相憲宗皇帝，節制淮南，再入相而薨，年五十六，時元和九年十月三日也。校其年月日，亦符九十三之數，豈非懸解之妙乎？隱居著《陽陰占訣歌》，李公序其首。〔註37〕

儘管史料中並未介紹袁隱居占卜的具體方法，但是據其「善《陰陽占訣歌》

〔註35〕劉昫：《舊唐書》卷一百七十，前引書，第 4427～4428 頁。
〔註36〕劉昫：《舊唐書》卷一百七十，前引書，第 4425、4427 頁。
〔註37〕李昉：《太平廣記》卷七十二，前引書，第 451 頁。

一百二十章」來看，他應該是一個資深的陰陽家，且在當時有相當的知名度，其算卦占卜運用顯然是基於陰陽五行學說。李吉甫慕名謁見，並要他為自己預測「祿仕」，袁隱居卦相的結論是李吉甫必將出將入相，且「壽九十三」。其後，李吉甫果然在唐憲宗朝於元和二年、六年兩度入相，卒於元和九年十月三日，雖然未能壽至九十三歲，卒日亦合隱居之卦數，被認為是應讖。雖然袁隱居對李吉甫的占卜之言並沒有用詩歌的形式表達出來，嚴格意義上並不屬於讖文學範疇，但是這則材料至少能說明向陰陽家求占卜這一種行為在唐代是很常見的，並且擁有廣泛的社會認同，甚至還有當朝高官慕名求卜的現象。這是陰陽家能夠存在的社會條件，也是陰陽學視野下的唐五代讖言詩能夠存在的歷史背景。

既然陰陽家和讖言都不須諱莫如深，那麼在隋唐五代這個詩歌文體高度繁榮的時期，出現陰陽學視野下的讖文學亦不足為怪。《北夢瑣言》：

> 唐乾符中，荊州節度使晉公王鐸，後為諸道都統。時木星入南斗，數夕不退。晉公觀之，問諸知星者吉凶安在？咸曰：「金火土犯斗即為災，惟木當應為福耳。」咸或然之。時有術士邊岡洞曉天文，精通曆數，謂晉公曰：「惟斗帝王之宮宿，惟木為福神，當以帝王占之。然則非福於今，必當有驗於後，未敢言之。」他日，晉公屏左右密問岡，曰：「木星入斗，帝王之兆，木在斗中，朱字也。」識者言唐世當有緋衣之讖，或言將來革運，或姓裴，或姓牛，以「裴」字為緋衣，「牛」字著人即「朱」也。所以裴晉公主、牛相國僧孺每罹此謗。李衛公斥《周秦行紀》，乃斯事也。安知鍾於碭山之朱乎？〔註38〕

「緋衣」的讖言詩今已不載於文獻，按現存材料推斷，當是以詩歌或者謠諺形式加以傳播，這與初唐宰相裴炎「緋衣小兒當殿坐」〔註39〕之謠讖有諸多相似。裴炎因此讖言詩而被武則天痛下殺手，其原因在於當時的製讖者、傳讖者和解讖者基於共同的話語圈，將「緋衣」併字為「裴」字，「當殿坐」意指登基為帝，這個先例定會給裴度所在時代類似讖言的生成提供基礎，故涉及個人命運前途的裴度心有餘悸，「每罹此謗」。

而「木星入南斗」的解讖，則是基於陰陽五行學說。星相師和術士邊岡

〔註38〕孫光憲撰，賈二強注：《北夢瑣言》卷十六，北京：中華書局，2002 年，第306 頁。

〔註39〕張鷟撰，趙守儼校：《朝野僉載》卷五，前引書，第 117 頁。

都是職業的陰陽家，在當朝的政治身份則是太史官，同時兼項研究自然天文和宇宙星相。這種職能安排承自上古史官主管巫筮、星曆、史學等領域的傳統，反映古人對人類的歷史觀與宇宙運行法則的關聯性認識。星相師與術士皆通曉陰陽五行之學，他們因觀星時見「木星入南斗，數夕不退」，聯繫「緋衣」的讖言之說，推測得出「牛」姓將要改朝換代的結論，這在今天看來極其荒謬，在古代則是極合邏輯的推理。古陰陽家是如何把「木星入南斗」和「緋衣」的讖言詩傳說聯繫起來，繼而轉到「裴」「牛」二姓將改朝換代的結論的呢？

將陰陽五行配屬天干地支、星象占卜的傳統源遠流長，史書中記載甚多，《左傳·昭公十七年》：「冬，有星孛於大辰，西及漢。申須曰：『慧所以除舊布新也。天事恒象，今除於火，火出必布焉，諸侯其有火災乎？』梓慎曰：『往年吾見之，是其徵也。』」又，同書僖公十六年：「隕石於宋五，隕星也。六鶂退飛，過宋都，風也。周內史叔興聘於宋，宋襄公問焉，曰：『是何祥也？吉凶焉在？』對曰：『今茲魯多大喪，明年齊有亂，君將得諸侯而不終。』退而告人曰：「君失問。是陰陽之事，非吉凶所生也。吉凶由人，吾不敢逆君故也。』」〔註40〕天象與人事具有某種內在的聯繫，即「天事恒象」，似乎有規律可循；叔興以一個知識分子的態度清醒地看待天象所呈現的「陰陽之事」，認為「吉凶在人」，但是在朝堂之上、君王之前，卻只能作出言不由衷的回答，這都說明了以天象配人事的思維早在先秦就已經擁有了廣泛的社會基礎。《史記·天官書》正義引張衡云：「五星，五行之精。眾星列布，體生於地，精成於天，列居錯峙，各有所屬，在野象物，在朝象官，在人象事。」〔註41〕張衡為東漢安、順兩代太史令，猶精天文，乃渾天儀的發明者，並曾論漢興四百年，其身份跟「木星入斗」讖中的星相師和術士有相似之處。他認為五星與五行及天、地、人之間具有相互對應的關係，這一觀點大致就是後者的思維方式的理論基礎。關於五行與五星對應，不同的星體對應不同的使命：金星主兵事戰爭，木星主穀物收成，火星主天氣乾旱，水星主水潦天災，土星主得地失地。木、土二星逆向運行為凶，火星運行曲折為凶，金星出入不時為凶，水星隱沒不見為凶，如果五種凶相並出，是年必惡。「木星入斗」運作

〔註40〕 杜預注，孔穎達正義：《春秋左傳正義》卷四八、一四，阮元：《十三經注疏》，
　　　　前引書，第 2084、1808 頁。
〔註41〕 司馬遷：《史記》卷二十七，前引書，第 1289 頁。

異常，故判為凶，此預言最後以朱溫滅唐（碭山之朱）應讖，也是陰陽五行
學說與天文占星曆算相配的思維的延續。相較而言，這種思維方式在陰陽家
的手中究竟是以詩歌還是符兆作為話語媒介方式傳達世人，似乎已是十分邊
緣而次要的論題了。

（四）運命型文人讖文學

　　創作主體往往是智識階級的知識分子，創作前後並無職業陰陽家的參
與，但後代往往借助陰陽五行學說來解讀其作品，推測其個人壽夭祿仕的發
展，這類作品本書歸類為運命型文人讖文學。

　　有些文學作品在文人創作時被灌輸了明確的陰陽五行意識，作品中也隱
含預測或寄望未來的強烈動機，如黃巢以金德自命，正是為了推翻以土德自
命的唐王朝，順應「土生金」的五德終始說，故有菊花詩二首，《題菊花》：

>　　颯颯西風滿院栽，蕊寒香冷蝶難來。
>
>　　他年我若為青帝，報與桃花一處開。

《不第後賦菊》：

>　　待到秋來九月八，我花開後百花殺。
>
>　　衝天香陣透長安，滿城盡帶黃金甲。〔註42〕

這兩首黃巢用來勉勵自己、抒發懷抱的詩，與其說是讖言詩，還不如說是誌
言詩更為恰當。然而在當中所用的陰陽五行觀念卻很濃重，除了選取「菊花」
這一頗富象徵意味的意象來配以「金德」，「青帝」也別有深意。青帝是古代
神話中的五天帝之一，是位於東方的司春之神，又稱蒼帝、木帝。詩的字面
意思指向春神，引申義則指向五行之木，按照五行相生相剋之原理，「木克
土」，也有取代唐朝正統的野心。

　　這類讖文學的有些作品的解讀，需要借助陰陽五行學說作為輔助支撐，
《太平廣記》引郭廷誨《廣陵妖亂志》：

>　　唐光啟三年，中書令高駢，鎮淮海。有蝗行而不飛，自郭西浮
> 濠，緣城入子城，聚於道院，驅除不止。松竹之屬，一宿如剪。幡幢
> 畫像，皆齧去其頭。數日之後，又相啖食。九月中，暴雨方霽，溝
> 瀆間忽有小魚，其大如指，蓋雨魚也。占有兵喪。至十月，有大星

〔註42〕黃巢：《題菊花》、《不第後賦菊》，彭定求：《全唐詩》，卷七百三十三，前引
　　　　書，第 8384 頁。

夜墮於延和閣前，聲若奔雷，迸光碎響，洞照一庭。自十一月至明
年二月，昏霧不解。或曰：「下謀上之兆。」是時粒食騰貴，殆逾十
倍。寒僵雨仆，日輦數千口，棄之郭外。及霽而達坊靜巷，爲之一
空。是時浙西軍變，周寶奔毗陵。駢聞之大喜，遽遣使致書於周曰：
「伏承走馬，已及奔牛。今附薑一瓶，萵粉十斤，以充道途所要。」
蓋諷其薑粉也。三月，使院致看花宴，駢有與諸從事詩，其末句云：
「人間無限傷心事，不得樽前折一枝。」蓋亡滅之讖也。及爲秦彥
幽辱，計口給食。自五月至八月，外圍益急，遂及於難。〔註43〕

「人間無限傷心事，不得樽前折一枝」因其彌漫窮途末路之感而被認爲是「亡
滅之讖」，然而除了這一句讖言詩之外，更引人注目的是「光啓三年」的異兆
描述，蝗蟲災害、暴雨洪水、天降異魚，遂「占有兵喪」，稍後又有「大星夜
墮」，被認爲是「下謀上之兆」。這些異象紛見，爲地方命官高駢的讖死作足
了背景上的鋪墊。雖然這首讖言詩本身並不帶陰陽五行理論的色彩，然而後
人在解釋其讖死一事上，爲增強其神秘性與可信性，添入了大量的天降異兆
來佐證高駢的讖死。將陰陽學說用於讖言詩的解釋，將其作者作詩的環境神
秘化，後代以此法解讖者，大抵類此。

　　客觀地說，大多數的讖文學並不含有明確的陰陽五行觀點的玄幻色彩，
然而後世闡釋者還是很難自覺擺脫陰陽五行學說的影響，放棄溝通天意的努
力，在解詩上仍不免陷於語言結構的多義性和邏輯思維的辯證性，這體現了
後代文人內心的一種矛盾，即本身下意識地拒絕相信鬼神，卻又在現實中想
要竭力地宣揚鬼神，而想要宣揚鬼神，卻反而羞於讓這一種宣揚合理化與系
統化。相對前三種類型，運命型文人讖文學較多出現在對重要歷史人物身世
的記錄與傳播上，在這個過程中，相較於將讖文學置於陰陽學視野下進行解
讀，更倚重於以語言文字的多義性與諧音、藏頭、雙關、數字等方式來解讀
運命型文人讖文學。

　　從文學性上說，這一類讖文學區別於陰陽家或者妖人、僧侶、道士之流
所作的讖言詩的最大差別在於，它具有文藝審美性。前三種讖言詩，要麼是
政治鬥爭的產物，要麼是出自靈異乖張的「非正常」人類之手，從製作到傳
播，都沒有考慮過文學性的問題，對詩歌文體的運用也僅是借用其殼。從創
作者的個人素養上講，「妖人」原本就缺少應有的文學素質去支撐起其讖文學

〔註43〕李昉：《太平廣記》卷一百四十五，前引書，第 1041～1042 頁。

的審美特徵，而政治型的讖文學作者雖然具備一定的文學素養，但是強烈的政治目的性極大地限制了作品的文學特徵的展開，很難將其視爲純粹的文學作品。因此，陰陽學視野下的隋唐五代運命型文人讖言詩，仍然有較大的文學研究的價值和空間。

（諸舒鵬、周睿）

第四章　隋唐五代讖文學的精神分析學文本闡釋

　　近年來，運用西方文藝思潮對傳統文化進行解讀和批評已經成為國內學術界頗為關注的一種研究手法。當下，運用馬克思主義文藝批評理論對傳統文化內質進行批判的力度正在加大。隨著現代西方文化思潮的反思與進步，精神分析學與馬克思主義之間事實上的辯證統一的關係漸漸被挖掘出來，奧茲本《弗洛伊德與馬克思》開宗明義地指出：「本書的目的，在為馬克思主義者對於精神分析學，精神分析學者對於馬克思主義，以及一般人對於這兩種學說之更精密的研究，提供一個先例。本書試要說明人的主觀生活（如弗洛伊德所描寫的）與經濟過程的客觀世界（它的發展規律是馬克思主義所考察過的）這兩者之間的關係。為說明這兩種見解是互相補充的，我覺得必須充分引證馬克思主義和弗洛伊德的學說，使讀者可以自行看出兩者中間的辯證統一。」[註1] 本章正是以中國古代文學史上不太受關注的文化現象——讖文學——為研究對象，借助弗洛伊德的精神分析法對其進行文化闡釋，分析其深層的心理機制，剝除附在讖言詩上的層層迷霧。從讖與詩的角度出發，借助精神分析批評理論，對讖文學現象作批判性的歷史理性主義分析，試圖解釋傳統的神學歷史觀和社會觀是如何借助超現實的神力滲透於中華民族生活的方方面面而形成獨特的歷史文化現象的。必須指出的是，這裡決非將讖文學視作具有現實意義和存在價值的文化遺產，並用科學的唯物史觀來解析其

〔註 1〕奧茲本撰，董秋斯譯：《弗洛伊德與馬克思》，北京：三聯書店，1986 年，第11 頁。

客觀存在及對民眾的影響；而僅僅將其作爲一種歷史文化現象予以關注，借助歷史理性主義和弗洛伊德精神分析法對迷信和神學加以批判。

第一節　精神分析學研究視角概說

　　產生於十九世紀末的精神分析學（Psychoanalysis），或譯爲心理分析學，又稱精神動力學（Psychodynamics）、弗洛伊德主義（Freudianism），是由奧地利著名的神經學及心理學家西格蒙德・弗洛伊德（Sigmund Freud）所創立的一門學科。

　　猶太人弗洛伊德是心理學界的大師。1873 年，他考入維也納大學醫學院，1881 年獲得醫學博士學位，之後進入醫學臨床研究領域，與精神病專家布羅伊爾（Josef Breuer）合作，主要從事大腦性麻痹、失語症以及微觀精神解剖學方面的研究。布羅伊爾主張「有機體內除一般物理化學的力在起作用外別無其他的力」〔註 2〕，並以此爲基礎，通過催眠、談話和暗示等療法的個案治療，逐步形成了弗洛伊德早期的「談療法」（Talking Cure）。1885 年，弗洛伊德赴巴黎進修，師從法國神經學大師沙可（Charcot）。沙可是現代神經病學的奠基人，從事歇斯底里（Hysteria）的研究，多次將催眠法應用於臨床治療，對於弗洛伊德關於早期或童年創傷經歷和情緒病的研究有所影響。弗洛伊德根據自己的臨床經驗，逐漸實現了從生理的病因說向心理的病因說的轉變，確立了心理動力說（Psychodynamic Hypothesis），並於 1892 年開始運用自創的精神分析法，即自由聯想法，建立了潛意識理論。這種理論認爲任何聯想都不是無因而至的，都是有一定的意義的，因此，通過病者的自由聯想就可以挖掘出深埋在病者心理最底層的動機或欲望。他把人的心理歷程分爲三層——意識、前意識、潛意識，構成了他的深度心理學（Depth Psychology）基礎。

　　《精神分析引論》譯序指出：「精神分析是一種治療神經病的方法，也是一種研究心理功能的技術，以後形成一種心理學的理論，成爲現代心理學的一個重要學派，對心理學、醫學、人類學乃至史學、文學藝術和哲學都發生了不同程度的影響。」〔註 3〕按照弗洛伊德自己的說法，精神分析是他「研究

〔註 2〕波林撰，高覺敷譯：《實驗心理學史》，北京：商務印書館，1981 年，第 816頁。
〔註 3〕弗洛伊德撰，高覺敷譯：《精神分析引論》，北京：商務印書館，2009 年，第 i 頁。

和治療」癔病（神經症）的方法，其基本理念是：作爲一切意識行爲的基礎的是一種原動的無意識的心，人類的行爲、經歷和認知大部分是由非理性的欲望所決定的。依據這種學說，每種意識的思想和行爲在無意識的心中深深地伏有其根株，因此要想瞭解心理的活動，就必得探溯意識行爲和無意識源頭之間的聯繫，而試圖將這些無意識的欲望引至意識層面會引起自身保衛機制的心理抵抗。過失（Slip）、夢（Dream）和神經病（Psychopathy）都是精神分析重要的研究對象，前二者既爲健康人所共有，也爲一般人所忽視，作爲精神分析的研究對象，不如精神病那麼突出。

精神分析學的主要內容包括：潛意識（Subconsciousness）、心理結構的本我（Id）、自我（Ego）、超我（Superego）、伊底帕斯情結／戀母情結（Oedipus Complex）、性心理發展五階說（Psychosexual Development）——口腔期、肛門期、性器期、潛伏期、生殖期（Oral, Anal, Phallic, Latency, Genital Stage）、創傷理論與防衛機制（Sclf-defense Mechanism）、移情與反移情（Transference & Anti-transference）、里比多說（Libido）與人類本能論、死亡本能（Life and Death Drives）、文藝學與精神分析、夢的解析等。

精神分析學派的主要代表人物和理論除了弗洛伊德，還包括阿德勒（Alfred Adler）——個體心理學派的創始人；榮格（Carl Gustav Jung）——分析心理學（Analytical psychology）的創始者等，但是這些理論基本上都與弗洛伊德的初衷分道揚鑣。

儘管精神分析法飽受爭議，常常被認知心理學、人本心理學等正統心理學派斥爲「僞科學」，但是毋庸置疑，它對精神病學的發展產生了深遠的影響，激發了後人提出各式各樣的精神病理學理論，因而在臨床心理學的發展史上也具有重要意義。此外，精神分析法還在文學、哲學、人類學上都產生「蝴蝶效應」，成爲西方文藝理論流派中重要的一支。例如，莎士比亞的名劇《哈姆雷特》，就多次被評論家運用弗洛伊德的精神分析法進行分析，他們還對蘊涵其中的伊底帕斯情結津津樂道。

中國傳統文化中的讖文學，在神秘的製作和傳播的過程中，因其「秘而不宣」、「溝通天人」的形態，往往爲正統文人所不屑一顧。然而不少有關國事或者人事的讖文學，從心理學的實質上來說，往往出於趨利避害的功利目的，因此不妨可以將其歸結爲非理性的欲望和潛意識的產物。一旦這些無意識的欲望從潛意識的層面被引到意識層面，就會引起作者和讀者的某些固守

傳統思維模式的保衛機制的心理抵抗，變成了不祥的「讖」，其潛伏在字面下的隱含意義，就不斷被挖掘出來。用心理學的精神分析法來解讀中國傳統文學樣式，應該說是洋為中用的一次有益的嫁接嘗試。

第二節　讖文學的「過失心理學」解讀

　　弗洛伊德的過失心理學是精神分析學科的一個研究方向。根據決定論思想，弗洛伊德堅持認為，任何偶然性後面都受到必然性的支配。因而，人的各種失誤，如口誤、筆誤、遺失、遺忘、誤聽、誤讀、誤行等，都是無意識動機與意識的控制相互衝突的體現，是無意識的不自覺的暴露，從底層浮到意識層面的一次經歷。把過失心理學運用到讖文學的分析上，可以解讀中國文人的集體無意識中所潛藏的生存焦慮。《太平廣記》引薛漁思《河東記》：

　　　韋齊休，擢進士第，累官至員外郎，為王璠浙西團練副使。太和八年，卒於潤州之官舍。三更後，將小斂，忽於西壁下大聲曰：「傳語娘子，且止哭，當有處分。」其妻大驚，仆地不蘇。齊休於衾下屬聲曰：「娘子今為鬼妻，聞鬼語，忽驚悸耶？」妻即起曰：「非為畏悸，但不合與君遽隔幽明。孤惶無所依怙，不意神識有知，忽通言語，不覺悁絕。誠俟明教，豈敢有違？」齊休曰：「死生之期，涉於真宰；夫婦之道，重在人倫。某與娘子，情義至深，他生亦未相捨。今某屍骸且在，足寬襟抱。家事大小，且須商量，不可空為兒女悲泣，使某幽冥間更憂妻孥也。夜來諸事，並自勞心，總無失脫，可助僕喜。」妻曰：「何也？」齊休曰：「昨日湖州庚七寄買口錢，蒼遑之際，不免專心部署。今則一文不欠，亦足為慰。」良久語絕，即各營喪事。纏曙，復聞呼：「適到張清家，近造得三間草堂。前屋舍自足，不煩勞他人，更借下處矣。」其夕，張清似夢中，忽見齊休曰：「我昨日已死，先令買塋三畝地，可速支關布置，一一分明。」張清悉依其命。及將歸，自擇發日，呼喚一如常時，婢僕將有私竊，無不發摘，隨事捶撻。及至京，便之塋所，張清準擬皆畢。十數日，向三更，忽呼其下曰：「速起，報堂前，蕭三郎來相看。可隨事具食，款待如法，妨他忙也。」二人語，歷歷可聽。蕭三郎者，即職方郎中蕭徹，是日卒於興化里，其夕遂來。俄聞蕭呼歎曰：「死生之理，

僕不敢恨。但可異者，僕數日前，因至少陵別墅，偶題一首詩。今
思之，乃是生作鬼詩。」因吟曰：「新搆茅齋野澗東，松楸交影足悲
風。人間歲月如流水，何事頻行此路中。」齊休亦悲咤曰：「足下此
詩，蓋是自讖。僕生前忝有科名，粗亦為人所知。死未數日，便有
一無名小鬼贈一篇，殊為著鈍。然雖細思之，已是落他蕪境。」乃
詠曰：「澗水濺濺流不絕，芳草綿綿野花發。自去自來人不知，黃昏
惟有青山月。」蕭亦歎羨之曰：「韋四公死已多時，猶不甘此事。僕
乃適來人也，遽為遊岱之魂，何以堪處？」即聞相別而去。又數日，
亭午間，呼曰：「裴二十一郎來慰，可具食，我自迎去。」其日，裴
氏昆季果來，至啓夏門外，瘁然神聳，又素聞其事，遂不敢行弔而
回。裴即長安縣令，名觀，齊休之妻兄也。其部曲子弟，動即罪責，
不堪其懼。及今未已，不知竟如之何。〔註4〕

蕭徹的這首詩同時被《全唐詩》卷首標為「鬼詩」的卷八百六十五收錄，題
為《題少陵別墅》，作者題為「蕭微」〔註5〕，其小序曰：「微，大和中職方郎
中，浙西團練副使韋齊休死後，屢見靈異。一日，呼其家人曰：『蕭三郎來。』
三郎者，即微也。是日，微正死，俄聞微歎曰：『僕數日前至少陵別墅，偶題
詩一首，乃是生作鬼詩。』因吟之。齊休曰：『足下此詩，蓋是自讖。』」〔註
6〕這則材料中值得注意的是「自讖」二字。職方郎中蕭徹在臨死之前路過杜
甫故居，寫下一首自覺不祥的詩句，在意象的選擇上並未斟酌，而是脫口而
出、揮毫而就，遂「授人以柄」。作者在作詩的過程中並沒有將詩境跟死亡聯
繫起來，作品獨立於作者之後，作詩者再以解詩者的立場重新審視作品，作
出了「過失心理學」的闡釋，認為自己並非有意營造這樣陰森淒迷的境界，
而是被「鬼附體」。當中容易引起歧義的，首先是「茅齋」、「松楸」等景語，
它們往往跟妖狐鬼怪的存身之所聯繫在一起，頗有《聊齋誌異》的典型情境
的意味，尤其是松樹，青松是中國陵墓的傳統神道樹，其常綠的特性寄予了
對死者的萬古長青、精神不死的希冀，同時還有福澤子孫、綿延百代的寓意。
其次容易被誤讀的是這首詩的後二句「人間歲月如流水，何事頻行此路中」

〔註4〕李昉：《太平廣記》卷三四八，前引書，第 2760～2761 頁。
〔註5〕當為「蕭徹」，字形相近而訛。方積六、吳冬秀：《唐五代五十二種筆記小說
　　　人名索引》，北京：中華書局，1992 年，第 325 頁。
〔註6〕彭定求：《全唐詩》卷八六五，前引書，第 9784 頁。

的「此路中」的複義詮釋，既可以理解爲對杜甫坎坷人生的寫照和追憶，也可以被刻意理解爲區別於「人間歲月」的另類世界。作者在寫詩的時候渾然不覺，在解詩的時候幡然醒悟，這種轉變，用蕭徹自己的話來說，是「今思之，乃是生作鬼詩」，已然感受到自己的「過失」所在，對這樣的口誤或者筆誤予以了詩意化的闡釋，而其他的解詩者也認同這一理念：「足下此詩，蓋是自讖」。弗洛伊德的《精神分析引論》在分析過失心理學的時候指出：

> 詩人常利用舌誤及其他過失作爲文藝表現的工具。這證明他認爲過失或舌誤是有意義的；因爲這是他有意這麼做的。他決不至於偶有筆誤，而讓這筆誤成爲劇中人物的舌誤。他是想用這筆誤來表示一種深意，我們也可研究其用意何在——他是否想藉此表示那劇中人正在分心，或過度疲勞，或頭疼呢？當然，如果詩人確實想要借錯誤來表示他們的意義，我們也不必太加重視。錯誤也許實際上並沒有深意，而只是精神上的一種偶發事件，或僅有偶然的意義，但是詩人卻仍可用文藝的技巧予過失以意義，以達到文藝的目的。
>
> 〔註7〕

弗洛伊德所謂的「精神上的偶發事件」，在中國文論語境中可能被視爲神靈附體，而容易流於闡釋過度。「用文藝的技巧予過失以意義」，這是非常值得探究的，其心理機制是：「讀誤的心理情境顯然有異於舌誤和筆誤。在讀誤時，兩個相衝突的傾向有一個被感覺性的刺激所代替，所以或許較欠堅持性。一個人所讀的材料不是他心理的產物，是不同於他要寫的東西的。所以就大多數的例子而言，讀誤都是以此字代替彼字的；至於此字和彼字之間則不必有任何關係，只須字形相同便夠了。……心內所想的事物代替了那些尚未發生興趣的事物。思想的影子遮蔽了新的知覺。」〔註8〕相似的意象導向不同的意境，正是讖文學的過失心理學的解讀取向。再如《大唐新語》卷八載：

> 劉希夷一名挺之，汝州人。少有文華，好爲宮體，詞旨悲苦，不爲時所重。善搊琵琶，嘗爲《白頭翁詠》曰：「今年花落顏色改，明年花開復誰在？」既而自悔曰：「我此詩似讖（懺），與石崇『白首同所歸』何異也？」乃更作一句云：「年年歲歲花相似，歲歲年年人不同。」既而歎曰：「此句復似向讖矣，然死生有命，豈復由此。」

〔註7〕弗洛伊德撰，高覺敷譯：《精神分析引論》，前引書，第20頁。
〔註8〕弗洛伊德撰，高覺敷譯：《精神分析引論》，前引書，第49頁。

乃兩存之。詩成未周，爲奸所殺。或云宋之問害之。後孫翌撰《正
聲集》，以希夷爲集中之最。由是稍爲時人所稱。〔註9〕

《太平廣記》、《唐才子傳》亦有所載，文字略有出入。劉希夷一字庭芝，原
文作「懺」，當爲「讖」，字形相近而誤。劉希夷生活的時代是在初盛唐之交，
然而他「好爲宮體，詞旨悲苦」，跟初唐漸盛時期標舉開闊氣象的文風轉捩之
思潮背道而馳，故「不爲時所重」。劉希夷對於自己的文學才華不受重視必定
念茲在茲，在心中有所鬱結而無法抒發。他的代表作《代悲白髮翁》（即《白
頭翁吟》），此處所引前句「今年落花顏色改，明年花開復誰在」，單從字面意
思來理解，「顏色改」、「復誰在」都有民間禁忌所認同的某些凶兆，「顏色改」
可以坐實中國古代「紅白喜事」、「陰陽相隔」等禁忌傳統；「復誰在」的「在」，
更有寄寓生死的意味，時至今日，還有把去世說成是「不在了」；後句「年年
歲歲花相似，歲歲年年人不同」，則更有物是人非、時不我待的況味。有意思
的是，劉希夷自己也注意到此詩近讖，他寫下前句之後的反應是——「既而
自悔」，把自己的詩句和石崇的詩讖相提並論。後句他進一步認定自己「此句
復似向讖矣，然死生有命，豈復由此」。傳統意義上的讖言詩，就是運用特殊
的語言文字符號，用模糊、含蓄、隱蔽等手法，對事物或命運的發展趨勢作
出預測，並將預測結果嵌在詩中，造成一種冥冥中自有天定的神秘感。劉希
夷也認爲自己的作品具備了讖的預言性和悲劇性，承認通過作品似可傳達某
些不可違背的天意，故曰「死生有命，豈復由此」，傳達了傳統的「生死有命、
富貴在天」的天命觀，帶著較爲明顯的唯心主義色彩。

　　按照弗洛伊德的精神分析理論，劉希夷對自己所寫詩句有凶兆之嫌的行
爲而產生的「自悔」的態度，就是一種過失心理學上所說的對於筆誤或者口
誤的再認識。「過失是兩種不同意向互相牽制的結果，其一可稱爲被牽制的意
向，另一個可稱爲牽制的意向。……（各種情況均顯示）其牽制的傾向都被
壓制下去。說話者決意不將觀念發表而爲語言，因此他便說錯了話；換句話
說，那不許發表的傾向乃起而反抗說話者的意志，或者改變他所允許的意向
的表示；或者與它混合起來，或意取而代之，而使自己得到發表。這就是舌
誤的機制。」〔註10〕筆誤亦基於此心理機制，對說話的原來傾向的壓制乃是
舌誤和筆誤不可或缺的必要條件。劉希夷之所以會覺得「此詩似讖」，正是因

〔註 9〕劉肅撰，許德楠校：《大唐新語》卷八，北京：中華書局，1997 年，第 128 頁。
〔註10〕弗洛伊德撰，高覺敷譯：《精神分析引論》，前引書，第 41、44 頁。

為其中涉及的死亡話題是「不許發表的傾向」，而這些傾向又在詩句中輕易地突破了作者原本意志的藩籬，掙脫了作詩者本應避免的「未知生，焉知死」〔註11〕的話題禁忌，出現了本不被允許的禁忌在文字中被討論的情況。被壓制的趨向失敗，導致作者內心的惶惑，惟能以「死生有命」的傳統逃避型生死觀來自我安慰。之所以會覺得「說錯話」、「寫錯詩」，就在於內容上出現了「死亡」的預兆。

對於預兆，弗洛伊德將其和「過失」聯繫起來：「你們也許認為這些實例中的過失有點像古人之所謂預兆。其實，預兆的確就是過失，例如失足或者跌跤。他種預兆固然屬於客觀的事件而不屬於主觀的行動。但是你們也許不會相信，要決定某一特殊的例子究竟屬於第一種或屬於第二種，有時也是不容易的。因為主動的行動往往會偽裝為一種被動的經驗。」〔註12〕劉希夷的「過失」的確也被自己及後人認定是「預兆」，這種「一不小心」的客觀事件隱含了豐富的心理動機：主動的行動被偽裝成被動的經驗，這一切不是詩人刻意為之，而是出於「過失」，但事實上劉希夷寫成的此二句本來是有機會被加以修正的，但是作品卻原封不動地被保留下來，甚至還被小說家附會為其招來了殺身之禍。這顯然是不合邏輯的，文人沒有理由拿自己的生命和前途開這種玩笑。《代悲白頭翁》真的有那麼邪門嗎？這些讖言詩是不由自主還是刻意為之？試看全詩：

> 洛陽城東桃李花，飛來飛去落誰家？
> 洛陽女兒好顏色，坐見落花長歎息。
> 今年花落顏色改，明年花開復誰在？
> 已見松柏摧為薪，更聞桑田變成海。
> 古人無復洛城東，今人還對落花風。
> 年年歲歲花相似，歲歲年年人不同。
> 寄言全盛紅顏子，應憐半死白頭翁。
> 此翁白頭真可憐，伊昔紅顏美少年。
> 公子王孫芳樹下，清歌妙舞落花前。
> 光祿池臺開錦繡，將軍樓閣畫神仙。

〔註11〕何晏注，邢昺疏：《論語注疏》卷十一，阮元：《十三經注疏》，前引書，第2499頁。

〔註12〕弗洛伊德撰，高覺敷譯：《精神分析引論》，前引書，第39頁。

　　　　一朝臥病無相識，三春行樂在誰邊？

　　　　宛轉蛾眉能幾時？須臾鶴髮亂如絲。

　　　　但看古來歌舞地，唯有黃昏鳥雀悲。〔註13〕

此詩是一首古體樂府的擬古之作，又名《代白頭吟》、《白頭翁吟》。《白頭吟》是漢樂府相和歌《楚調曲》舊題，據傳是卓文君對負心的司馬相如表達決絕之意和哀怨之情的詩作。劉希夷這首七言歌行以感慨青春易逝、富貴無常為主題，以紅顏女子和白髮老翁的今昔為線索，在藝術構思、情感抒發、語言音韻上都有較高的藝術價值，是初唐古體歌行的代表之作。就《大唐新語》所提到的讖言詩句來看，「今年落花顏色改，明年花開復誰在」和「年年歲歲花相似，歲歲年年人不同」置於上下文之中，並無刻意體現「復誰在」的死亡引申義。該詩從洛陽春色、桃李紛飛起興，借用東漢人宋子侯的樂府詩《董嬌嬈》的場景，引出前半篇的主人公——見落花而歎息的紅顏女子的出場，物我兩化，渾然天成，紅顏女兒從春去無迹、惜春長怕花開早的現實聯想到美麗的短暫和人生的有限，紅顏易老、生命無常，是對花落花開無可奈何的現實哲思，接下來連用《古詩十九首》和《神仙傳》的典故來比喻世事的變化無常，短暫的人生對比永恆的宇宙，充滿「人生代代無窮已，江月年年望相似」〔註14〕般的感慨，歸結出人與自然的關係：「年年歲歲花相似，歲歲年年人不同」，「年年」和「歲歲」的倒置重疊，不僅在形式上彰顯出排沓回蕩的音樂之美，而且在哲理上呈現出流光飛逝的無情事實和聽天由命的無奈情緒。僅就文學性來解讀，這些附加意味置於上下文之中是不會被凸顯出來，只有在斷章取義的時候，其題外之義才逐漸被放大化，敷衍為「預兆」。

　　劉希夷對「年年歲歲」二句是非常自信的。剛才上文提到，「主動的行動往往會偽裝為一種被動的經驗」，通過文本細讀之後可以斷定，劉希夷的這句「似讖」的警句並不能歸結為筆誤或口誤，反而是他苦心經營、用心錘鍊的結果。這兩句詩為他贏得了詩名，並為當時很多詩人所稱美。材料中所說「詩成未周，為奸所殺，或云宋之問害之」，亦有文獻證據。《唐語林》卷五：

　　　　劉希夷詩曰：「年年歲歲花相似，歲歲年年人不同。」其舅即宋
　　之問也，苦愛此兩句，知其未示人，懇乞此兩句，許而不與。之問

〔註13〕劉希夷：《代悲白頭翁》，彭定求：《全唐詩》卷八十二，前引書，第885～886頁。

〔註14〕張若虛：《春江花月夜》，彭定求：《全唐詩》卷二十一，前引書，第267頁。

怒，以土囊壓殺之。劉禹錫曰：「宋生不得（其）死，天報之矣。」
〔註15〕

《劉賓客嘉話錄》、《大唐新語》、《詩話總龜》亦有載。事實的可靠性顯然經不起推敲，比如作品「知其未示人」，在眞實性上是很成問題的。但是如果撇開這些細節不談，這起史上首例因著作版權引發的血案，也從某個側面證明了劉希夷這兩句詩的流傳度之廣。宋之問作爲初唐詩壇上對律詩定型起了關鍵性作用的重要詩人，對這兩句詩都極爲推崇，這可以說是代表了一種審美範式。顯然，劉希夷有想要在詩壇上爭得一席之地的強烈願望，而很長一段時間，他「不爲時所重」，有較重的消極感傷的情緒。在他過世之後（無論是否爲宋之問所害），他的詩名事實上都已得到了一定程度的確認。值得一提的是，《大唐新語》稱「由是稍爲時人所稱」，而《太平廣記》引述此文時則是「由是大爲時人所稱」〔註16〕。一字之差，卻值得重視。較之他寫成「年年歲歲」名句的最初幾年，劉希夷詩名的流傳範圍顯然已經有了長足地拓展，一方面是因爲其格律工整地表現青春易老、世事無常的哲理性反思，容易引起命運坎坷的部分讀者的共鳴，甚至《紅樓夢》的《葬花吟》「奴今葬花人笑癡，他年葬奴知是誰」、「一朝春盡紅顏老，花落人亡兩不知」〔註17〕都有《代悲白頭翁》的影子；另一方面，詩人生前郁郁不得志，死後意外地借助讖文學的外殼提高了知名度，這多少也寄寓了後世讀者對劉希夷不幸命運的同情與對其才華的惋惜，同時也少不了他們好奇心的推波助瀾，使得讖言文學「炒作」成了可供傳播學研究的有趣現象。

第三節　讖文學的「夢的解析」

精神分析對夢尤爲重視，「夢的研究不但是研究神經病的最好的預備，而且夢的本身也就是一種神經病的症候；又因爲健康的人都有這種現象，所以更給予我們以研究的便利。」〔註18〕弗洛伊德搶佔了占卜者、預言家以及各

〔註15〕 王讜撰，周勛初校：《唐語林校證》卷五，北京：中華書局，1997年，第448頁。
〔註16〕 李昉：《太平廣記》卷一四三，前引書，第1026頁。
〔註17〕 曹雪芹撰，周汝昌彙校：《紅樓夢》第二十七回，北京：人民出版社，2007年，第269頁。
〔註18〕 弗洛伊德撰，高覺敷譯：《精神分析引論》，前引書，第57頁。

種江湖術士的畛域，將夢的解釋納入科學考察的範疇。弗洛伊德將夢視爲一種確定的心理現象，並用科學方法來加以研究。他對夢的性質的考察非常有成就，夢的解釋成爲其精神分析術最重要的內容之一。中國傳統文學中的讖言詩很多是與夢境息息相關的，如阮閱《詩話總龜》有「夢讖門」，委心子《分門古今類事》有「夢兆門」等等，現試以一些夢境中的讖言詩來進行精神分析的文化闡釋。《古今類事》引《該聞錄》：

> 于觀文，字夢得，射洪人。性清潔，富於文學。別業有林泉之致，乃陳拾遺之舊鄰也。下第後獻主司《鳳玉賦》，爲時所稱。明年復省試，夢人以軸文與之，曰：「此春榜也，可收之。」既覺，自謂曰：「委我收榜，吾當爲榜尾乎！」言訖，院吏報先輩第九人。是年只放進士九人，果符所夢。乃作詩云：「東堂令史報來時，仙桂云攀第九枝。乍聽言音猶似夢，卻思公道卽無疑。寒門髮鬒春將到，幽徑朦朧月漸移。殘漏聲中鞭馬去，紆袍重戴已相隨。」嗟夫！禮有六夢，事有萬變，爲貞爲妄，不可測知。然感兆於精神著而吉凶可見，若觀文之立志精確，宜其感通之兆，速於影響，非至誠感神者歟！」〔註19〕

弗氏的精神分析學認爲，作爲夢的一種來源，主觀感覺刺激具有明顯的優勢（與客觀刺激不同，它與外部事件無關），每當需要之時會聽任解釋的任意擺佈，亦即解釋的隨意性。入睡前的幻覺（Hypnogogic Hallucinations）爲主觀感覺刺激生夢作用提供主要證據。但是仍然不能忽視的是，客觀事物的刺激是最直接的催化劑。正如弗氏所言：「無論出現什麼樣的夢，它的材料都來源於現實，來源於以這個現實爲中心的精神生活。無論夢多麼怪異，它也從來不能脫離世界，它的最崇高的與最荒謬的東西必定總是從我們所觀察到的外部世界或已經存在於清醒意識中的思想裏借取素材；換言之，它必定來自我們已客觀地或主觀地體驗過的事物中。」〔註20〕

　　科舉制度自隋大業三年開始實行，一直到清朝光緒三十一年廢止，歷經一千三百多年，是中國封建王朝通過考試選拔官吏的最爲重要的一項制度。唐高宗以後，進士科尤爲時人所重，唐朝許多宰相大多是由進士出身，所以士子都把進士考試看得尤其重要。故王定保《唐摭言》記載：「進士科始於隋大業中，盛於貞觀、永徽之際；縉紳雖位極人臣，不由進士者，終不爲美，

〔註19〕委心子：《新編分門古今類事》卷七，前引書，第 102 頁。
〔註20〕弗洛伊德撰，張燕雲譯：《夢的釋義》，瀋陽：遼寧人民出版社，1987 年，第 9 頁。

以至歲貢常不減八九百人。」〔註21〕文中所提「省試」是隋唐科舉中的禮部試，明清時改稱「會試」，考試地點在京城，由尚書省禮部主持，每三年一次，一般在二三月進行，故又稱「春試」。有唐一代，進士錄取比例都不算高，《通典·選舉三》:「其進士大抵千人，得第者百一二」〔註22〕。在這則材料中，「是年只放進士九人」，可謂百里挑一，因此求取功名是有很大的難度的。而一旦通過考試，文人就基本上具備了官仕的基本資質，或被授予官職，或可入幕方鎮，實現自己經世致用的主張。對中國封建讀書人來說，追求科舉一第是畢生夢想。張籍有詩為證:「二十八人初上牒，百千萬里盡傳名。」〔註23〕

作為傳統封建仕子中的一員，于觀文有求取功名的強烈願望。堅定「學而優則仕」信念的學子們，認定只有入世方能實現自己「修、齊、治、平」的夙願，跨越科舉「龍門」，被視為是實現仕子人生目標和價值的必經之路。正是這種強烈的願望，作為一種外部的刺激，與自身的主觀刺激合而為一，構成一種猜測型的夢境。弗洛伊德在《夢的釋義》中引 I·G·E·馬斯的看法:「經驗證實我們的主張:我們最常夢見我們賦予最熱烈的激情的事物。這表明激情必定影響著我們夢的生成。野心勃勃的人夢到他已贏得桂冠（大概只是在想像中），或者必須去贏得它……所有潛伏在心中的感覺和厭惡，如果受到任何一種原因的刺激，就能與其他意念結合起來並出現在夢中;或者這些意念能夠混合進一個現存的夢中。」〔註24〕精神分析者總是試圖透過夢中實際表現出的顯在內容去瞭解具有夢之真實意義的潛在內容，尋求導致夢境產生的潛在的無意識過程。「夢讖」正是在某種被壓抑的願望和驚擾的刺激結合過程中而形成的，這也跟中國民諺所謂的「日有所思，夜有所夢」暗合。

于觀文「性清潔，富於文學」，已經具備了進士及第的先決條件，其文也「為時所稱」，「下第後獻主司《鳳玉賦》」，又經歷了唐代士人行卷、溫卷風氣的人脈積累，只是需要等待時機到來，便可一舉成名天下知。對於科舉的結果，主人公流露出強烈的好奇心，弗洛伊德稱之為「窺看」（Look On），對結果強烈的窺視欲（Skoptophilia）也是形成夢讖的重要誘因之一。心理學上的自驗預言（Self-fulfilling Prophecy），是指某事實正好如一個人預想或預言

〔註21〕 王定保:《唐摭言》卷一，上海:上海古籍出版社，1978年，第4頁。
〔註22〕 杜佑:《通典》卷十五，臺北:新興書局，1956年，第84頁。
〔註23〕 張籍:《喜王起侍郎放牒》，徐禮節、余恕誠校:《張籍集繫年校注》卷四，北京:中華書局，2011年，第456頁。
〔註24〕 弗洛伊德撰，張燕雲譯:《夢的釋義》，前引書，第7頁。

那樣，但這並不一定是個人的先見之明，而往往是人們按照使這些結果盡可能完善的方式而行動的緣故。在有目的的情境中，讖文學之所以成「讖」，完全源自個人對自己或別人對自己的預期，而自己刻意或無意中所做的努力，使之在以後行為結果中應驗，從而使讖文學更趨可信。

同書引《脞說》：

> 李良弼，故給事中防之子。大中祥符元年，應進士舉同學究及第，授應天府司士。給事知鄭州。良弼將行，夜宿中牟，夢人持詩版獻之曰：「九霄丹詔三天近，萬疊紅芳一旦開。日月山川須問甲，為君親到小蓬萊。」覺而白於父，給事喜曰：「汝必有前程。」至鄭而別。五年六月十九日，良弼卒於應天府，給事大悲，痛夢之不誠也。後張君房與給事同舟至應天，且憩泊間，細詰良弼卒殯之日月及葬地之所而繹之，乃省其詩，蓋良弼丙戌生，年二十七，即詩首句云「九霄丹詔三天近」，三九二十七。夢時年二十五，故云近也。「萬疊紅芳一旦開」者，萬葉之花一旦開盡，即是向衰謝之意也。「日月山川須問甲」者，其年六月十九日甲寅，乃其卒也。殯是二十九日甲子，葬於府東甲地，此是「日月山川須問甲」也。六月又天德月德俱在甲。「為君親到小蓬萊」，乃虛無寂寞之所也。給事潸然曰：「是矣。」以此知死生日月皆有前定，欲逭得乎哉！ 〔註25〕

對於這首讖詩，李父的理解是從當中所呈現的關鍵詞來入手，「九霄」既可是指天之極高處、高空，如武元衡《同幕中諸公送李侍御歸朝》詩：「巴江暮雨連三峽，劍壁危梁上九霄」〔註26〕；也可借指帝王，黃滔《敷水盧校書》詩：「九霄無詔下，何事近清塵」〔註27〕，丹詔，帝王的詔書，因以朱筆書寫，故稱。韓翃《送王光輔歸青州兼寄儲侍御》詩：「身著紫衣趨闕下，口銜丹詔出關東」〔註28〕，「九霄」連「丹詔」，從上下文來說，自然暗指皇帝的詔書，「三天近」也就有「近天子」的意思，那麼「萬疊紅芳一旦開」順理成章是慶祝好消息的吉兆了。「問甲」，結合之前述及的進士及第之歷史背景，「甲」

〔註25〕 委心子：《新編分門古今類事》卷六，前引書，第 90 頁。
〔註26〕 武元衡：《同幕中諸公送李侍御歸朝》，彭定求：《全唐詩》卷三百十七，前引書，第 3560 頁。
〔註27〕 黃滔：《敷水盧校書》，彭定求：《全唐詩》卷七百四，前引書，第 8096 頁。
〔註28〕 韓翃：《送王光輔歸青州兼寄儲侍御》，彭定求：《全唐詩》卷二百四十五，前引書，第 2753 頁。

的意思被理解爲科舉考試成績名次的分類，及第之後，通過考試的舉子們或經史部考覈直接授予官職，或取得入幕方鎮的基本資格，或可有授予京官的機會，故曰「爲君親到小蓬萊」，小蓬萊，陶穀《清異錄・地理》：「違命侯苑中鑿地廣一頃，池心疊石象三神山，號小蓬萊」〔註29〕，即是指有如神話中的蓬萊仙境的地方，多又喻指帝王所居之處或者圍繞在帝王身邊。通過文本細讀，李父喜曰「汝必有前程」，自然是順理成章的。

然而形成「讖」的原因，是對夢境中的讖言詩的材料的重組理解。精神分析學指出，夢的活動檢查方式和化裝所用方法，主要包括材料的省略、更動和改組。原本完整的詩境，經過「夢」的改造，某些支離破碎的片斷被刻意地放大化，如實反映原初內容的途徑被切斷，轉而曲折表現出本非事實的一些表象，並被闡釋者充分利用和發揮。這可以用夢的「移置」（Displacement）加以闡釋：「移置作用有兩種方式：（一）一個隱念的元素不以自己的一部分爲代表，而以較無關係的他事相替代，其性質略近於暗喻；（二）其重點由一重要的元素，移置於另一個不重要的元素之上，夢的重心既被推移，於是夢就似乎呈現了一種異樣的形態。」〔註30〕

由此可見，精神分析者認爲，夢的元素本身並不是主要物或原有的思想，而是夢者所不知道的某事某物的替代，析夢者正是要利用關於這些元素的自由聯想使他種代替的觀念能進入意識之內，再由這些觀念，推知隱伏其背後的原念，他們所用的手法多是隱喻式或者旁支式的。讖言詩解釋的角色正好巧合對應：李良弼是「夢者」，其父是「析夢者」——其父望子成龍，希冀其在仕途上有所成就。李良弼對這個期待也有同樣的渴求，兩者合一形成夢的刺激源和誘因。夢是願望的滿足，在夢中願望的滿足往往是不加掩飾的、易於辨認的。然而，「記得的夢並不是眞事，只是一個化裝的代替物，這個代替物因喚起其他代替的觀念就提供了一種線索，使我們得知原來的思想，而將隱藏在夢內的潛意識的思想帶入意識之內。……顯意與其說是隱意的化裝，不如說是它的代表——一種由字音引起的可塑性的具體意象。」〔註31〕換句話說，這是造成闡釋的差異的原因所在，正如弗洛伊德指出的那樣：「文字間的類同和音值（Sound-values 聲音的價値）必須注意，字的聯想也必須加以重

〔註29〕 陶穀撰，孔一校：《清異錄》卷上，《宋元筆記小說大觀》，前引書，第 11 頁。
〔註30〕 弗洛伊德撰，高覺敷譯：《精神分析引論》，前引書，第 132 頁。
〔註31〕 弗洛伊德撰，高覺敷譯：《精神分析引論》，前引書，第 83、89 頁。

視。」〔註32〕現實中的暗喻雖然隱晦，但是剝除其雙關、諧音等語言學物質外殼之後，仍能爲解詩者所理解，相似的表象可能源於不同的本質。張君房的再度闡釋跳出了李氏父子的釋夢期待，從另樣立場和視角予以審視「應讖」的途徑：首句「九霄丹詔三天近」，帝王意象被移置，原本不甚重要的兩個數字「三」和「九」被具體化；次句「萬疊紅芳一旦開」，喜慶的意味被盛極而衰的辯證觀所替代，三句中「問甲」跟「日月」、「山川」的意象被牽強地對應起來，原本「名次」的意義被「天干」所偷換；末句「小蓬萊」近帝王的暗示，也被聯想而至的道家虛無境地的解釋所掩蓋，這些解釋使得一首絕句完全被人爲地讖化。當眞實狀況與夢境出現歧義衝突後，人們就會換個角度對其進行闡釋。依照傳統思維，本著天人感應的信仰，讖言的出現似乎是天命意義的暗示，闡釋者主動迎合、不斷完善並持續豐富詩的附加意義，將其闡釋得天衣無縫，使詩讖更趨可信，如此方能體現傳統的天人合一思想。

《因話錄‧羽部》：

> 柳員外宗元自永州司馬徵至京，意望錄用。一日，詣卜者問命，且告以夢，曰：「余柳姓也，昨夢柳樹仆地，其不祥乎？」卜者曰：「無苦，但憂爲遠官耳。」徵其意，曰：「夫生則柳樹，仆則柳木。木者，牧也。君其牧柳州乎？」卒如其言。後卒於柳州焉。〔註33〕

生命和仕途，是古代知識分子最爲深切關懷的兩大主題。讖文學多能反映出古代文人深層的心態以及對這兩大主題的的關切與焦慮，死亡是人類最恐懼而忌諱的事，仕途多舛或顯達則是關係到仕子生活理想與目標能否實現的終極問題。在柳宗元的這則夢讖故事中，這兩點體現尤其耐人尋味。古代中國缺少透明的社會信息發佈與接收體系，知識分子又深受天人感應的影響，故多託夢言事。前文我們提到，記得的夢並非眞事，只是提供把隱藏在夢內的潛意識帶入意識之內的一個替代物的線索，換言之，即是，通過夢的片斷這個媒介，我們可以解析原本無從接近的無意識的眞實意圖。在柳宗元的夢裏，無意識的欲望變成了意象，正如弗氏所說：「夢的工作的第三個成就，由心理學的觀點看來，最有趣味。這個方法，乃是將思想變爲視象（Visual Images）。

〔註32〕弗洛伊德撰，高覺敷譯：《精神分析引論》，前引書，第19頁。

〔註33〕趙璘撰，曹中孚校：《因話錄》卷六，《唐五代筆記小說大觀》，上海：上海古籍出版社，2000年，第871頁；李昉：《太平廣記》卷二百七十九，前引書，第2222頁，文末有「後卒於柳州焉」語。

我們當然要曉得夢中思想不完全有此種變化，有許多思想仍保存其原形，並在顯夢中表現爲思想或知識；而且變爲視象也不是思想變形的唯一可能的方法。但是它卻是夢的主要特性，除開另一種情況，這一部分夢的工作極少變化。而且視象之爲夢的成分，也是我們大家所熟悉了的。」〔註34〕以象取意，是解析夢的鎖鑰。夢中出現的情形是「柳樹仆地」，「柳」被柳宗元用來跟自己的姓氏相比附，「仆地」意味著病或死，故自覺「不祥」，原因在於之前柳宗元參加過永貞革新，運動失敗之後，二王八司馬都被遠貶他鄉，柳宗元也被貶到窮山惡水的永州，當年甚是荒涼，而且剛到永州不久，柳母就病逝於斯。殘酷的政治迫害、艱苦的生活環境、巨大的精神壓力，都使柳宗元的身心健康遭受了嚴重的摧殘，他在《與李翰林建書》中自稱到了「行則膝顫，坐則髀痹」的地步，並說自己「今僕瘰殘頑鄙，不死幸甚」〔註35〕。可以說幾乎已是個廢人。在永州的九年，他一直在期待京城的重新敘用，心中政治理想的火焰並未熄滅；然而身體的每況愈下，讓他有種力不從心的無可奈何。元和十年，一紙詔書讓當年永貞革新的「罪臣」們回到皇都，也讓柳氏重燃了希望，故材料中說「自永州司馬徵至京，意望錄用」。而柳宗元內心惶惑的，不僅僅是自己能否迎來政治生涯的第二春，而且包括實際困擾自己多年的健康問題。通過夢境，反映了自己潛意識中一直存在的隱憂。如果我們接受弗氏的里比多（Libido）的說法，「假使我們把真實的焦慮的情感成分屬於自我里比多，而把它所採取的行動屬於自存本能，那麼一切理論上的困難都可迎刃而解了。你們將不再主張我們因知道恐懼而逃避了。我們的知道恐懼而逃避，都起源於對危險的知覺而引起的同一衝動。經過危險而幸存的人，以爲他們未曾有恐懼之感，他們只是相機行動——譬如舉槍瞄準進攻的野獸——這確是他那時最有利的辦法。」〔註36〕那麼由此可以判斷柳宗元的夢事實上反映了是一種焦慮心態，夢體現了對潛在危險的感知，並且夢醒後他也努力尋求規避的途徑，於是他「詣卜者問命，且告以夢」，希望通過他人的闡釋來解除這一困擾他的精神壓力。

　　卜者的解夢將柳宗元的死亡焦慮予以化解，然而卻在生存仕進的方面給

〔註34〕弗洛伊德撰，高覺敷譯：《精神分析引論》，前引書，第132頁。
〔註35〕柳宗元：《與李翰林建書》，柳宗元：《柳宗元集》，北京：中華書局，2006年，第800、801頁。
〔註36〕弗洛伊德撰，高覺敷譯：《精神分析引論》，前引書，第347頁。

他壓上了最後一根稻草。柳宗元原本「意望錄用」的期望落了空,「憂爲遠官」竟成事實,他回京一個月,就再次接到了遠貶爲柳州刺史的任命文書。柳宗元哀歎「十年憔悴到秦京,誰料翻爲嶺外行」〔註37〕,這與卜者的解夢不謀而合。從文本闡釋的角度來說,同一夢境的不同分析,仍是源自對當中意象的不同說解。在這裡,「柳樹仆地」被卜者重新解讀,「柳」,被比附爲地名,取代柳宗元切合姓氏的理解;「仆地」,被比附爲樹死亡的主體,把柳宗元從自身的死亡恐懼中引渡出來;「仆則柳木」,卜者巧妙運用了諧音進行解釋,「木」,牧也,以此將夢境闡釋爲官職的授予,引向仕途前程的揭示。

　　究其實質,二者在夢的闡釋上的不同取向,契合弗氏的解釋:「這種雙關語(Pun)的玩意兒,我們可不能輕輕放過,實際上,夢者的雙關語往往歸屬於釋夢者。」〔註38〕中國語言文字的雙關之於讖文學的作用和意義,我們留待第九章去詳細討論,在這裡,再引《精神分析引論》中弗洛伊德對於中國文字與夢境聯姻的恰如其分的理解:

　　　　中國的語言和文字是最古老的。但仍爲四萬萬人所通用。你們不要假定我懂中文;我因爲希望在中文內求得和夢相類似的種種不確定性,所以才得到一點關於中文的知識;我並未失望,因爲中文確有許多不確定性,足以使人吃驚。你們知道這個文字有種種表示音節的音,或爲單音,或爲復音。有一種主要方言約共有四百個音,因爲這個方言約共有四千字,可見每一個音平均約有十種不同的意義——有些較少,有些較多。因此,爲了避免誤會,就想出了種種方法,因爲僅據上下文,還不足以決定說話者要傳達給聽者的、究竟是這十種可能的意義中的哪一種。在這些方法之中,一是合兩音而成一字,一是四「聲」的應用。爲了我們的比較起見,還有一個更有趣的事實,就是這個語言在實際上是沒有文法的:這些單個音節的字究竟是名詞、動詞還是形容詞,誰也不能確定;而且語尾又沒有變化,以表明性(gender),數(number),格(case),時(tense),或式(mood)等等。我們或者可以說這個語言僅有原料而已;正好像我們用以表示思想的語言因夢的工作還原而爲原料,而不表示其相互間的關係。中文一遇有不確定之處,便由聽者根據上下文就自

〔註37〕柳宗元:《衡陽與夢得分路贈別》,柳宗元:《柳宗元集》,前引書,第1159頁。
〔註38〕弗洛伊德撰,高覺敷譯:《精神分析引論》,前引書,第185頁。

己的意思加以裁決。譬如中國有一句俗話說「少見多怪」。這都是很容易瞭解的。其意可譯爲:「一個人所見愈少,則其所怪愈多,」也可譯爲:「見識少的人便不免多所驚怪。」這兩種翻譯僅在文法構造上略有不同,我們自然不必對此二者加以選擇。然而中文雖有這些不確定性,卻仍不失爲傳達思想的一個很便利的工具,因此,我們可以明白不確定性未必即爲誤會的起因。〔註39〕

這樣的不確定性成爲了讖言詩生成的機制。「柳樹仆地」,最終是將兩種不同的潛意識的焦慮合併起來,以「卒於柳州」的結局宣告了「讖」的成立,兩種闡釋都變得有了合理性。

第四節　精神分析學的讖文學文化成因小結

讖文學將天意、神命、冥定的預言賦予文學的形式,通過假託對社會的發展動向、人事的禍福吉凶作出先兆性預言。讖文學的觀念,一方面受到傳統陰陽思想和宿命論潛移默化的影響,將人事與天命及自然現象結合起來,凡事皆如天定,人力不可違抗,上天若不滿人事,「國家將有失道之敗,而天乃先出災害以譴告之,不知自省,乃出怪異以警懼之。尚不知變,而傷敗乃至」〔註40〕另一方面則是建立在對語言文字先兆作用信仰和巫術潛意識的基礎之上的,人們普遍認爲語言和文字具有一種預示事物發展與結局的神秘力量。費爾巴哈《基督教的本質》談及原始民族的語言觀時說:「在古代各民族——他們是想像力的孩子——看來,言語是一種充滿秘密的、魔術般的東西。」〔註41〕以現有某種事物作爲未來預兆的這種觀念具有深層的思想基礎,帶有原始文化的某些因質。另外,詩歌本身長於隱晦曲折或含射象徵某類事象。讖文學運用特殊的語言文字符號,用模糊、含蓄、隱蔽等表現手法及諧音、雙關、隱喻等修辭手段,對發展趨勢作出預測,將預測的結果嵌入詩中,造成一種冥冥中自有天定的神秘感。

除開這些讖文學生成的外在因素,從精神分析的內在角度來看,讖文學最終的解釋權仍然歸於闡釋者。這一類讖文學中的主角,無不懷有潛意識的焦慮,

---

〔註39〕弗洛伊德撰,高覺敷譯:《精神分析引論》,前引書,第 181～182 頁。
〔註40〕班固:《漢書》卷五十六,前引書,第 2498 頁。
〔註41〕費爾巴哈撰,榮震華譯:《基督教的本質》,北京:商務印書館,1986 年,第 121 頁。

並且將其時刻掛念於心，心理學上稱之爲焦點意識（Focus Consciousness）。所謂焦點意識，是指個人全神貫注於某事物所得到的清楚明確的意識經驗，由此所產生的迫切的心理渴求，即是動機（Motive）。這種由一種目標或對象所引導、激發和維持的個體活動的內在心理過程或內部動力，會產生相應的需求（Need）與驅力（Drive），激發或驅動個體行動以滿足需要、消除緊張，從而恢復某種平衡狀態。弗洛伊德對夢的闡釋的核心在於，「夢的工作的目的在於求得某一欲望的滿足」〔註42〕。這種欲望，由於受到輿論、環境、道德等束縛，一直壓抑在潛意識當中，並未被覺察，需要某種表達方式，從潛意識中被引導到意識層面，並得到闡釋。在這樣的心態下，某些詩句或文字可能成爲正誘因（Positive Incentive），比如于觀文、李良弼，激發起他們一舉中的的成就動機（Achievement Motive）和金榜題名的權利動機（Power Motive），引發個體趨近目標，並在這個過程中獲得滿足的刺激，從而影響對文本的解讀；也有可能成爲負誘因（Negative Incentive），比如劉希夷、柳宗元，因逃離或規避不良結果的出現而得到內心暫時的滿足，引起個體對於未來的生命和仕途走向的擔憂，形成焦慮，或者暗示。暗示（Suggestion）指向對方表達一種非強迫性的意見，能使對方在不加懷疑的心態下接受，並在行動上實踐；而自我暗示（Self-suggestion）則是主客體合而爲一，施受都源於自己的內心。其中，引起正面後果的屬於積極的自我暗示，引起不良後果的屬於消極的自我暗示，後者在歷史上如「杯弓蛇影」、「草木皆兵」，都是此類。正是對自我的消極暗示，產生了焦慮，當事人長期處在由緊張、不安、焦急、憂慮、恐懼等感覺交織成的情緒狀態中，知覺上處於一種反常狀態，認識上的失衡將本來不具威脅性的事物誤解爲可怕對象。劉希夷、柳宗元的英年早逝也大致屬於自我涉入（Ego-involvement），即個人對某一種事情或某一種態度立場很感關切，將詩句跟自己對號入座地聯繫在一起，在過度焦慮中健康受到極大損傷，最終難逃一死的命運。

讖文學中的「一語成讖」現象，很多時候其實可以歸因於並不神秘的自驗預言（Self-fulfilling Prophecy）。自驗預言有時又與皮格馬利翁效應（Pygmalion Effect）扯上聯繫，即某事實正好按照一個人預期目標那樣進展，這並非個人有先見之明，而是由於他的計劃與努力促使預期目標得到實現的緣故；皮氏效應則特指人們的行爲往往與別人對它的期望相對應。在有目的

〔註42〕弗洛伊德撰，高覺敷譯：《精神分析引論》，前引書，第 166 頁。

的情境中，詩讖之所以成「讖」，是個人對自己或別人對自己有所期冀，而自己通過刻意或無意的努力，使之在以後的行爲結果中應驗。當然，自驗預言亦分爲積極與消極兩大類，于觀文的例子屬於前者，劉希夷的例子屬於後者。

　　詩人借物以表達自己的思想感情，因而詩中難免流露出對未來的展望以及對某事的渴望或規避，而在傳統的神秘主義思潮籠罩下，解詩者捕風捉影，習慣以「讖」解讀文學中的暗喻、寄寓、象徵等藝術手法，曲解詩者的本意；或近乎拆字遊戲，以諧音、象徵、比附相釋，滲透著陰陽五行的神學說教，牽強附會、憑臆私決。讖文學本身是虛幻的、消極的、唯心色彩濃重的封建糟粕，多旨在宣揚生死輪迴、善惡報應、忌諱犯禁等諸多宿命論的觀點，因此多爲後人附會甚至僞造，「條暢增益，以表神怪」，或在原有基礎上刻意加工附會，顯示其神秘性，「後人詐記，以明效驗」〔註43〕，其虛假性自不待言。我們應對其予以批判和揚棄，這是對待讖文學這種文化現象的基本態度；但借助西方文化思潮中與馬克思主義並行不悖的精神分析學的理論，無疑會對作爲文學與神秘文化的結合體的讖文學的解讀開闢極大的闡釋空間與全新理念。

〔註43〕王充撰，黃暉注：《論衡校釋》卷第二十六，前引書，1069頁。

第五章　原型理論視野中的隋唐五代讖文學批評

　　讖作爲一種文學現象，始於先秦，盛於東漢。漢代學者張衡說：「立言於前，有徵於後，故智者貴焉，謂之讖書」〔註1〕。古人之所貴，今人或以爲非，但讖文學長期存在於我國古典文化系統之中乃是不爭的事實。近年間，研究讖文學的成果雖然不斷湧現，但是大多數仍對其報以偏見。人類文化發展的每一步都並非孤立的，每一種子文化都是母文化的體現，讖文學也是植根於整個中國古典文化土壤發展變異而成的。它並非一座空中樓閣，而且正因爲它的古老與神秘，也就更值得我們去挖掘潛藏其背後的文化原型，從而探尋中國古典文化的根脈。

第一節　原型與原型理論

　　原型（Archetype）一詞源於希臘文，最初指模子。古希臘柏拉圖（Plato）首次將原型一詞引入哲學理論之中，他認爲宇宙的萬事萬物皆有原始模型存在於理念世界內。後來，瑞士學者榮格（Jung）以這一哲學名詞爲基礎創立了原型心理學。他認爲原型可看作是一種通過不斷發生從而領悟的經典模式，是種族世代相傳的基本原型意象，在其「集體無意識」觀點中，他將集體無意識的內容歸結爲原型或原型意象，而文學創作就是從無意識中激活原型意象的過程。至此，原型批評受到心理學原型理論的啓發，開始尋求文學的本

〔註 1〕范曄：《後漢書》卷五十九，前引書，第 1912 頁。

質屬性。1957 年，加拿大學者弗萊（Frye）通過其經典著作《批評的剖析》
（*Anatomy of Criticism*）從文化和文學角度對「原型」作了進一步的深入闡釋，
發展出一套系統而完整的原型理論。在他看來，原型是一種反覆出現的意象，
是人類文學整體的模式和原型象徵，是代代流傳的、可以交流的符號。而後，
弗雷澤（Frazer）在《金枝》（*The Golden Bough：A Study in Magic and Religion*）
中提出交感巫術原理，並將其運用於原始人類文化現象的研究。弗雷澤的交
感巫術原理使人類自覺地將「儀式」伸向古老幽暗的歷史深處，啓發人們用
原始思維審視文學；榮格的集體無意識和原型學說啓發人們從文化——審美
心理結構及文化心理積澱的維度洞察文學的價值與魅力，二者大大拓寬了人
們對文學理解的視閾。原型批評理論在極盛時期，曾一度與馬克思主義批評
和精神分析學說並肩，共同在西方文學理論界發揮重要作用〔註2〕。

　　原型批評受益於弗雷澤的文化人類學、榮格的分析心理學和卡西爾的象
徵哲學〔註3〕，對文本的分析偏於探討本能自身的無意識形象。對於原型的定
義，學界存在一些分歧，比如榮格認為，「原始意象或原型是一種形象，或為
妖魔，或為人，或為某種活動，它們在歷史過程中不斷重現，凡是創造性幻
想得以自由表現的地方，就有它們的蹤影，因而它們基本上是一種神話的形
象。……這些原始意象給我們的祖先的無數典型經驗賦予形式。……它們是
無數同類經驗的心理凝結物。」〔註4〕大陸學者程金城也對其下過定義：「原
型是指事物的原始模式，原型並非是『先在』於人的肉體和物質實踐活動的
先天精神，而是人在歷史實踐過程中對事物本原的追尋的抽象和心靈情感的
模式化。」〔註5〕傅道彬認為：「原型是一切心理反應具有普遍一致性的先驗
形式，是心理結構的基本模式。這種基本模式是人類遠古生活的遺迹，是重
複了億萬次的那些典型經驗的積澱和濃縮。因此從原型系統的形式中，可以
獲得上古歷史與藝術的色彩斑斕的生動素材，原型系統不是零散的無意味的

〔註2〕*Encyclopedia of World Literature in the 20th Century,* New York：Frederick Ungar
　　　Publishing Co., 1975 Vol.2 pp288，葉舒憲：《神話——原型批評》引，西安：
　　　陝西師範大學出版社，2011 年，第 2 頁。
〔註3〕葉舒憲：《神話——原型批評》序，前引書，第 3 頁。
〔註4〕榮格：《論分析心理學與詩的關係》，葉舒憲：《神話——原型批評》，前引書，
　　　第 96 頁。
〔註5〕程金城：《西方原型美學問題研究》，哈爾濱：黑龍江人民出版社，2007 年，
　　　第 201 頁。

形式，而是充滿意味的象徵。」〔註6〕葉舒憲總結弗萊的《文學的原型》、《批評的剖析》、《偉大的編碼》等原型闡釋的著作之後，歸納了弗萊對原型概念的認識：

　　　　第一，原型是文學中可以獨立交際的單位，就像語言中交際單位──詞一樣。

　　　　第二，原型可以是意象、象徵、主題、人物，也可以是結構單位，只要它們在不同的作品中反覆出現，具有約定性的語義聯想。

　　　　第三，原型體現著文學傳統的力量，它們把孤立的作品相互聯結起來，使文學成為一種社會交際的特殊形態。

　　　　第四，原型的根源既是社會心理的，又是歷史文化的，它把文學同生活聯繫起來，成為二者相互作用的媒介。〔註7〕

無論是西方還是東方的學者，都認為「原型」核心本質是在於隱藏在民族的潛意識層面上的一種會不斷復現的心理和行為情結，反映著普遍意義的人類思維方式或心理結構。

　　作為一種文學理論，原型批評是在 20 世紀六十年代初被引入中國的。一經引進，它就受到文學理論者、實踐者和批評者的青睞，無論是生吞活剝，還是去偽存真，都表現出對新鮮理論的興趣和包容。儘管它是舶來品，但其宏觀系統的文學研究思路，對中國文學，尤其是對現當代文學的批評具有特殊的方法論意義。依據原型理論，文學是一個有機的整體，各階段的文學是一脈相承的，並非割裂孤立的，它們具有同一性、連續性和漸進性。把不同時期的文學作品聯結起來，不難發現中國現代文學與傳統文學就是原型在人類不同歷史階段上的變形置換，隱現著種族所具有的共時性的審美文化心理結構，二者的差異只是表面現象，其原型的同構才是內在的本質，這就說明現代文學與傳統文學之間存在著與生俱來的親緣關係，有力地反駁了「五四」以來傳統文學發展已經斷層的狹隘觀念。

　　近些年來，運用原型批評研究分析中國古代文學作品的成果大量湧現，學者們運用原型理論考察作品中的結構方式和原型意象，分析其背後的人類學和心理學價值，並在此基礎上總結出諸多原型：主題原型，如英雄救美原

〔註6〕傅道彬：《晚唐鐘聲：中國文化的精神原型》，上海：東方出版社，1996 年，第 7 頁。
〔註7〕葉舒憲：《神話──原型批評》序，前引書，第 11 頁。

型、貧富相戀原型；人物原型，如諸葛亮的仁義原型、王熙鳳的貪欲原型等；
結構原型，如詩的抑揚原型、戲曲的開闔原型等；形象原型，如山的陽剛原
型、水的陰柔原型等。這種對中國古典文學作品的重新解讀和闡釋的方式還
衍生了許多獨特而深刻的見解，例如，日本學者伊藤清司（1983）在《中國
古代典籍與民間故事》一文中從成人儀式的結構與功能入手解析了流傳在中
國民間的「難題求婚」型故事；鄭振鐸先生（1933）按照弗雷澤《金枝》的
線索分析了上古傳說中湯禱於桑林的故事，指出該故事的眞相是作爲「祭司
王」的湯以自我犧牲的儀式祈求降雨；葉舒憲先生（1994）的《詩經的文化
闡釋》一書則從文化人類學的視角切入，重新審視風、雅、頌之本相所在，
探究「詩言志」背後的「詩言寺」本相；傅道彬先生（1996）從《紅樓夢》
的主題和結構入手，指出《紅樓夢》是從傳統中國哲學和藝術中獲取「石頭」
的意義，又賦予傳統「石頭」新的意義和人格，從而揭開「石」和「玉」的
兩個象徵世界的原型意義。諸如此類的例子還有很多，透過它們可以看出，
利用原型理論嘗試探討我國古典文化作品的本相，以全新的視角尋找潛藏其
中的原型意象及其母題，有助於重新解讀和闡釋古典文學，進一步調動學者
和讀者的審美積極性。

第二節　讖文學的原型文化源頭

讖文學的產生並沒有一個明確的時間點可供參考，但其作爲一個文學有
機體，最初的模式必然可追溯到我國的原始文化之中，例如神話、儀式或脫
胎於原始文化的巫覡文化。原型批評理論家認爲，「文學作爲一個有機整體，
植根於原始文化，最初的文學模式必然要追溯到遠古的宗教儀式、神話和民
間傳說中。」〔註8〕傳統意義上的神話並非虛構的謊話，也不是毫無意義的幻
想，而是人類在達到理性思維前的一種認識和解釋世界的普遍思維方式。

弗雷澤認爲，神話的發生與巫術儀式息息相關，依此理論，我國的遠古
神話與宗教儀式中就包含著混沌的讖文學原型。例如，中國上古時期流傳的
龜著卜，作爲一種宗教儀式，它以燒灼龜殼或籌算蓍草後所得到的兆象來進
行占卜，從而向天神探問吉凶。可見，這種宗教儀式是一種向某種徵兆尋求
答案的活動。

〔註 8〕葉舒憲：《神話──原型批評》序，前引書，第 12 頁。

　　神話故事中也能看到簡易的讖文學縮影，如《史記·周本紀第四》載：

　　　　周后稷，名弃。其母有邰氏女，曰姜原。姜原爲帝嚳元妃。姜
　　　原出野，見巨人跡，心忻然說，欲踐之，踐之而身動如孕者。居期
　　　而生子，以爲不祥，弃之隘巷，馬牛過者皆辟不踐；徙置之林中，
　　　適會山林多人，遷之；而弃渠中冰上，飛鳥以其翼覆薦之。姜原以
　　　爲神，遂收養長之。初欲弃之，因名曰弃。〔註9〕

姜原欲丟棄后稷，但「弃之隘巷，馬牛過者皆辟不踐；徙置之林中，適會山
林多人，遷之；而弃渠中冰上，飛鳥以其翼覆薦之」。通過這些奇特的兆相，
她不能不認定此子決非凡人，后稷將來稱王的事實也算是「有徵於後」。這種
思想模式與讖文學的預測觀相似，只是此兆爲吉，讖兆多爲凶，此爲區別。

　　具有較爲成熟的詩體特徵的讖文學，見於《國語·鄭語》：

　　　　……棄聘后而立內妾，好窮固也；侏儒戚施，寔御在側，近頑
　　　童也。周法不昭，而婦言是行，用讒慝也。不建立卿士，而妖試幸
　　　措，行暗昧也。是物不可以久。且宣王之時有童謠，曰：「檿弧箕服，
　　　實亡周國。」於是宣王聞之，有夫婦鬻是器者，王使執而戮之。……

　　　〔註10〕

周宣王倒行逆施，民心盡失，其時有童謠。檿，桑樹，弧，木弓。箕服，韋
昭注曰：「箕，木名，服，矢房也」，即箕木做成的箭袋。這句話是說，以桑
木爲弦弓、爲箕木爲箭袋的那個人，就是要把周國滅掉的人。周宣王不去檢
討自己的問題，不願意承認「是物也，不可以久」的趨勢，而是想要把這個
讖言掐死在萌芽狀態而江山永固，於是開始抓捕賣桑木弓和箕箭袋的人，抓
到就統統殺掉。這跟許多面臨和處理過讖言的後世君王的表現是相似的：對
於危害國家安全、有礙於政權統治的謠讖，定是「寧可錯殺一千，不可放過
一個」。《史記·周本紀》的記載較爲簡略而更有章法，揭示了這則讖言詩的
最後導向：

　　　　三年，幽王嬖愛褒姒。褒姒生子伯服，幽王欲廢太子。太子母
　　　申侯女，而爲后。後幽王得褒姒，愛之，欲廢申后，並去太子宜臼，
　　　以褒姒爲后，以伯服爲太子。周太史伯陽讀史記曰：「周亡矣。」昔
　　　自夏后氏之衰也，有二神龍止於夏帝庭而言曰：「余，褒之二君。」

〔註 9〕司馬遷：《史記》卷四，前引書，第 111 頁。
〔註10〕徐元誥撰，王樹民等校：《國語集解》卷十六，前引書，第 473 頁。

夏帝卜殺之與去之與止之，莫吉。卜請其漦而藏之，乃吉。於是布幣而策告之，龍亡而漦在，櫝而去之。夏亡，傳此器殷。殷亡，又傳此器周。比三代，莫敢發之。至厲王之末，發而觀之。漦流于庭，不可除。厲王使婦人裸而譟之。漦化爲玄黿，以入王後宮。後宮之童妾既齓而遭之，既笄而孕，無夫而生子，懼而弃之。宣王之時童女謠曰：「檿弧箕服，實亡周國。」於是宣王聞之，有夫婦賣是器者，宣王使執而戮之。逃於道，而見鄉者後宮童妾所弃妖子出於路者，聞其夜啼，哀而收之，夫婦遂亡，犇於襃。襃人有罪，請入童妾所弃女子者於王以贖罪。弃女子出於襃，是爲襃姒。當幽王三年，王之後宮見而愛之，生子伯服，竟廢申后及太子，以襃姒爲后，伯服爲太子。太史伯陽曰：「禍成矣，無可奈何！」〔註11〕

事態的發展並未如周宣王所預計的那樣被控制被引導，周幽王爲博襃姒一笑而烽火戲諸侯，成爲了亡國的導火索。

在先秦的各種文獻記載了海量的原始讖兆觀，如《詩經・小雅・十月之交》裏說：「日有食之，亦孔之醜；……日月告凶，不用其行」〔註12〕；《左傳》載文公十四年，有「星孛入于北斗……公孫敖卒於齊。齊公子商人弒其君舍。宋子哀來奔。冬，單伯如齊。齊人執單伯。齊人執子叔姬。」〔註13〕這些見諸於文的涉及天文、星相、人事等預兆，都帶有原始讖文學印記。它們不同於巫術，不能通過「接觸律」與「相似律」將其傳遞下去，其出現具有一定偶然性，內容也較爲獨立，是人們根據事後的巧合將其視作一種徵候。

在中國的神話體系中，往往存在一些預測未來的「世外高人」，他們能夠實現天地人神鬼之間的相互溝通，傳達一些上界的旨意。例如託名姜太公所作的《乾坤萬年歌》開篇曰：「太極未判昏昏過，風后女媧居上座。如今天下已歸周，禮樂文章八百秋。」〔註14〕從無極的混沌世界開始，到早期伏羲氏、女媧氏的神話時代，再到姜太公所在的周代，之後還會一一揭示中國歷史的

〔註11〕 司馬遷：《史記》卷四，前引書，第 147 頁。

〔註12〕 鄭玄注，孔穎達疏：《毛詩正義》卷十二之二，阮元：《十三經注疏》，前引書，第 445～446 頁。

〔註13〕 杜預注，孔穎達正義：《春秋左傳正義》卷十九下，阮元：《十三經注疏》，前引書，第 1853 頁。

〔註14〕 《姜太公乾坤萬年歌》，安居香山、中村璋八：《緯書集成》，前引書，第 1645～1646 頁。

演變和朝代更替。當然，從詩體形式上來說，西周時不可能出現成熟的七言齊言體，此作當是清人僞作。後世幾部名氣頗大的讖文學大作，例如諸葛亮《武侯百年詶》、李淳風、袁天罡《推背圖》、邵雍《梅花詩》、劉伯溫《燒餅歌》等，幾乎都是沿襲了這一模式，以求史實與文本的一一對應。通過這些讖文學不難發現，這些被託名的作者，幾乎都是中國歷史上大名鼎鼎的智者、達者、預言者，從源頭上來講，姜太公無疑是這樣一個全知全能的原型代表人物，他的形象、智慧及其變體，在後世反覆出現在讖文學中的主體人物身上經常能看到其痕迹，這正是弗萊所定義的文學原型——一種典型的或重複出現的意象。

　　神話是潛意識心理的最初的顯現。讖文學帶著濃厚的神話色彩，反映了中華民族的傳統文化價值觀和民族心理潛意識，無論是神話故事，還是民間傳說，這些帶著讖色彩的講述或記敘，都似乎存在一種有源可循的脈絡，其大致結構似都可歸爲若干的「母題」或者「類型」。本章所要做的嘗試，就是以隋唐五代讖文學的類型或母題及與之相關的主題情節、人物個性、心理動態、命運走向、文本結構、敘事手法等方面爲研究內容，對時代文化心理形成過程中所產生的意義以及在具體作品文本中的「置換變形」及其價值進行一定程度的探討。

第三節　讖文學的原型分類闡釋

　　原型批評家榮格認爲，集體無意識是從原始時代演變而來的，主要通過遺傳的方式逐漸積澱在每個成員的心靈之中，其《心理學與文學》中說：「我們在無意識中發現了那些不是個人後天獲得而是經由遺傳具有的性質……發現了一些先天固有的直覺形式，也即知覺與領悟的原型。它們是一切心理過程的必不可少的先天要素。正如一個人的本能迫使他進入一種特定的存在模式一樣，原型也迫使知覺與領悟進入某些特定的人類範型。和本能一樣，原型構成了集體無意識。」〔註 15〕而對於讖文學來說，一段語言文字之所以會變成人們心目中的「讖」，這是由人們的潛在文化直覺模式決定的；而這種文化直覺模式即是所謂的「文化模型」，引導人們的思維與創作，使讖文學得以

〔註15〕榮格：《榮格文集》英文版，卷 8，第 133 頁；榮格撰，馮川、蘇克譯：《心理學與文學》引，北京：三聯書店，1987 年，第 5 頁。

發展。如果說原始的讖文學只是一片混沌，到了隋唐五代時期，讖文學基於不同的文化原型顯示出較爲清晰的分類。本節從文本內容的角度出發，將讖文學大體分爲卜讖、物讖、詩讖三個原型模式，並在此基礎上分析其各自潛在的「文化密碼」。在某種程度來說，這三種類型的劃分其實並非同一層面，它們各自偏重於方式、媒介和文體的層面，然而就原型探源本身來說，它們代表了三種不同文化的支流與脈絡。

（一）卜讖文學

所謂「卜讖」，是以卜爲讖，其讖言是一段看似並無實際意義的卜辭，須等到事情應驗之後才能對讖語進行解釋。《十國春秋‧馬處謙傳》：

> 處謙自是筮易極精。未及，從趙匡明來蜀。高祖習其名，密令廣成先生杜光庭問年壽幾何，處謙曰：『主上受元陽之氣，四斤八兩。』高祖後七十二歲而殂，蓋計數爲七十二兩也。〔註16〕

這段材料又見於《北夢瑣言》、《太平廣記》等。前蜀高祖王建詢問自己年壽幾何，得到一個風馬牛不相及的答案——「四斤八兩」，等到高祖死後，眞相才揭曉：「四斤八兩」合計七十二兩（古代一斤爲十六兩），暗指高祖陽壽七十二。又如，前引《太平廣記》引《宣室志》：

> 貞元中，有袁隱居者，家於湘楚間，善《陰陽占訣歌》一百二十章。時故相國李公吉甫，自尚書郎謫官東南。一日，隱居來謁公。公久聞其名，即延與語。公命算己之祿仕，隱居曰：「公之祿眞將相也！公之壽九十三矣。」李公曰：「吾之先未嘗有及七十者，吾何敢望九十三乎？」隱居曰：「運算攀數，乃九十三耳。」其後李公果相憲宗皇帝，節制淮南，再入相而薨，年五十六，時元和九年十月三日也。校其年月日，亦符九十三之數，豈非懸解之妙乎？隱居著《陽陰占訣歌》，李公序其首。〔註17〕

李吉甫所關心亦是自己的生死問題，與王建問壽如出一轍；其得到的答案也是間接的，並非最後的標準答案，後來被解讀爲「九年十月三日」，與辭世的日期相匹配，來暗合此說的讖性。

這兩則材料都是標準的卜讖文學，從字面上令人費解的卜辭，到應驗後

〔註16〕吳任臣：《十國春秋》卷四十五，前引書，第654頁。
〔註17〕李昉：《太平廣記》卷七十二，前引書，第451頁。

恍然大悟的解釋，構成了隋唐五代卜讖文學的結構模型。在這個結構模型當中，有一些共同的文化元素：

其一，一般都存在著一個長於占卜、以全知全能的姿態出現的卦者。馬處謙是五代時期見載於正史的知名術士，連宮廷御用法師杜光庭都要向他求教；袁隱居在中唐時候也聲名大噪，而且著書行世，《陰陽占訣歌》是其理論總結。此外，卦者所在地域，也多半是跟占卜巫蠱文化緊密聯繫在一起的：巴蜀大地巫風盛行，鶴鳴山是道源祖庭之一，張道陵、嚴君平、范長生、杜光庭等都是蜀地人或在蜀地成名；湘楚更不待言，歷來以巫風濃鬱而著稱。東漢王逸《楚辭章句‧九歌》序云：「昔楚國南郢之邑，沅、湘之間，其俗信鬼而好祠，其祠必作歌樂鼓舞，以樂諸神。屈原放逐，竄伏其域，懷憂苦毒，愁思沸鬱，出見俗人祭祀之禮，歌舞之樂，其詞鄙陋，因為作《九歌》之曲。」〔註18〕

其二，其所關注的核心問題是天命。儒家先師孔子說：「未知生，焉知死。」〔註19〕意在說明應該把眼光放在現實人生的問題的處理上，擱置爭議死亡與來世。然而，對於壽限這樣的大事，任何人都很難淡然處之，誰都希望提早預知自己的時辰，做好一些早期準備，以期可以借助人力來改變劫數。但是，在「天機不可泄露」的普世傳統思想映射下，這種答案注定不能直接呈現目前，只能透過文字遊戲來間接暗示。

其三，由於避免直接指向問題本身，複義性的字面在表意技巧上就多採用避實就虛的迂迴手法為答案提供線索。例中數字的多義性，正好契合了這一趨勢。四斤八兩和七十二，是用度量衡單位來影射陽壽；九十三，則是把數字轉化為日期。除了利用數字的多義性之外，常見的預測凶吉的手法還包括拆字、諧音、雙關、五行等，通過謎面和謎底之間的線索予以關聯，並不直截了當地揭曉答案。

卜讖文學之所以會出現，其最早的文化模式與我國巫卜文化有關。中國民間素來就有巫卜傳統，早在原始社會晚期便見其蹤迹。魯迅先生的《中國小說史略》評價宋代小說時說：「宋代雖云崇儒，並容釋道，而信仰本根，夙

〔註18〕王逸注，黃靈庚疏：《楚辭章句疏證》卷三，北京：中華書局，2007 年，第742～745 頁。

〔註19〕何晏注，邢昺疏：《論語注疏》卷十一，阮元：《十三經注疏》，前引書，第2499頁。

在巫鬼。」〔註 20〕豈獨宋代，巫鬼信仰一直存在於傳統文化之中，是「信仰本根」之所在。卜讖文學之所以能夠在後世歷代獲得社會性的接受，作為其接受內核的深遠巫史傳統是重要的影響因素。中國自古擁有這種巫史傳統，從先民以卜辭與鬼神溝通開始，占卜性的語言便具有了神奇的力量。可以說，與巫鬼信仰相關聯的巫術與卜辭信仰構成了卜讖文學的文化原型。

卜辭文化與卜讖文學聯繫最為緊密。中國的卜辭文化可以上溯到殷商時期，當時的巫師進行占卜活動時在龜甲牛骨上刻寫卜辭文字，通過燒灼觀察裂紋走向來預知禍福。在巫卜儀式的過程中，卜辭佔有很重要的地位。通過對目前已經出土的甲骨卜辭來看，後世卜讖文學與其有一脈相承之處。以一則出土於殷墟的武丁卜辭來看：「〔王〕大令眾人曰協田。其受年？十一月。」〔註 21〕卜問鬼神合力耕田的收成情況如何，卜辭顯示十一月將獲豐收。此則記載能窺見一個簡易的卜讖文學結構模型──一問一答。但不同於後世的卜讖文學，卜辭的回答直白而明瞭。由此可見，讖文學的起源與以巫鬼信仰為根本的占卜文化有關。

但是越到後來，巫師對於卜辭的表述越來越複雜難解。對於這個現象，弗雷澤的解釋是，祭司作為古代一門職業，有著極大的風險性。為了盡量使其占卜結果符合實際，巫師往往會以模糊而籠統的語言來表述，以待結果出現後自己有盡可能大的迴旋餘地。中國古代占卜在引入易經、五行、術數等之後，遂開始擯棄淺顯的詞句，讓占卜結果複雜化。《左傳・僖公十五年》：

> 故秦伯伐晉，卜徒父筮之。吉。涉河，侯車敗，詰之，對曰：「乃大吉也。三敗，必獲晉君。」其卦遇《蠱》，曰：「千乘三去，三去之餘，獲其雄狐。」夫狐蠱，必其君也。《蠱》之貞，風也；其悔，山也。歲云秋矣，我落其實，而取其材，所以克也。實落材亡，不敗何待？〔註22〕

《蠱》卦辭有卜讖的意味，占卜師對這句卜辭進行一定程度的解釋，並對其中的卦相加入了自己預測性的理解和分析，其解釋先於結果出現之前，但並不局限在卦辭的原初意義，而是能夠有所發揮，進行更多切合自己需要的闡釋。

〔註20〕魯迅：《中國小說史略》，上海：上海古籍出版社，2001 年，第 65 頁。

〔註21〕胡厚宣：《甲骨文合集釋文》第一冊，北京：中國社會科學出版社，1999 年，第 1 頁。

〔註22〕杜預注，孔穎達正義：《春秋左傳正義》卷十四，阮元：《十三經注疏》，前引書，第 1805～1806 頁。

此後，因爲文學自身的發展與需求，需要不斷地提升其文藝與審美性以適應受眾，卜讖文學在隋唐五代有了更加完備的文學形式。《太平廣記》引《仙傳拾遺》：

> 成眞人者，不知其名，亦不知所自。唐開元末，有中使自嶺外迴，謁金天廟。奠祝既畢，戲問巫曰：「大王在否？」對曰：「不在。」中使訝其所答，乃詰之曰：「大王何往而云不在？」巫曰：「關外三十里迎成眞人耳。」中使遽令人於關候之。有一道士，弊衣負布囊，自關外來。問之姓成，延於傳舍，問以所習，皆不對。以驛騎載之到京，館於私第，密以其事奏焉。玄宗大異之，召入内殿，館於蓬萊院，詔問道術及所修之事，皆拱默不能對，沉眞朴略而已。半歲餘，懇求歸山，既無所訪問，亦聽其所適，自内殿挈布囊徐行而去。見者咸笑焉。所司掃灑其居，改張幃幕，見壁上題曰：「蜀路南行，燕師北至。本擬白日昇天，且看黑龍飲渭。」其字刮洗愈明。以事上聞，上默然良久，頗亦追思之。其後祿山起燕，聖駕幸蜀，皆如其讖。〔註23〕

李隆基荒淫誤國，引發令盛唐元氣大傷的安史之亂，爲避尊主諱，史家往往將此災禍歸咎爲天數之劫，故有關明皇喪亂的卜讖文學極多。這則材料中，卜讖原型模式中的三個必要元素都一一自見。其一，題壁詩之作者「成眞人」，懂得韜光隱晦之理，「詔問道術及所修之事，皆拱默不能對，沉眞朴略而已」，但是卻能「準確地」以文學形式預測唐王朝的國勢之殤，扮演的也是馬處謙、袁隱居一類的角色。其二，其涉及到是天命問題，目的是預測到國家有難，其形勢發展具有不可抗拒性，超越了個人壽考問題的狹小視野，而提升到國家命運的高度。其三，語言技巧上採用避實就虛的複義手法來爲答案提供線索。在語言形式上延續六朝形式美文的傳統，採用四六駢文之體，對仗工整，意象優美。字面意思之外，語面與語底有一些對應的線索，前二句「蜀路南行」暗指鑾輿幸蜀，「燕師北至」暗指安祿山據燕而反；後二句分承，「白日」指明皇，古文多以日喻君，「黑龍」則基於五行相配原理，黑玄之色代表北方，龍爲帝王意象，暗指安祿山於至德元年稱帝，國號大燕。卜讖文學決不直接揭示答案，而是借助迂迴曲折的方式，通過語面的多義性來「驗證」讖的合理性，其文學實質和文化原型仍是巫術占卜。

〔註23〕李昉：《太平廣記》卷三十五，前引書，第221頁。

（二）物讖文學

所謂「物讖」，是指以對象為主體，通過對該對象的描述產生讖意、預示吉凶。物讖文學即是以物為讖並構成故事主線的文學樣式。《古今類事》引《盧氏雜略》：

> 唐宣宗朝，京城賣棗團以黃米并以黑頭麵為之，云「黃賊打黑賊」。其後黃巢叛，事皆驗。〔註24〕

黃米與黑頭麵是這則物讖文學的主體，一句無心之語「黃賊打黑賊」，被應驗到黃巢兵變。日用食品米和麵的「鬥毆」被附會到具體的歷史事件上，應該與潛藏在中國文化思維中的「天人合一」思想有關。

天人感應思想在中國由來已久，夏商時期開始產生，到了春秋戰國時期已非常普遍。天人感應最初的形態是神人感應，發展到後來逐步被神學化，認為天上存在著一位無所不知的人格神，他會根據人們的道德和行為來決定對人間的賞罰，尤其是依據統治者的德行而示以祥瑞或災異。墨子最早將神學化的天人感應思想理論化，《墨子・尚同》：「夫既尚同乎天子，而未上同乎天者，則天菑將猶未止也。故當若天降寒熱不節，雪霜雨露不時，五穀不孰，六畜不遂，疾菑戾疫，飄風苦雨，薦臻而至者，此天之降罰也，將以罰下人之不尚同乎天者也。」〔註25〕同書《天志》：「『天子有善，天能賞之；天子有過，天能罰之。』天子賞罰不當，聽獄不中，天下疾病禍福，霜露不時。」〔註26〕可見，墨子認為人的行為會引發上天的共鳴，行善則上天賞之，行惡則上天罰之，人與天之間存在著一種可以相互影響和溝通的關係。

而真正宣揚天人感應思想、對中國傳統思維影響最為深遠的學派當是儒家。《論語・子罕》記錄孔子言論：「鳳鳥不至，河不出圖，吾已矣夫！」〔註27〕有學者對「河圖洛書」評價：「河圖洛書是預示古代聖人即將受天命出來治理國家的易代之征，也是聖人治國有方、天下太平、人民安樂的象徵，……是溝通天、人，人、神之際的中介，是天人感應的象徵。」〔註28〕在儒家看來，如果政治清明，就會出現鳳凰或河圖洛書等祥瑞；但如果沒有出現，那

〔註24〕委心子：《新編分門古今類事》卷十三，前引書，第199頁。
〔註25〕孫詒讓：《墨子閒詁》卷三，北京：中華書局，2001年，第82頁。
〔註26〕孫詒讓：《墨子閒詁》卷七，北京：中華書局，2001年，第210頁。
〔註27〕何晏注，邢昺疏：《論語注疏》卷九，阮元：《十三經注疏》，前引書，第2490頁。
〔註28〕麻天祥：《中國宗教哲學史》，北京：人民文學出版社，2006年，第112頁。

就反證當下禮崩樂壞、政治黑暗，「吾已矣夫」了。西漢儒學家董仲舒更是集天人感應說之大成。在他看來，自然災害和統治者的錯誤存在著因果聯繫：「凡災異之本，盡生於國家之失」〔註29〕。天子違背天意，不行仁義，上天就降下災禍，對這個國家和人民進行懲罰。可見，祥瑞與災禍雖說是來自上天的旨意，但事實上卻是根據人間帝王平日的所作所為而作出的民意反饋。故此，傳統思維逐漸形成了「國家將興，必有禎祥；國家將亡，必有妖孽」〔註30〕的天人感應觀。這種觀念融入潛意識就滋生出新變：愈是重視事物的徵兆性，愈是強調事件與事物的偶然聯繫。《列子‧說符》：

> 宋人有好行仁義者，三世不懈。家無故黑牛生白犢，以問孔子。孔子曰：「此吉祥也，以薦上帝。」居一年，其父無故而盲，其牛又復生白犢。其父又復令其子問孔子。其子曰：「前問之而失明，又何問乎？」父曰：「聖人之言先迕後合。其事未究，姑復問之。」其子又復問孔子。孔子曰：「吉祥也。」復教以祭。其子歸致命。其父曰：「行孔子之言也。」居一年，其子又無故而盲。其後楚攻宋，圍其城；民易子而食之，析骸而炊之；丁壯者皆乘城而戰，死者太半。此人以父子有疾皆免。及圍解而疾俱復。〔註31〕

這則故事算得上是早期物讖文學的雛形，黑牛接連兩次產下白犢，「宋人」家中終得逢凶化吉。值得注意的是，物讖是以「宋人有好行仁義者，三世不懈」為因果前提，持續與人為善而天感物應。然而，此後的物讖文學則逐漸開始漠視前提，而僅以「物兆」為憑，隋唐五代的物讖文學多是這種偏重於片段式主觀判斷的聯繫，把因果的偶然視為必然。《太平廣記》引《太原事跡雜記》：

> 唐北京受瑞壇。隋大業十三年，高祖令齊王元吉留守。辛丑，獲青石，若龍形，文有丹書四字，曰「李淵萬吉」。齊王獻之，文字映澈，宛若龜形。帝乃令水漬磨以驗之。數日，其字愈明。內外畢賀，帝曰：「上天明命，眡以萬吉。宜以少牢祀石龜，而爵龜人。」因立受瑞壇。〔註32〕

李淵想要取代大隋江山，必須要有「天命神授」的合理正當性。儘管，李淵

〔註29〕董仲舒撰，淩曙注：《春秋繁露》卷八，前引書，第318頁。

〔註30〕鄭玄注，孔穎達疏：《禮記正義》卷五十三，阮元：《十三經注疏》，前引書，第1632頁。

〔註31〕列子撰，楊伯峻注：《列子集釋》卷八，臺北：明倫出版社，1970年，第161頁。

〔註32〕李昉：《太平廣記》卷一六三，前引書，第1177頁。

自大業十三年於太原起兵，一路揮師南下、勢如破竹，當年就攻克了隋都大
興，然而，想要公然取而代之，還得不到「上天」以及民眾的廣泛認可。其
子李元吉趁勢而動，「獲青石，若龍形，文有丹書四字曰『李淵萬吉』」。顯然，
這個時候能「適時」而出一塊龍形青石，有非常明顯的人為痕迹，但是這種
物兆卻是十分必要的。若缺少這樣一個傳遞上天旨意的「物讖」，李淵建唐就
缺少天人感應的輿論支持。翻檢正史各帝王本紀以及地方史料筆記，這種「祥
瑞」的出現不勝枚舉，尤其是在政權交替頻仍時期。比如，《蜀檮杌》卷上載
前蜀之建立情形：「巨人見青城山，鳳皇見萬歲縣。左右勸進，三遜而後從。
九月僭即偽位，號大蜀，改元武成。」〔註33〕王建偏安一隅，在朱全忠篡奪
了唐朝基業之後，他認為身為臣子，不可事二主而落得被動的局面，於是有
心自立，割據一方，延續唐代藩鎮小王國的格局。建國之前，王建刻意收集
物讖，以示帝統的合理，「巨人見青城山」、「鳳皇見萬歲縣」，兩個物兆的出
現之後登基，兩者間既沒有因果關係，也不互為前提條件，物兆純粹只是服
務於政治鬥爭。物讖文學可以追溯到物讖原型上，但大多並不具備獨立的文
學特徵，更多的只是作為小說素材。

（三）詩讖文學

所謂詩讖，是讖言與詩歌的結合，形式上是詩，內容上是讖。詩讖的出
現晚於卜讖與物讖，須以詩歌自身的發展為基礎。第二節提到的「檿弧箕服，
實亡周國」，明顯帶著詩經時代四言民謠的特徵；而被認為是最早的詩讖「投
分寄石友，白首同所歸」，則基於漢末魏晉時期五言詩的成熟。試看一例，《南
史·侯景傳》：

> 初，簡文《寒夕詩》云：『雪花無有蒂，冰鏡不安臺。』又《詠
> 月》云：『飛輪了無轍，明鏡不安臺。』後人以為詩讖，謂無蒂者，
> 是無帝。不安臺者，臺城不安。輪無轍者，以邵陵名綸，空有赴援
> 名也。〔註34〕

梁簡文帝蕭綱之詩「雪花無有蒂，冰鏡不安臺」、「飛輪了無轍，明鏡不安臺」
分別詠雪、詠月，「蒂」、「不安臺」在各自文本語境中具有明確而實指的含義，
詩句的文學性有別於卜讖、物讖的非文學性。之所以它由「詩」變「讖」，是

〔註33〕張唐英：《蜀檮杌》卷上，前引書，第3頁。
〔註34〕李延壽：《南史》卷80，前引書，第2007頁。

因為人們將稍後發生的侯景謀反叛亂、梁武帝及簡文帝慘死、臺城淪陷敵手等歷史事件與詩句中抽離出的單個字詞加以聯繫，使得兩句單純的景句變成了預示未來災禍的詩讖。

顯然，讖之於詩，是多一層意義的附加。這種讖意並非作者有意為之，而是後人以其為讖。詩讖作品作為一段歷史記憶，如同剛出生的昆蟲幼蟲，一開始並不起眼，在潛藏一段時間後，像是經歷了成蛹階段後的蝶變，詩中的某些字句就會有意或無意地被讀者置於新語境中「再詮釋」而「讖化」。從文本的角度看來，「讖」的產生是因為作品完成後，從舊的語境遷移到新的語境時產生了偏移，故在不同人的眼中產生了不同的解讀法，是「是以己之意迎受詩人之志而加以鈎考」〔註 35〕。細究其偏移的本質原因，是傳統文化的「微言大義」和「文與氣通」觀。

微言，精深微妙的言辭，大義，舊指有關詩、書、禮、樂諸經的要義。「微言大義」語本劉歆《移書讓太常博士》：「及夫子沒而微言絕，七十子終而大義乖。」〔註36〕本是儒家說經解經的方法，孔子著述《春秋》，字裏行間流露出對人物或事件之褒貶，藉以達到警醒後人的目的，後用以指精微的語言中所包含的深奧意義。「微言大義」所體現的說詩、解詩的思想，其實質是要求讀者在作品中以微言求大義，透過表面文字尋求作者的思想深蘊，這種解詩法漸入人心，對後來的文學批評產生了重大影響，然而它的缺陷也很明顯，容易讓讀者陷入對詩句中某些字句的過度解釋（Over-Hermeneutics）中，導致穿鑿附會、曲解逢迎的出現。

微言大義說僅僅只能解釋人們為什麼樂意在一首詩中找尋微小瑣碎又極端的字句，卻不足以解釋詩讖文學中讖的預兆性作用。這就要轉向探討古典文論中的「文與氣通」觀。

孟子曰：「我知言，我善養吾浩然之氣」〔註37〕，認為一個人的「浩然之氣」可以反映在他的語言中。東漢王充對此補充闡釋：「人稟氣而生，含氣而長，得貴則貴，得賤則賤」〔註38〕，每個都有其獨特氣運，並在他的文章

〔註35〕朱自清：《詩言志辨》，上海：華東師範大學出版社，1996 年，第 76 頁。
〔註36〕劉歆：《移書讓太常博士》，嚴可均：《全上古三代秦漢三國六朝文·全漢文》卷四十，北京：中華書局，1999 年，第 348 頁。
〔註37〕趙岐注，孫奭疏：《孟子注疏》卷三，阮元：《十三經注疏》，前引書，第 2685 頁。
〔註38〕王充撰，黃暉注：《論衡校釋》卷二，前引書，第 48 頁。

中流露出來，此即「文與氣通」的雛形。魏晉時期，此概念經由曹丕的「文氣」說變得更爲具體化。曹丕認爲作家氣質個性決定其作品的氣勢與風格特徵，即「文以氣爲主，氣之清濁有體」〔註39〕。每個人所稟之氣不同，就會形成不同的個性氣質，呈現不同的文藝風格，個性和風格可以觸類旁通，以意逆志。曹丕的文氣觀以「氣」爲紐帶將作者與作品聯繫起來，給予了後世文學評論極大的發揮空間，這一概念也爲文藝批評界所常引用，比如劉勰「然才有庸俊，氣有剛柔，學有淺深，習有雅鄭，並情性所鑠，陶染所凝，是以筆區雲譎，文苑波詭者矣」〔註40〕就是在此基礎上的進一步的闡發。在這種批評潮流的推動下，讀者逐漸將對詩文風格的批評遷移到作者身上。《詩話總龜》引《郡閣雅談》：

> 范攄處士有子七歲，作《隱者》詩云：「掃葉隨風便，澆花趁日陰。」方干聞之曰：「此可入室。」又作《夏景》詩云：「閒雲生不雨，病葉落非秋。」干曰：「必不壽。」隔歲而卒。〔註41〕

「閒雲生不雨，病葉落非秋」是作者對自然景物的一般描寫，而解詩者方干僅憑句中的蕭索意象就斷定詩人「必不壽」，把詩中的意象與詩人風格乃至體質聯繫起來，是對「文氣觀」的一種隨意推衍，因爲二者之間並非因果關係。這看似是讀者的武斷臆測，但究其實質即是基於「微言大義」與「文與氣通」的思想，這兩種思想的文化原型不僅促成了詩讖的生成，也推動了詩讖的發展。

隋唐五代是中國古典詩歌的全盛期，詩與讖在這一時期順時合流是普遍而自然的，大部分讖文學文化結構模式皆可歸入詩讖文學原型之中，反映文學的以意逆志和複義主題來。《古今類事》引《翰苑名談》並《詩話》中：

> 江南李後主常一日幸後湖，開宴賞荷花。忽作古詩云：「蓼稍蘸水火不滅，水鳥驚魚銀梭投。滿目荷花千萬頃，紅碧相雜敷清流。孫武已斬吳宮女，瑠璃池上佳人頭。」當時識者咸謂吳宮中而有佳人頭，非吉兆也。是年王師弔伐，城將破。或夢卝角女子行空中，以巨筵筵物散落如豆，著地皆人頭，問其故，曰：「此當死於難

〔註39〕曹丕：《典論・論文》，嚴可均：《全上古三代秦漢三國六朝文・全三國文》卷八，前引書，第1098頁。
〔註40〕劉勰撰，王利器注：《文心雕龍校證》卷二十七，前引書，第191頁。
〔註41〕阮閱撰，周本淳校：《詩話總龜》卷三十四，前引書，第337頁。

者。」……（及歸朝後）又嘗乘醉大書諸牆曰：「萬古到頭歸一死，
醉鄉葬地有高原。」醒而見之，大悔。未幾果下世。……其兆先識
於言辭云云。亡國之音哀以思，其斯之謂歟！〔註42〕

李後主所作古詩之時，並未有任何兇險的事情發生，但讀者都覺得「非吉兆」，
這跟方干評價范攄之子「必不壽」的觀念相似。事後徵驗，評論更是鑿鑿：「其
兆先識於言辭云云。」李煜之詩讖不僅關乎作詩者本人的生死，而且還可以
跟國家興亡命運聯繫起來（亡國之音哀以思），這也呈現出隋唐五代詩讖的「微
言大義」與「文與氣通」思想有模式化的趨勢。隨著「文與氣通」觀念盛行
與其在隋唐五代讖文學中滲透，詩讖原型中的「氣」與作者本身代表的「人」
關係被漸漸捆綁，出現「詩品即人品」的倒錯觀念，而詩歌中的某些凄清悲
愴之氣，易於被模式化地聯繫到作者的悲慘命運，以至於隋唐詩人在進行詩
歌創作的時候，會盡量避免一些禍凶之語，比如之前援引的劉希夷的詩讖，
比如人稱「詩鬼」的李賀命之不壽，比如孟郊詩「一日看盡長安花」被認為
官運不亨，這些例子都無不是這種詩讖心理的模式化反映。再如，《唐才子傳·
李季蘭》：

> 始年六歲時，作薔薇詩云：「經時不架却，心緒亂縱橫。」其父
> 見曰：「此女子聰黠非常，恐為失行婦人。」後以交遊文士，微泄風
> 聲，皆出乎輕薄之口。〔註43〕

所引是唐代四大女詩人之一的李冶的一首詠物詩，末二句以薔薇花附藤而上
的形貌特徵為描寫對象，表達出一種要趁花季到來之前提前備妥的意願。就
詩句本身而言，詠物詩自古就有託物言志或借物抒情的傳統，通過對象的反
覆詠歎傳達某種特定的人文思想，多是詩人自況，從中或流露出詩人的人生
態度，或寄寓美好的願望，或折射生活的哲理，或傳達生活的情趣。李冶的
父親正是基於上文所述的「微言大義」和「文與氣通」的思想對李冶的詩句
進行解讀。「架却」諧音「嫁却」，李父對諧音過度詮釋，從中讀出了言外之
意。結合多以花比女子的中國詩學傳統，李父遂把對句的「心緒亂縱橫」比
附到李冶身上，覺得她年紀輕輕就開始思嫁，而待嫁女子心緒亂是少女早熟

〔註42〕委心子：《新編分門古今類事》卷十三，前引書，第 196 頁。
〔註43〕辛文房撰，傅璇琮箋：《唐才子傳校箋》卷二，第一冊，北京：中華書局，2002
　　　年，第 327 頁。《太平廣記》卷二七三引《玉堂閒話》，文字略有出入。前引
　　　書，第 2150 頁。

的表現，將來會對「婦德」漠然處之，淪爲「失行婦人」。這事實上是對傳統女性的偏見所致。李冶後來索性出家爲女冠，在人際關係上顯得極爲奔放，不爲禮法所拘，這跟其早年的薔薇詩，其實並無必然的聯繫。這種詩讖文學的文化原型，還是根植於文學的多重闡釋性所造成的理解上的歧義，「詩凶人凶，詩禍人禍」的「文與氣通」觀是詩讖的思想本原和創作主題，只是情節越發細化，出現了以詩觀生死、以詩觀成敗、以詩觀福禍等觀念。時至今日，民間還有小孩子說錯了話要向地上吐口水的習俗，這也是這種原型思想的遺留，反映了社會心理和歷史文化的時代烙印。

　　文學作品的整體是一個複雜的系統，讖文學的原型闡釋亦非孤立。卜讖、物讖、詩讖，只是讖文學的三個不同層面，彼此之間存在許多過渡性的交叉，各種模式和類型相互滲透、多重組合，構成極爲複雜的讖文學網絡，是目前所見大部分的讖文學的原本面目，體現了由簡單到複雜的文學潮流。而就其原型溯源，基本上都不出這三種原型。以隋唐五代爲例對讖文學進行原型分類，將原型批評理論引入傳統文學研究領域，宏觀地把握讖文學的文化類型，能夠更加清晰和直觀地審視其發展脈絡，有助於填補以往中國文化中長期被忽視的研究空白，將其由帶有封建迷信意味的「絆腳石」轉變爲構建中國傳統文化的基石。

（吳俊奕、周睿）

第六章　隋唐五代讖文學的語言禁忌現象

　　作爲一種文化現象，語言禁忌早在遠古時期就已產生，它是指人們在說話行文使用語言時，由於社會心理、宗教信仰、迷信巫術等種種原因，不能、不敢或者不願說出某種詞語而以其他詞彙來代替。語言禁忌也反映出語言被人們當做一種神靈來崇拜。語言的神秘性以及這種約定俗成的社會心理，反映在古代文學作品當中，便成了評論家所說的讖文學，如《容齋隨筆》：「今人富貴中作不如意語，少壯時作衰病語，詩家往往以爲讖。」〔註1〕評論家們把詩人與其創作詩歌時的處境、境況相聯繫，認爲某些文學作品是對作者人生的一種徵兆。這種評論詩歌的方式即是受到了語言禁忌的影響。

　　語言禁忌作爲對讖文學影響的因素之一，涉及多個學科領域的相關知識，如語言學、心理學、民俗學、宗教學等。本章著重從語言禁忌這個角度出發，在借鑒已有研究成果的基礎之上對其進行分類研究，從中探討語言禁忌對讖文學產生的社會心理及文本類型的影響。

第一節　語言禁忌概說

　　禁忌（Taboo）是一個音譯詞，源自於南太平洋玻里尼西亞群島中的東加、斐濟諸島的當地土語。1777 年，英國的詹姆斯·庫克（James Cook）艦長來到南太平洋的東加群島，發現一些令人匪夷所思的奇怪現象，某些物品

〔註 1〕洪邁撰，孔凡禮校：《容齋隨筆》卷一，北京：中華書局，2005 年，第 15 頁。

在使用範圍上有嚴格的界限。比如，當他們觸摸某些對象的時候，當地居民就會驚恐地阻止他們，聲稱這些東西只能被酋長或者僧侶使用，其他人是不可以觸碰的；某些祭祀所用的對象也只可以出現在祭祀場合，祭祀結束之後不可以再流通到日常生活中循環使用；某些地方，婦女和兒童是不允許進入的。諸如此類，讓庫克艦長目瞪口呆。一旦出現這樣的情況，當地居民都會用土語說：Tapu！庫克艦長於是將這個高頻詞音譯爲英語。「塔布」（Tapu）曾在玻里尼西亞文化原住民的宗教觀念當中廣泛存在，包括今天的夏威夷、東加、大溪地、薩摩亞、斐濟等島嶼。庫克艦長對於這種「塔布」的原始描述是：

> Not one of them would sit down, or eat a bit of any thing……On expressing my surprise at this, they were all taboo, as they said；which word has a very comprehensive meaning；but，in general, signifies that a thing is forbidden. 〔註2〕

這種禁忌，意味著「精神的限制」（Spiritual Restriction）和「含蓄的禁止」（Implied Prohibition），簡單來說，就是「不可以」（Prohibited、Disallowed、Forbidden）。庫克艦長把這個詞介紹到英語文化的人類學、社會學、語言學等領域，「禁忌」成爲一種特殊的社會現象的專用名稱而被廣泛運用。弗洛伊德在其《Totem and Taboo》（1913）也談到了「禁忌」：

> 塔怖（Taboo）是玻里尼西亞的一個字眼。我們很難找到一個和它意義相當的譯詞，因爲它代表了一個早已不再被保有的觀念。在古羅馬流行的「Sacer」一字即和玻里尼西亞的「塔怖」一字具有相似的意義。同時，希臘文字中「äros」和希伯來字中的「Kadesh」也可能代表了和「塔怖」相似的意義。在美洲的許多民族裏，非洲（馬達加斯加），和北中亞洲中我們也不難發現相似的字眼。
>
> 「塔怖」（禁忌），就我們看來，它代表了兩種不同方面的意義。首先，是「崇高的」、「神聖的」；另一方面，則是「神秘的」、「危險的」、「禁止的」、「不潔的」。塔怖在玻里尼西亞的反義字爲「noa」，就是「通俗的」或「通常爲可接近的」的意思。所以，塔怖即意指某種含有被限制或禁止而不可觸摸等性質的東西的存在。我們通常

〔註 2〕James Cook，James King（1821）.A Voyage to the Pacific Ocean，Vol.3，London：A&E Spottiswoode，p348.

所說的「神聖的人或物」，在意義上和「塔怖」便有些相同。〔註3〕
弗洛伊德在對禁忌的觀點上跟庫克艦長有諸多近似的地方，而弗氏還進一步
引用人類學家湯瑪士（Northeote W. Thomas）所著的《大英百科全書》對「禁
忌」的定義：

> 嚴格地說來，禁忌僅僅包括：（A）屬於人或物的神聖不可侵犯
> 的（或不潔的）性質；（B）由這種性質所引起的禁制作用；（C）經
> 由禁制作用的破壞而產生的神聖性（或不潔性）。禁忌在玻里尼西亞
> 的反義字是 noA，它的意義就是「普遍的」或「通俗的」。……〔註4〕

弗洛伊德還把禁忌分為長久性的和暫時性兩大類，前者包括冒犯領袖、僧侶
或者死者屍體或者他們的所有物，後者則指冒犯了某一種特殊環境的情況，
例如女人的經期和分娩期、戰士們在出征前後，或者釣魚和狩獵等的特殊活
動。由此可見，禁忌其實包括了兩方面的內容：一方面，受尊敬的神物只允
許限定身份的人物接觸，非授權者不允許隨便使用，另一方面，受鄙視的賤
物不允許隨便接觸，否則會沾染不潔之氣，招致厄運。

　　禁忌，從根本上說是源於恐懼。《孟子》：「食色，性也。」〔註5〕遠古人
民最先的禁忌包括「食」（相當於生存）與「性」（相當於延續種類）這兩方
面的內容。巴塔耶（Georges Bataille）認為「人主要否定其動物需要，這是其
基本禁忌的立足點」〔註6〕，正因如此，對於「性」以及排泄、生殖、經血、
嘔吐等種種動物性特徵，人類都要極力抑制，將其擠壓成禁忌。除此之外，
巴塔耶還認為，在人類從原始的「動物世界」逐步進化入「世俗世界」時，
死亡意象發展成與「世俗世界」共同形成的「死亡禁忌」。他認為，原始人性
的萌生，源自在「死」的問題上意識到了自己與其它動物的不同。因此他們
擺脫動物的「自我保存本能」，不斷地排斥、疏遠及否定自身的「獸性」；意
識到生命的有限性，從而對死亡的事實表現出格外的不安和畏懼。〔註7〕由此

〔註3〕弗洛伊德撰，楊庸一譯：《圖騰與禁忌》，北京：中國民間文藝出版社，1986
　　　年，第31頁。
〔註4〕弗洛伊德撰，楊庸一譯：《圖騰與禁忌》引《大英百科全書》，前引書，第32頁。
〔註5〕趙岐注，孫奭疏：《孟子注疏》卷一一，阮元：《十三經注疏》，前引書，第2748
　　　頁。
〔註6〕喬治・巴塔耶撰，劉暉譯：《色情史》，北京：商務印書館，2003年，第39頁。
〔註7〕喬治・巴塔耶撰，胡繼華譯：《黑格爾、死亡與獻祭》，汪安民編：《色情、耗
　　　費與普遍經濟：喬治・巴塔耶文選》，長春：吉林人民出版社，2003年，第
　　　266～289頁。

可見，巴塔耶的「禁忌」主要可以從兩方面來加以理解，一是由對性的忌諱派生出對排泄等不潔行為的忌諱，一是由對生存（忌死亡）的忌諱派生出對不吉的忌諱。歸根到底，這些都是源於人們對於死亡的恐懼和對良好生存狀態的渴望。在巴塔耶看來，禁忌是神性（Le Sacré），「從基本上看，神聖的恰恰是被禁止的」〔註8〕。

語言禁忌（Verbal Taboo）是人類一種有趣的信仰習俗和神秘且消極的精神防衛現象。社會語言學（Socio-linguistics）對語言禁忌最感興趣。自古以來，人們在語言交際的過程中，都自覺或不自覺地遵守一個不成文的原則，即交際對方必須清楚哪些話題該談，哪些話題不該談，哪些詞彙可以用，哪些詞彙不能用。那些在交際中常被迴避的話題和詞語分別稱為禁忌話題和禁忌詞語。這種語言性的「塔布」，或者說是神聖的不可觸碰的語言靈物崇拜，比如「朕」、「天子」一類，或者是對低賤的、容易引起災異的語言靈異現象的規避，比如「怪力亂神」，就是所謂的語言禁忌。

語言禁忌產生於生產力和認識力都很低下的原始社會時期，源於先民萬物有靈的世界觀。遠古時期的人們無法征服自然，也無法理解一些自然現象，因此對危害自己生命、改變自己生活的種種外力產生了濃重的恐懼感和厭惡心。在不知語言為何物的遙遠古代，語言被賦予了神秘的力量，既可以降福，又可以免災，語言所代表的的事物和語言本身相互聯繫，使人們產生了畏懼心理。先民對死亡的不解與恐懼而產生禁忌，又因不能理解概念所代表的事物和語詞之間的關係，從對事物的敬畏轉到對語言符號的敬畏，視語言與其所指相同，可見，對主客觀的區分障礙是初民語言禁忌產生的思想基礎。在這個思想基礎之上形成了各種各樣的迷信觀念，這些對病痛、生死、自然事物等的日積月累式的恐懼，使得人們在面對這些詞語的時候就會以其他詞語來代替或者乾脆對其避而不談。中國傳統思維是篤信語言可以通神，所以才要有所禁忌。試舉一例證之，《太平廣記》引《山甫自序》：

> 唐彭城劉山甫，中朝士族也。其父官於嶺外，侍從北歸，舟於青草湖。登岸，見有北方天王祠，因詣之。見廟宇摧頹，香火不續，山甫少有才思，因題詩曰：「壞牆風雨幾經春，草色盈庭一座塵。自是神明無感應，盛衰何得却由人。」是夜夢為天王所責，自云：「我非天王，南嶽神也，主張此地，何為見侮？」俄而驚覺，風浪暴起，

〔註8〕喬治・巴塔耶撰，劉暉譯：《色情史》，前引書，第76頁。

殆欲沉溺。遽起悔過，令撤詩板，然後方定。〔註9〕

語言是在勞動創作與勞動生產過程中發展出來的交際工具，但是在自然現象和不可理解的自然力環境中，語言時常與某種自然現象相聯繫，或者與自然力造成人類的福禍相聯繫，因此人們認為語言具有神秘性，甚至具有通神性，要是得罪這個根源誰就會受到懲罰；相反，要是討好這個根源誰就會得到庇祐。這樣的社會心理造就了語言的禁忌和語言靈物崇拜。換而言之，語言禁忌就是人們為了避免某種臆想的超自然力量或危險事物所帶來的災禍，而對某些言語的限制或迴避。

第二節　讖文學語言禁忌的社會心理

隨著人類生產力的不斷發展，文學在人們的勞動生活中應運而生。詩是中國古老的文學樣式，是由詩人基於對外界所引起的感覺，將思想感情凝結為形象，最終表現出來的一種「完成」的藝術。但是，當文人所創作出的作品與文人本身的禍福命運相聯繫起來時，這種「完成」的藝術便不單單是表現文人情感的產物，同時也成為了預知詩人命運的讖言。《毛詩序》所云「在心為志，發言為詩」〔註10〕；《尚書・堯典》提到的「詩言志，歌永言」〔註11〕，都表明了詩與志的關係。由此可見，「言」是詩歌形成之源，人類語言不消亡，詩亦不會絕滅。因此，詩被解讀為「讖」，這一過程中起決定作用的因素，還是在於語言本身。

毋庸置疑，讖文學的產生與語言禁忌有著密不可分的關係。詩人在創作詩歌的過程中，由於語言本身的多義性和中國傳統的賦比興藝術手法，詩句或詞語都可能會無意觸犯到社會約定俗成的禁忌心理。即，言辭一旦觸碰到禁忌詞彙系統，這首詩便會成為預言詩人生死窮達的讖語。對於語言的禁忌對象，弗洛伊德在《圖騰與禁忌》一書中曾探討過。他把禁忌對象分為兩方面，一是神聖、神秘的事物，一是不潔或危險的事物。對神聖、神秘事物的禁忌主要體現在對神秘的天體、怪石、古樹等物的禁忌，對帝王、祖先、長

〔註 9〕 李昉：《太平廣記》卷三一二，前引書，第 2468～2469 頁。

〔註10〕 鄭玄注，孔穎達疏：《毛詩正義》卷一，阮元：《十三經注疏》，前引書，第 269 頁。

〔註11〕 孔安國傳，孔穎達疏：《尚書正義》卷三，阮元：《十三經注疏》，前引書，第 131 頁。

輩的禁忌等；對不潔或危險事物的禁忌主要體現在對天災、人禍、疾病、貧窮、敗落等不祥事物和可能聯想、涉及這些災禍的一切事物、言行的禁忌等。面對這些禁忌對象，人們總是懷著一種恐懼的心理，因此凡是言語所觸之處，人們總是要用其他詞語來替代。詩歌作品完成後，若是在某種特定的環境中觸碰了這些禁忌詞彙系統，從而造成這個作品成為預知未來的讖言，這首詩也就同時被賦予了語言的神秘性特徵。正如吳承學先生所言，「讖語的觀念建立在對於語言先兆作用的信仰基礎上，這種觀念認為，語言有一種預示事物的發展與結局的神秘力量。」〔註12〕

語言禁忌的社會心理是多層面的，如社交、個性、風氣等，都會影響到語言禁忌的社會心理。其中恐懼、焦慮和群體心理定勢這三種社會心理對讖文學的影響最為深遠。

首先從恐懼的社會心理來分析。恐懼是因受到威脅而產生並伴隨著逃避願望的情緒反應，人們會對特定的環境或事物產生抗拒和逃避心理，例如對黑暗、高處、水火等產生自然的恐懼反應，面對陌生的少見的事物害怕被傷害的反應等。恐懼最初源於原始人類在野外生活的狀態，是人類適應大自然的本能反應。從心理學的角度來說，恐懼是有機體企圖擺脫、逃避某種情景而又無能為力的一種情緒體驗。讖文學正是涉及到了某些「禁忌」，尤其是面對死亡的威脅，作者和讀者都可能有意無意地去規避這些禁忌。《北夢瑣言》逸文卷一：

> 唐彭、濮間，有相者彭釗明，號「彭釘筋」，言事多驗，人以其必中，是有「釘筋」之名。九隴村民唐氏子，家富穀食。彭謂曰：「唐郎即世，不挂一縷。」唐氏曰：「我家粗有田隴，衣食且豐，可能裸露而終哉？」後一日，江水汎漲，潭上有一兔，在水中央。唐謂必致之，乃脫衣泅水。無何，為迅波漂沒而卒。所謂一縷不挂也。其他皆此類。繁而不載。〔註13〕

術士彭釗明以韻語的方式預言唐氏子之死。唐氏子的第一情感體驗是恐懼。出於對死亡禁忌的排斥，他的應激機制是企圖通過豐富的物質保障來「證偽」。其後唐氏子捕兔江心（兔子原本生活在草叢，被困江心本身就是個靈異現象）、脫衣梟水而溺斃，正好印證了「不挂一縷」的死亡預言，當事人不以

〔註12〕吳承學：《論謠讖與詩讖》，載《文學評論》，1996年第2期，第103頁。
〔註13〕孫光憲撰，賈二強注：《北夢瑣言》逸文卷一，前引書，第378頁。

為意，讀者卻是一身冷汗，說到底還是對死亡的抗拒和逃避，是恐懼心理在起作用。除了死亡之外，讖文學還多涉及災害、兵燹、鬼怪等不祥物、危險物、不潔物等容易誘發恐懼反應的題材。

其次是焦慮的社會心理。在語言禁忌中，很多情況是由於人們對語言所代表的、會引發不良後果的未知或潛在的危險的焦慮。遠古時期「萬物有靈」的樸素認識觀、以及由於生產力和認知力低下所產生的迷信觀念的長久存在，使得人們認為語言與語言所代表的事物存在著某種必然的聯繫，因此在言語心理上對犯忌觸諱的事物產生焦慮感，進而發展到用避諱和委婉的方法來代替使人們產生焦慮或恐懼的語言。某些詞彙代表著不甚明確、但又像是會來臨的危機，這種無法抗拒的無形威脅使得人們在精神上保持警戒的態度，並設法在言語中避開這些危險的詞彙。這種社會心理對文人創作文學作品時產生了很大的影響，《歷代詩話續編》引《本事詩》徵咎第六：

> 范陽盧獻卿，大中中，舉進士，詞藻為同流所推。作《愍征賦》數千言，時人以為庾子山《哀江南》之亞，今諫議大夫司空圖為注之。連不中第，薄遊衡湘，至郴而病。夢人贈詩云：「卜築郊原古，青山唯四鄰。扶疏遶臺榭，寂寞獨歸人。」後旬日而歿，郴守為葬之近郊。果以夏初空，皆符所夢。〔註14〕

《太平廣記》卷一四四所引文字稍異。顯然，作為封建士子，盧獻卿「連不中第」對其打擊很大，在唐代，若久不及第，其政治生涯則相對黯淡，這是焦慮的第一源頭。「薄遊衡湘」，流寓文人對瀟湘地區素來有複雜的情感。范仲淹《岳陽樓記》云：「遷客騷人，多會於此。覽物之情，得無異乎？」〔註15〕衡湘地理生存環境獨特，山深林密、地濕瘴重，素有「蠻夷之地」的說法，漢唐以來就是謫客遷人的落難之地。複雜的個人心態與中原文藝文化，融合瀟湘的獨特山水和風土人情，孳生出虞舜死葬九嶷、湘妃淚染斑竹、屈原行吟澤畔、漁人誤入桃源等神話與傳說，使這裡成為貶謫文學的重要源地之一，這種文化傳統成為焦慮的第二源頭。生老病死，客居他鄉而病重，又牽涉到對死亡的恐懼，成為焦慮的第三源頭，所以，其夢中詩未能避開郁郁寡歡的孤獨意象，成為「讖」附會為淒冷恐怖的死亡意象的條件。

〔註14〕孟棨：《本事詩》卷六，丁福保：《歷代詩話續編》引，前引書，第 20 頁。
〔註15〕范仲淹：《岳陽樓記》，《范文正公集》卷七，臺北：臺灣商務印書館，1968年，第 95 頁。

　　最後，群體心理定勢也是促成讖文學產生的重要社會心理原因。群體心理定勢是指一定範圍內人群共有的、積澱深厚而作用深遠的心理定勢，有時也被稱爲刻板效應（Stereotypes effect）。社會心理學認爲，心理定勢是指人在一定的情況下不經意志的驅使、自然而然地去自動進行某種動作。人在語言社會中生活，也需要遵循社會群體的語言心理習慣，習慣上對觸犯禁忌對象的言語予以迴避並且代用其他得體的詞彙來表達所要說的事物，長此以往便形成了對禁忌敬而遠之的群體心理定勢。比如之前所提惠洪《冷齋夜話》所總結的宋人「詩忌」：「今人之詩，例無精彩，其氣奪也。夫氣之奪人，百種禁忌，詩亦如之。富貴不得言貧賤事，少壯中不得言衰老事，康強不得言疾病死亡事，脫或犯之，人謂之詩讖，謂之無氣，是大不然……」〔註16〕可見，這三種詩忌已經成爲詩人的某種群體心理定勢：一旦違背，就會觸犯禁忌，遭受厄運。《太平廣記》引《靈怪集》：

　　　　進士曹唐，以能詩，名聞當世，久舉不第，常寓居江陵佛寺中亭沼。境甚幽勝，每自臨翫賦詩，得兩句曰：「水底有天春漠漠，人間無路月茫茫。」吟之未久，自以爲常製皆不及此作。一日，還坐亭沼上，方用怡咏，忽見二婦人，衣素衣，貌甚閑冶，徐步而吟，則是唐前所作之二句也。唐自以製未翌日，人固未有知者，何遽而得之，因迫而訊之，不應而去。未十餘步間，不見矣。唐方甚疑怪。唐素與寺僧法舟善，因言於舟。舟驚曰：「兩日前，有一少年見訪，懷一碧牋，示我此詩，適方欲言之。」乃出示唐，頗惘然。數日後，唐卒於佛舍中。〔註17〕

在這則讖文學中，讀者的刻板心理定勢主要表現在兩個方面：第一，「康強中不得言疾病死亡事」，曹唐此詩中出現了「人間無路月茫茫」之句，讓人讀後覺之不祥：人間無路，可以被誤讀爲生無可戀、僅有死路一條。第二，遇到不可解釋的超自然力量，一律歸結爲「撞鬼」，或神聖或者不潔之物被侵犯。這裡「二婦人，衣素衣，貌甚閑冶，徐步而吟」，著素衣、貌閑冶、不應而不見，都是中國妖鬼不食人間煙火的主要特徵，此形象在民間觀念中被廣爲接受。另外，曹唐對自己詩作的神秘外泄百思不得其解，「頗惘

〔註16〕 惠洪撰，李保民校：《冷齋夜話》卷四，《宋元筆記小說大觀》，前引書，第2189頁。
〔註17〕 李昉：《太平廣記》卷三四九，前引書，第2768頁。

然」，也增加了讖的神秘感。在此，之前討論的焦慮和恐懼，或亦參與其間。群體心理定勢往往會就此臣服於未知的神秘力量，認定曹唐觸犯「禁忌」，必死無疑，最後「數日後，唐卒於佛舍中」很好地滿足了讖文學的讀者閱讀期待。

第三節　讖文學的語言禁忌對象

　　弗洛伊德把禁忌的對象分爲兩大類：神聖、神秘的事物，和不潔或危險的事物。對神聖、神秘事物的禁忌，一般指對自然界諸神和宗教諸神的禁忌；對神秘天體、大地奇山、怪石、古樹等物的禁忌；對帝王、祖先、長輩、祖師的禁忌等。對不潔、兇險事物的禁忌，大體包括對鬼魂的禁忌；對不潔物、不幸者、性亂倫的禁忌；對疾病、死亡、天災、人禍、貧窮、敗落等不祥事物以及可能聯想、涉及這些災禍的一切事物、言行的禁忌等。語言作爲人類社會的交際工具，無論是現實確有的事物還是人們觀念中所創造出來的事物，這些禁忌對象都可以用語言中相應的詞彙來表達，因此語言禁忌是伴隨著語言出現而應運而生的。作爲詩的藝術類型之一，讖文學也需要用詩性語言來表達和傳播，因此讖文學的禁忌對象也可以依照弗氏的分類法來加以審視。

　　首先，對神聖、神秘的事物的禁忌主要體現在人們對讖文學成因的理解上，例如聞一多先生在《宮體詩的自贖》中提到：「（劉希夷《代悲白頭翁》之讖）於是詩讖就算驗了。編故事的人的意思，自然是說，劉希夷泄漏了天機，論理該遭天譴。這是中國式的文藝批評，雋永而正確，我們在千載之下，不能，也不必改動它半點。不過我們可以用現代語替它詮釋一遍，所謂泄漏天機者，便是悟到宇宙意識之謂。」〔註18〕天機不可泄漏，這是中國傳統的民眾思想，一旦外泄，必遭天譴，一旦犯忌印證了對後事發展的預測，就變成中國古代的「詩讖」。所謂「天機」，其實是人們對神聖、神秘事物的信仰及對其的神秘力量的不理解而造就的，這種迷信的觀念是詩成爲讖的關鍵。鄭棨《開天傳信記》：

　　　　唐開元末，於弘農古函谷關得寶符，白石赤文，正成「乘」字。識者解之云：「乘者四十八，所以示聖人御曆之數也。」及帝幸蜀之來歲，正四十八年。得寶之時，天下歌之曰：「得寶耶？弘農耶？弘

〔註18〕聞一多：《唐詩雜論》，北京：三聯書店，1999年，第21頁。

農耶？得寶耶？」得寶之年，遂改元為天寶。〔註19〕

此寶符，即第五章所討論的物讖瑞祥，其字「乘」，在不同引文中寫法各異。《太平廣記》引文此處作「乗」〔註20〕，近「卌」與「十八」的組合；《古謠諺》引文此處作「桑」〔註21〕，桑，四十八，「又」字近似於斜寫的「十」字。《藝文類聚》卷八十八引《益都耆舊傳》：「何祗，夢桑生井中。趙直占曰：『桑非井中之物，桑字四十八，君壽恐不過此。』祗年四十八而卒」〔註22〕可以佐證。這個符讖預示了「天機」，謠諺亦趁時而動，「得寶耶？弘農耶？」為改元製造輿論攻勢。這是話語權的爭奪，如果沒有順時而動，反而會被認為錯失天機，從而遭受天譴。因此對於神聖的、神秘的力量，要保持敬畏之心。

其次，對不潔或危險的事物的禁忌主要體現在詩歌內容當中。讖文學在內容上分為凶讖和吉讖，主要集中在兩個方面：一是生死年壽，一是運途窮達。吉讖出現較少，例如弘農得寶改元天寶即是一例；而凶讖是讖文學的主體，如惠洪總結的三種詩忌——「貧賤事」、「衰老事」、「疾病死亡事」，正是不潔或危險事物的具體體現，體現出凶讖的性質。「禁忌的基礎是一種被禁制的行動，而這種行動的實行在潛意識裏卻強烈的被要求著」〔註23〕。弗氏的這一番心理學的闡釋，事實上體現了民眾之於禁忌的一種想要理解卻不能理解的無奈，究其實質，是希望遠離這些不潔的、危險的、禁止的物體或者行為，潛意識中的被要求，是一種超越，人們都希望能夠站在全知全能的視角審視個人命運的方向，從而擺脫隨波逐流的境地和命運。《古謠諺》引《南唐近事逸文》：

李後主時童謠云：「索得娘來忘卻家，後園桃李不生花。豬兒狗兒都死盡，養得貓兒患赤瘕。」娘謂李主再娶周后；豬狗死謂祚盡戌亥年；赤瘕、目病，貓有目病，則不能捕鼠，謂不見丙子之年也。

〔註24〕

對這首讖言詩進行解讀，探尋凶讖的線索，是在干支、生肖等傳統民族思維

〔註19〕鄭綮：《開天傳信記》，《唐五代筆記小說大觀》，前引書，2000 年，第 1227 頁。

〔註20〕李昉：《太平廣記》卷一三六，前引書，第 974 頁。

〔註21〕杜文瀾輯，周紹良注：《古謠諺》卷二十一，前引書，第 346 頁。

〔註22〕歐陽詢撰，汪紹楹校：《藝文類聚》卷八十八，北京：中華書局，1965 年，第 1520 頁。

〔註23〕弗洛伊德撰，楊庸一譯：《圖騰與禁忌》，前引書，第 49 頁。

〔註24〕杜文瀾輯，周紹良注：《古謠諺》卷二十四，前引書，第 373 頁。

模式下，借助雙關、暗喻、影射等藝術手法來加以完成的。在內容意象上，粗鄙自不待言，「死盡」、「赤痕」一類的詞，毫無傳統詩歌的含蓄蘊藉之美，僅僅成為了一種傳遞預兆的工具，目的在於暗示南唐的「亡國」這一不潔的、危險的、不被期望的後果。公元 975 年南唐被滅，正是乙亥年結束之時，以詩證史、以史證詩，實現了「讖」的預期。

　　對語言的敬畏及恐懼心理使得人們對神秘的事物和疾病、死亡、天災、人禍、貧窮、敗落等不祥事物，以及可能聯想、涉及這些災禍的一切事物、言行的產生了禁忌的心理，語言和它所對應的凶讖在一定程度上形成了必要的關聯。通過整理讖文學的語言禁忌對象類型，不難發現大部分的讖文學都是與人們的恐懼和焦慮心理有關。上文已述，茲不贅言。人們在運用語言進行社會交流時，所用的語言不僅是一種社會交流工具，也是社會民俗和精神文化的組成部分。當人們誤認為語言與所指對象存在著一種等同關係時，便會產生恐懼心理，所謂「說凶即凶，說禍即禍」，勢必為讖文學的產生提供溫床。《玄怪錄》補遺據《廣記》：

> 建州刺史魏朋，辭滿後客居南昌，素無詩思。後遇病，迷惑失心，如有人相引接。忽索筆抄詩言：「孤墳臨清江，每睹向日晚。松影搖長風，蟾光落巖甸。故鄉千里餘，親戚罕相見。望望空雲山，哀哀淚如霰。恨為泉臺客，復此異鄉縣。願言敦疇昔，勿以棄疵賤。」詩意如其亡妻以贈朋也。後十餘日，朋卒。〔註25〕

魏朋不以寫詩見長，某日「遇病迷惑失心」，表現出人意料，「如有人相引接」，非常契合民間文學的「招魂」母題。其詩多涉及「孤墳」意象，一開始便為詩境奠定了陰森恐怖的、充滿死亡象徵的氛圍，「松影」、「蟾光」，冷色調的墳場情形刻劃得引人入境。接下來著力表現鬼魂孤苦無依的慘境，「泉臺客」再次印證了其鬼魂的身份，泉臺、墓穴，代指陰間，有駱賓王《樂大夫輓歌詩》為證：「忽見泉臺路，猶疑水鏡懸。」〔註26〕詩末傳達了想要「穀則異室，死則同穴」〔註27〕的強烈願望。此詩密佈如此之多的不祥意象，多次觸犯人

〔註25〕牛僧孺撰，程毅中校：《玄怪錄》，前引書，第 125 頁；李昉：《太平廣記》卷三四一，前引書，第 2706 頁。

〔註26〕駱賓王：《樂大夫挽辭》之五，陳熙晉箋：《駱臨海集箋注》卷三，臺北：世界書局，1981 年，第 103 頁。

〔註27〕《王風・大車》，鄭玄注，孔穎達疏：《毛詩正義》卷四，阮元：《十三經注疏》，前引書，第 333 頁。

們所畏懼的不祥事物和可能聯想、涉及這些災禍的詞彙，即，語言禁忌對象，並且最後還應驗了——「後十餘日，朋卒」，這種奇怪現象被闡釋者解釋為「詩意如其亡妻以贈朋也」，事實上，魏朋之死，很有可能是本身就「遇病」，再加上杯弓蛇影的恐懼心理，而被後世附上了讖文學的傳奇色彩。

　　索緒爾的語言學理論認為，語言是人類的重要交際工具，也是人類的思維工具。語言是在人類思維發展基礎上逐步形成的，它從本質上來說只是一種符號，是一定的語言形式（能指）和它所代表的語義內容（所指）相結合的產物。語言中的某一個詞和它所代表的事物之間的聯繫並不是必然的，也不是一成不變的。〔註 28〕但從語言產生開始，人們並不能充分理解語言的符號性本質，而往往誤將語言與其所代表的事物等同起來。因此單從語言本身來講，其早在遠古時期就被先民賦予了神秘的力量，這種神秘力量主要體現在語言的預兆性（主要是凶讖）上，即詩歌中所寫的不祥事物得到應驗後，讀者便不自覺地將其歸咎於觸犯了語言的禁忌對象，並且受到了相應的懲罰。另外，語言的這種神秘力量，也跟語言本身的複義性有關。盧梭在《論語言的起源》說到：「正如激情是使人開口說話的始因，比喻則是人的最初的表達方式。」〔註 29〕他認為語言本身來自隱喻法。既然語言並不能確定地所指，那麼同一語音竟然能夠統領不同的意象，這讓初民感到不可思議，從而產生頂禮膜拜式的敬畏。伍涵芬《說詩樂趣》「詩讖門」按語曰：

　　　　詩讖之說，古人原從無意中看出。或當時不覺，而事後驗之，故謂之讖。今人泥此見於胸中，下筆必欲忌諱，特作好語以邀祥，又或接人投贈詩，必吹毛索瘢，指出一二疵累字，責為妒害，而仇怨不已，不知即此一念，便是其人不祥之氣。詩未嘗可以為讖，而自己先定為讖矣。抑思貧富貴賤壽夭乃天數前定，豈因今日一詩方互換哉！〔註30〕

由此可見，語言禁忌對詩人心理影響甚深，以至於「接人投贈詩，必吹毛索瘢，指出一二疵累字，責為妒害，而仇怨不已」，語言禁忌對象也就更加廣博

〔註28〕費爾迪南・德・索緒爾撰，高名凱譯：《普通語言學教程》，北京：商務印書館，1999 年，第 100～105 頁。

〔註29〕讓・雅克・盧梭撰，洪濤譯：《論語言的起源：兼論旋律與音樂的模仿》，上海：上海人民出版社，2003 年，第 18 頁。

〔註30〕伍涵芬撰，楊軍校：《說詩樂趣校注》卷一四，濟南：齊魯書社，1992 年，第 560～561 頁。

和瑣碎了，從而影響文人的創作風氣更趨謹慎。

第四節　讖文學的巫術禁忌闡釋

談到神秘力量，不能不涉及巫術禁忌。儘管，隨著理性主義的高揚和生產力水平的極大提高，普通民眾已經逐漸學會擯棄物質性的巫術法術，然而，源自人類歷史原始思維的巫術依然盤互於民眾頭腦之間，形成一種民族思維。原始時代人們處於受生產力和智力發展的限制的無知狀態，他們對世界上所不能理解的一切，一律用「想其當然」的方式加以解決，以致在頭腦中形成各種錯誤、歪曲、虛幻性質的概念。由於巧合或限於時代局限性確無可解的這些概念得到某種程度的覆核和印證之後，人的頭腦便會接受許多蒙昧性的觀念，並認為這是對客觀世界的正確解釋。原始人類篤信萬物有靈，在他們眼中，自然界的各種具有活力的運動，動植物與人類的密切關係，人的頭腦所產生的對外界和所經歷的事物的反應，人與人之間的相互影響與刺激，在多次交融與復合後便會在感知中產生一種信念——與人發生關係的外界也是一種有生命的靈動現象。這種原始巫術思維的進一步發展，便形成了漢代特盛的讖緯神學與董仲舒所倡言的「天人感應」說。卜筮算命、觀星望氣、堪輿風水之類的原始巫術形態源於古代巫師術士的符籙禁咒及占驗祈禱法術，延至隋唐五代，依然有極其廣闊的生存空間。杜光庭《錄異記》序坦言：

> 怪力亂神，雖聖人不語，經誥史冊，往往有之。前達作者《述異記》、《博物志》、《異聞集》，皆其流也。至於六經、圖緯、河洛之書，別著陰陽神變之事，吉凶兆朕之符，隨二氣而生，應五行而出……為災為異，有之乍驚於聞聽，驗之乃關於數曆，大區之內，無日無之耶？〔註31〕

巫術的思想基礎在於象徵性，這與先民早年對語言的頂禮膜拜息息相關。巫術是基於某些事物之間形體、內涵及名稱聲音的相似性，來引申出象徵意義而得以實現。從這種象徵的聯繫比附聯想到實體存在物之間的相似性，進而擴大到內涵和引申意義的相似，從而使實體存在物與虛擬想像物的類比能夠通過運用諧音雙關等語言手段相互溝通。列維‧布留爾《原始思維》稱：

> 任何物體的形狀、任何雕塑、任何圖畫，都有自己的神秘力量：

〔註31〕杜光庭：《錄異記》序，秘冊彙函本，前引書，第 1 頁。

作爲聲音圖畫口頭表現也必然擁有這種力量。……詞的使用對原始
人來說不是無關要緊的；詞的發音這個事實本身，如同圖畫的畫出
或手勢的作出一樣，可以確立或者破壞非常重要而又可怕的互滲。
言語中有魔力的影響，因此，對待言語必須小心謹慎。〔註32〕

弗雷澤的巫術學巨著《金枝》也贊同此說：

> 未開化的民族對於語言和事物不能明確區分，常以爲名字和他
> 們所代表的人或物之間不僅是人的思想概念的聯繫，而且是實際物
> 質的聯繫，從而巫術容易通過名字，猶如通過頭髮指甲及人身其他
> 任何部分來爲害於人。〔註33〕

讖文學與語言禁忌觀念有關，在人類學家看來，禁忌是以信仰爲核心的心理
民俗，凝結著人類原始的心理和幻想，語言禁忌建立在語言神秘感和魔力信
仰的基礎上，是一種潛藏在民俗文化之中的古老巫術思維。當寫詩之人或者
解詩之人有意識地製造讖文學時，言語便被賦予一種神秘的超自然的詛咒力
量，達到毀傷仇人的目的，詩，便在古老的巫術思想浸淫下變成一種咒語，
並借助大眾傳播廣爲流傳，增加神秘性，使民眾感受到「天意」的存在，尤
其是在惶惶末世，民眾對語言的巫術性魔力格外認可。《十國春秋・後蜀後主
本紀》：

> 又廣政中，民質錢取息者，將徙居，必牓其門曰：「召主收贖。」
> 識者以爲「召」者「趙」也，「贖」者「蜀」也。〔註34〕

《蜀檮杌》卷下：

> （廣政）二十四年十月，漢州什邡縣井中有火龍騰空而去。昶
> 書「兆民賴之」四字，誤以「兆」爲「趙」。十一月，民訛言國家東
> 遷於天水，皆不祥也。〔註35〕

此二則都是基於原始巫術思維的語言禁忌的例子，「召」、「兆」都是諧音而被
借讀爲「趙」，強調後蜀被趙宋所滅之歷史必然性。李安宅《巫術與語言》對
於這種巫術思維加以說明：「語言所代表的東西與所要達到的目的，根據原始

〔註32〕列維・布留爾著，丁由譯：《原始思維》，北京：商務印書館，1987年，第170
　　　　～171頁。
〔註33〕J・G・弗雷澤撰，汪培基譯：《金枝：巫術與宗教之研究》，臺北：久大文化、
　　　　桂冠圖書有限公司，1991年，第367頁。
〔註34〕吳任臣：《十國春秋》卷四十九，前引書，第742頁。
〔註35〕張唐英：《蜀檮杌》卷下，前引書，第24頁。

信仰，都相信與語言本身是一個東西，或與語言保有交感的作用。因爲這樣，所以一些表達欲望的辭句，一經說出，便算達到目的。」〔註36〕人們相信通過語言聲音的力量可以達到或者發出巫術的效力，這也是對人類語言魔力加以確信的表現，展示出巫術與語言之間存在的密切關係。這種思維模式原本所應具有的濃厚巫術色彩被民間慣俗所淡化，不再限於原始巫術所必需的繁文縟節的儀式和符咒，但是卻潛藏在民族下意識中，成爲巫術思維的潛意識表現。

　　按照弗雷澤的觀念，其所運用的是交感巫術中的「相似律」，又稱「順勢巫術」或「模擬巫術」，其理論依據是「同類相生」或者「果必同因」，「能夠僅僅通過模仿就實現任何他想做的事」，通過神秘的交感跨時空地相互作用和影響。上文所述的「趙」字諧音，就是基於消極性巫術嘗試予以規避，即，消極性規則是禁忌，禁忌來源於相似律〔註37〕。

　　在中國讖文學巫術思維模式中，還較爲突出的一個特點，是由巫師或鬼神傳達「天意」的意味較濃。先說巫師。巫師自稱具備了溝通天人的能力，能夠觸及普通民眾所不能接近的「天機」，從而起到上情下達的作用。「一般初民既相信語言的交感魔力，巫術師又是初民社會上的優秀份子、領袖份子，自比更較愚魯的份子成功較多，所以對於巫師的話尤其相信。巫師隨著社會進化，進而爲王爲長，所以他的話便成『金口玉言』，一定不會沒有效驗，擁有勢力的人物，本可『言出法隨』，更足以將語言與語言的發表者神化起來，弄得高不可攀。」〔註38〕巫師的意見至關重要，而文人在某種程度上來說，也是具有一定的推理能力，所以在讖文學中，經常都可以看到類似「巫」的人物來扮演泄密者或闡釋者的角色。

　　再說鬼神。鬼神本身不是人類，他們具備一些人類所不具備的超能力，往往帶有邪惡的、不可控的力量。而這些鬼神，可能先前是人類，經過死亡（或者類似死亡的行爲，比如成仙、修道、超度等）之後，儘管他們可以傳達「天意」，但是往往爲人所懼。弗洛伊德引 Wundt 的論述說：「他們害怕成爲『已變爲惡魔的死者靈魂』的犧牲品」，認爲「禁忌的核心源自於對魔鬼的

〔註36〕李安宅：《巫術與語言》，上海：上海文藝出版社，1998 年，第 13 頁。
〔註37〕J・G・弗雷澤撰，汪培基譯：《金枝：巫術與宗教之研究》，前引書，第 21、31～33 頁。
〔註38〕李安宅：《巫術與語言》，前引書，第 16 頁。

恐懼。」〔註 39〕這與在西方民間傳說中介於神靈、魔鬼和人類之間，具有傳染性和破壞性的吸血鬼（Vampire）近似。這類例子不勝枚舉，且舉一例。《本事詩》載：

> 馬相植罷安南都護，與時宰不通，又除黔南，殊不得意。維舟峽中古寺，寺前長堤，堤畔林木，夜月甚明。見人白衣緩步堤上，吟曰：「截竹爲筒作笛吹，鳳凰池上鳳凰飛。勞君更向黔南去，即是陶鈞萬類時。」歷歷可聽，吟者數四。遣人邀問，即已失之。後自黔南入爲大理卿，遷刑部侍郎，判鹽鐵，遂作相。〔註40〕

這首詩中「白衣人」的形象，正是讖文學裏巫師或鬼神（身份並不能確認）的典型代表，他既可能是不食人間煙火的世外高人，具有溝通天人的巫術能力，以及良好的文學素養，也有可能是遊魂野鬼（類比本章第二節曹唐詩讖中的「素衣人」），無論是何身份，其利用巫術思維的痕迹卻是清晰可見的，可能影響當事人的生死壽考或仕途前程。白衣人用詩句文字取代了傳統巫術的儀式或符咒，詩成爲了施加巫術應用的手段。值得慶幸的是這是一則吉讖，白衣人預測了馬植的前程命運，這種推斷或闡釋並未使馬植成爲命運的犧牲品，然而，更多讖文學的當事人卻遠非如此幸運。

由此可見，具有原始信仰的人看來，語言概念的「所指」和「能指」是相同的，「他們對字句的觀念就像對待東西一樣」〔註41〕。相同的聲音可以把不同的事物聯繫在一起，諧音也會獲得相應的效能，正如當今民間喜說吉祥話，「討口彩」便是原始思維的遺留。讖文學的觀念是建立在對語言先兆作用的信仰和巫術潛意識的基礎之上的，認爲語言具有一種預測事物的發展與結局的神秘力量，成爲讖文學語言禁忌文化闡釋的立足點。

（徐小雅、周睿）

〔註39〕弗洛伊德撰，楊庸一譯：《圖騰與禁忌》，前引書，第 77 頁。
〔註40〕孟棨：《本事詩》卷六，丁福保：《歷代詩話續編》引，前引書，第 19 頁。
〔註41〕弗洛伊德撰，楊庸一譯：《圖騰與禁忌》，前引書，第 75 頁。

第七章　從「詩能窮人」的角度透視
隋唐五代讖文學

　　讖在中國的歷史上是一種既常見而又特殊的社會現象，不論是王公大臣，還是平民百姓，對它都有一種特殊的敬畏之情。讖緯之學，歷史悠久，始於先秦，盛於東漢，延至隋唐，官方正式禁絕。隋文帝在開皇十三年頒發詔令禁讖，「私家不得隱藏緯候圖讖」〔註 1〕；唐朝多位統治者也屢次下令禁傳讖緯。這種情況導致了讖緯之術在官方層面幾乎沒法維持流行的局面，只能轉而去依附於民間流行的諺語謠歌，與之結合形成民間流行的讖謠。在唐代，詩歌的創作走向頂峰，人們在閱讀品評詩歌的同時，也在思考著詩人與詩歌之間的神秘聯繫：既然讖謠、讖語能預測國家興衰和政治更迭，那麼是不是一些詩歌也能預示詩人的際遇和命運呢？帶著這樣的揣測觀點，讖文學現象開始不斷進入到文人視野中。

　　杜甫《天末懷李白》詩云：「文章憎命達，魑魅喜人過。」〔註 2〕「憎命達」，即「詩能窮人」。事實上，中國古代一直存在著一種探求詩歌與詩人命運之間關係的傳統，而大凡才華橫溢的詩人，總是要遭遇顛沛坎坷的命運。「詩能窮人」的觀點，成為了文人乃至社會的集體認同，也為一些詩人的悲劇命運設下伏筆。既然詩歌能夠成為預示人們生死禍福的詩讖文學，又能夠成為決定人們仕途窮達的工具，那麼讖文學和「詩能窮人」的集體認同之間有著怎麼樣的關係呢？本章試圖從讖文學現象和「詩能窮人」觀二者之間的關係

〔註 1〕魏徵：《隋書》卷二，前引書，第 38 頁。
〔註 2〕杜甫：《天末懷李白》，仇兆鰲注：《杜詩詳注》卷七，前引書，第 590 頁。

入手，分析形成原因，尋求讖文學現象與中國古代文學思想、文人心態之間的關係，以及對文學創作和批評的影響。

第一節 「仕途窮達型」讖言詩的特點及體現

許多學者對於詩讖都作出了自己的定義。國內學界如梅新林教授認爲：「以詩的形式爲禪機讖語預言人物命運，傳達出世意義，人們常稱之爲『詩讖』。」〔註3〕謝貴安教授的定義：「將讖的神秘性、預言性附會到文人詩詞上，就是詩讖。」〔註4〕吳承學教授的認識較爲具體：「預言詩人命運的詩讖，則是詩人自己創作的詩歌」；「詩讖只反映出文人階層的某種心態，所關切的是某一個體的命運，基本上沒有什麼政治色彩」〔註5〕。國外學界如日本學者淺見洋二 Asami Yoji 從文本與語境的關係角度來論述詩讖：「『詩讖』大都是在作品完成之後，把作品搬到新的語境中去讀時才成立。當作品離開了作者的手，也就是離開了本來的語境的支配，來到讀者手中時，才被允許有這樣獨特的讀法。應該說，這就是所謂的『詩讖』現象。」〔註6〕在這裡，有關人事的詩讖體現了神秘性的讖與文人詩歌的具體聯繫，是一種脫離了政治色彩和特定目的的文學現象。跟之前討論的政治題材的讖言詩不同，這裡的「詩讖」被視爲「讖言詩」的一種有自身特點的特殊類型：首先，具有詩讖意味詩歌的作者本身大多是文學家，詩讖中指向的對象是創作此文學作品的詩人；其次，詩讖的寫作原本沒有目的性與指向性，它之所以能成爲讖完全取決於後人的附會、牽連，或僅是一種偶然的巧合現象；最後，較之一些讖言詩的政治色彩性和意圖明確性，詩讖所要闡釋的是詩與詩人之間的關係，關注的是詩歌與個人之間的神秘聯繫。

仕途窮達類詩讖是指詩人的詩句中隱含或者預示著詩人的仕途窮達及未來走向，其中大多數的詩讖都是詩人詩作不幸地預示了詩人未來的窮困坎坷或屢試不第，而能夠預示詩人富貴通達的詩讖則極其罕見。這是個值得探究的文化現象。試舉一例，《南部新書》丁：

〔註3〕梅新林：《紅樓夢哲學精神》，上海：華東師範大學出版社，2007年，第141頁。

〔註4〕謝貴安：《中國讖謠文化研究》，海口：海南出版社，1998年，第43頁。

〔註5〕吳承學：《論謠讖與詩讖》，載《文學評論》，1996年2期，第108頁。

〔註6〕淺見洋二撰，金程宇、岡田千穗譯：《距離與想像——中國詩學的唐宋轉型》，上海：上海古籍出版社，2005年，第367頁。

嚴惲字子重，善爲詩，與杜牧友善。皮、陸常愛其篇什。有詩
云：「春光冉冉歸何處，更向花前把一杯。盡日問花花不語，爲誰零
落爲誰開？」七上不第，卒於吳中。〔註7〕

《落花》詩中，詩人感歎美麗的春天光景慢慢流逝，滿心充滿韶光不知去向
何處的惘然，只能面對花兒獨自飲酒並每天詢問：春天到底去了哪裏，春花
究竟爲誰而綻放，因誰而凋零。可是花兒卻只顧慢慢飄落，不作回答。全詩
傷春悲寂的情感本是作者傷春惜春之情的自然流露，這也是中國古典詩歌的
傳統主題之一，然而偏有好事者將此詩與其仕途之不順聯繫在了一起，把它
解讀爲嚴惲屢試不第的詩讖。闡釋者將其視爲詩讖的關鍵在於「零落」一詞。
隋唐科舉考試中稱未能考上爲「落第」，嚴惲屢試不第的預兆，在其詩歌中已
有所體現──「零落」的「落」字預示著他不會考上。這是一首不可多得的
好詩，體現了嚴惲作爲一名優秀詩人的傑出創作才華，並直接啓發了北宋歐
陽修之名句：「淚眼問花花不語，亂紅飛過秋韆去」。可是，嚴惲也是一名失
敗的舉子，他無法擺脫屢試不第和坎坷的仕途命運。詩寫得再好，觸了「黴
頭」就注定會落魄坎壈。有一則關於科舉的民間談資：一個舉子趕考，若有
風將其帽子吹落在地，他一定不會說「落地（第）」，而要說「及地（第）」。
這是基於語言魔力的語言禁忌。嚴惲在詩中犯忌，正是「詩能窮人」這一奇
異「規律」的典型體現。

第二節　基於文學活動理論的詩讖與「詩能窮人」關係的多視角分析

詩讖現象和「詩能窮人」的觀點皆是基於作者及其作品的關係來闡釋，
都是以詩歌爲研究對象來考量作品對作者人生際遇的影響。不同的是，詩讖
現象基於預兆，是一種時間維度上的延展和期待，後人有意或無意去探尋和
發現在詩人的詩歌作品裏早已經埋下的詩人悲劇命運的蛛絲馬迹；而從「詩
能窮人」的觀點出發，則是一種因果關係的相互作用，詩人既然無法擺脫「文
章憎命達」的宿命，其詩歌創作就已然決定了其人生仕途潦倒困頓的結局。

〔註 7〕 錢易撰，黃壽成校：《南部新書》丁，北京：中華書局，2006 年，第 55 頁，
　　　　原作「嚴憚」，誤，《全唐詩》卷五百四十六有傳；阮閱撰，周本淳校：《詩話
　　　　總龜》卷三十四，前引書，第 335 頁，「把一杯」作「把酒杯」。

詩識現象是一種反映，「詩能窮人」則是一種指向，兩者統一於作者及其作品之中，並對讀者的文學闡釋產生著深遠的影響。此節運用美國學者艾布拉姆斯 M.H.Abrams《鏡與燈——浪漫主義文論及批評傳統》〔註8〕的文學活動四要素的文藝觀，從多個角度來解讀詩識與「詩能窮人」觀的關係。

（一）從作者與讀者的角度對詩人悲劇命運的統一認同

文學作為一種活動，是人類社會所特有的現象，而文學活動的過程，也是一種作者與讀者共同參與的傳遞和互動的過程。在古代中國，由於階級差異以及社會性質等因素，決定了文學活動只能是文人或士大夫階層的活動，而作為文學活動一部分的詩歌創作和鑒賞，在一定程度上來說也只是一種文人之間的活動。無論是詩歌的創作者，還是詩歌的解讀者，都屬於同一個階層，基於生活理念、審美情趣、風俗習慣等各個方面的相似性和統一性，他們的文藝活動通過詩歌來鏈接和互通。正是這種相似性和統一性導致他們在分析和處理文藝現象的時候存在著思想上的某種一致性和延續性。

這種延續和一致，形成了許多傳統和經典的文學批評觀點及方式，也讓文人在創作和解讀作品時極易受到這些傳統文藝觀的影響。比如，「詩言志」說明詩人創作的動力和目的是為了表達內心的志向所在，「以意逆志」強調讀者在閱讀作品時要從作者的角度出發去迎合、揣度作者的心思。這些文藝觀對於文學活動四要素而言，都是從作者到讀者的文人群體活動，有其相似的特點。而從作者和讀者的視角切入，詩識是如何跟「詩能窮人」觀相互聯繫來認同詩人的悲劇命運呢？且以賈島為例，《詩話總龜·詩識門》：

> 賈島嘗為《病蟬》詩曰：「病蟬飛不得，向我掌中行。折翼猶能搏，酸音尚極清。露華應在腹，塵點誤侵晴。黃雀並鳥鳥，俱懷害爾情。」議者謂無搏風之意，果為禮闈所斥。〔註9〕

在這首詩裏，賈島細緻地刻畫了一隻病蟬的形象。它羽翅折斷，聲鳴淒苦，還須時時躲避黃雀鳥鳥，以防被吃掉。詩人以蟬自喻，透過病蟬形象的象徵意義，表達自己的才高命蹇和懷才不遇的憤懣，以及對整個社會和現實的控訴，更充斥著對自己窮困命運的一種消極不滿的宣泄。「搏風」語本《莊子·

〔註8〕M. H. Abrams（1958），The Mirror and the Lamp：Romantic Theory and the Critical Tradition，New York：W. W. Norton & Company；袁洪軍、操鳴譯：《鏡與燈——浪漫主義理論批評傳統》，北京：中國社會科學出版社，1991 年。

〔註9〕阮閱撰，周本淳校：《詩話總龜》卷三十三，前引書，第 331 頁。

逍遙遊》：「摶扶搖而上者九萬里」〔註 10〕，意爲乘風捷上。解詩者認爲，賈島詩裏沒有「摶風」之意，即缺少一種乘風而上、順時而動的豪情壯志，對機會把握不好，所以據其詩風預測其科舉考試的失利。

　　賈島在文學史上以苦吟詩人而知名，《唐才子傳》實錄了賈島對自己作品的肯定和褒獎：

　　　　每至除夕，必取一歲所作置几上，焚香再拜，酹酒祝曰：「此吾終年苦心也。」痛飲長謠而罷。〔註 11〕

苦心吟詩的賈島在詩歌創作上取得了較高的成就，是中晚唐苦吟派的代表詩人，文學史上與姚合並稱「姚賈」，其帶領形成的文人群體的創作風氣對晚唐詩歌有很大的影響，並遠及北宋初年的晚唐體詩派、南宋「永嘉四靈」及江湖派詩人的創作詩風。然而，身爲舉子，賈島才高命蹇，或者說是由於才高造成了命蹇。對於他曾否中舉，學界尚有爭論，但是這首詩極有可能是賈島某次考試失利的直接誘因。另據《鑒誡錄》載：

　　　　賈又吟《病蟬》之句以刺公卿，公卿惡之，與禮闈議之，奏島與平曾等風狂撓擾貢院，是時逐出關外，號爲「十惡」。議者以浪仙自認病蟬，是無摶風之分。〔註 12〕

從詩能窮人的角度來看，作爲詩人的賈島，在詩歌創作上的才能是造成其窮困悲劇命運的本質原因；而從詩讖角度來分析，賈島運命窮達，似乎在他清奇悲淒、幽峭枯寂的詩歌風格裏有十分明顯的體現。從詩讖的生成機制來說，即使這首《病蟬》沒有被視爲讖來闡讀，賈島的其他作品，也很有可能被「選中」來造就詩讖現象，例如《泥陽館》詩：

　　　　客愁何並起，暮送故人回。

　　　　廢館秋螢出，空城寒雨來。

　　　　夕陽飄白露，樹影掃青苔。

　　　　獨坐離容慘，孤燈照不開。〔註 13〕

這首詩典型地反映出賈島詩風的愁苦，「客愁」、「廢館」、「空城」、「孤燈」等

〔註 10〕　莊周撰，陳鼓應注：《莊子今注今譯》內篇，北京：中華書局，2001 年，第 3 頁。

〔註 11〕　辛文房撰，傅璇琮箋：《唐才子傳校箋》卷五，第二冊，前引書，第 332 頁。

〔註 12〕　何光遠《鑒誡錄》卷八，紀昀：《文淵閣四庫全書》子部三四一，臺北：商務印書館影印國立故宮博物院藏本，1986 年，第 1035 冊，第 911 頁。

〔註 13〕　賈島撰，李建昆注：《賈島詩集校注》卷五，臺北：里仁書局，2002 年，第 197 頁。

字詞，都可能用來作爲其窮苦命運的詩讖解讀，理由是該詩跟《病蟬》一樣，詩境狹隘、意志消沉、缺少「搏風」之意，而其不確定的意象正好爲其多義解讀提供了可能性。正如宇文所安所說：「沒有證據顯示唐代讀者要求詩中所指與實際經驗一致。然而，這種對一致性的違背後來對閱讀賈島詩歌產生影響，常常使詩人受到攻擊。」〔註14〕

雖然詩讖的解讀和「詩能窮人」的觀點都存在著明顯的偏頗的地方，但是在這些片面表象的背後，卻呈現出驚人的一致性認同，無論作者還是讀者，都會指向認識的同一標的，很少出現偏差。這種認同，就是文人群體對詩人個體窮苦命運的認同。

（二）從作品文本的角度對詩歌功利工具的統一認同

作品是文學活動的基本要素之一，通過作品文本這一媒介，作者和讀者之間可以相互聯繫到一起。中國傳統闡釋學中的「以意逆志」文學觀，是其理論基礎。此說由孟子提出，《孟子·萬章上》：「故說《詩》者，不以文害辭，不以辭害志；以意逆志，是爲得之。」〔註15〕朱自清《詩言志辨·比興》對其作了闡釋：「以意逆志，是以己之意迎受詩人之志而加以鉤考。」〔註16〕可見，以意逆志是強調通過文本來實現作者和讀者的溝通和互動。

在詩讖現象的解讀中，作品的文本和字句成爲揭示作者心理活動和命運走向的「密碼」，而這種具有預兆性的語言也是作品的重要特徵及其文藝價值之所在。這些讖味十足的詩句在以意逆志的文論背景下淪爲一種闡釋和解讀的工具，儘管有些詞句還寫得文質彬彬、風骨雅致，具有很高的審美價值，但是其首要的闡釋特徵和認識價值還是在於其預兆性的特點。同樣，從「詩能窮人」的觀點出發，讖詩是造成詩人窮困的罪魁禍首，也被視爲一種導致惡劣或不良後果的媒介。作爲時代士人的共同預期，詩歌上才能的高低應該與仕途上的窮達成相互匹配，創作詩歌才能高的人理應在政治仕途上有自己的一席之地。詩歌的首要功用和目的是爲士子的仕途際遇服務的，是一種爲了讓人能夠有所作爲的工具。然而，在很多引述了讖言詩的史料中，我們發現了大量相悖的情況：往往是才華出眾、詩藝拔萃的人，卻總是無法中第、

〔註14〕 宇文所安撰，賈晉華譯：《晚唐》，北京：三聯書店，2011年，第129～130頁。
〔註15〕 趙岐注，孫奭疏：《孟子注疏》卷九，阮元：《十三經注疏》，前引書，第2735頁。
〔註16〕 朱自清：《詩言志辨》，前引書，第76頁。

仕途多舛。以晚唐詩人來鵬爲例，《詩話總龜·詩讖門》：

> 來鵬詩思清麗，韋岫尚書常愛其才。遊蜀，夏課卷中有云：「一夜綠荷風剪破，賺他秋雨不成珠。」識者以爲不祥，是年果失志。〔註17〕

來鵬的詩描寫的是一夜秋風之後，荷葉被風吹破，秋雨落下，再也凝聚不成點點水珠。這兩句詩從藝術層面來看，意境優美，形象生動，但是解詩者認爲其是「不祥」之作，其取意在一個「破」字，有破敗、破碎的意思，本指荷葉破碎，引申可以擴展指人生際遇的破敗。「破」字是預示來鵬命運的徵兆，而「一夜綠荷風剪破，賺他秋雨不成珠」這句詩，就淪爲了人們解讖的工具。在這則詩讖裏，這兩句詩的指示性的功用，極大地削弱了其審美的價值，換言之，是功利性的解讀取代了詩意性的賞析。

這種對詩歌功利工具性的認同，主要是通過讀者對文本的解讀來探究作者的命運走向的線索，而作者本身也會傾同於認可這樣的隱藏未知力量。《唐才子傳·來鵬傳》：

> 鵬，豫章人，家徐孺子亭邊，林園自樂。師韓柳爲文，大中、咸通間才名藉甚。鵬工詩，蓄銳既久，自傷年長，家貧不達，頗亦忿忿，故多寓意譏訕。當路雖賞清麗，不免忤情，每爲所忌。如《金錢花》云：「青帝若教花裏用，牡丹應是得錢人。」《夏雲》云：「無限旱苗枯欲盡，悠悠閒處作奇峰。」《偶題》云：「可惜青天好雷電，只能驚起懶蛟龍。」坐是凡十上不得第。……〔註18〕

「才名藉甚」和「凡十上不得第」形成了來鵬人生中尖銳的矛盾衝突。來鵬善於寫詩，但是卻因爲詩中「多寓意譏訕」而無法得到賞識。詩歌本應成爲來鵬考取功名的利器，卻反成爲了他屢試不第的原因，在某種程度上契合了「詩能窮人」這一傳統觀點。在史料所引的詩句，諸如「青帝若教花裏用，牡丹應是得錢人」、「無限旱苗枯欲盡，悠悠閒處作奇峰」，其引人注目之處，並非在審美意義上的價值，而是能夠彰顯「詩能窮人」功能作用的弦外之音，以印證詩人一旦在作品中犯忌，就會受到文字背後神秘力量的嚴厲懲罰，最終必然落到「窮人」的地步。

在這類詩讖裏，從作品和文本的角度來說是兩種功能和工具的統一，即

〔註17〕阮閱撰，周本淳校：《詩話總龜》卷三十四，前引書，第 334 頁。
〔註18〕辛文房撰，傅璇琮注：《唐才子傳校箋》卷八，第三冊，前引書，第 428 頁。

有指示功能的預兆性工具和有影響功能的目的性工具的統一。二者的統一，也是詩讖現象和「詩能窮人」觀的內在統一，這種忽略詩歌審美功能而斷章取義強調超自然力量的趨勢，片面強調了文學的工具性與功利性，使作品本身徹頭徹尾淪爲了預測凶吉的扶乩。有意思的是，讀者認爲自己承繼了中國文論「以意逆志」的傳統，能夠從這些具有預兆作用的詩文中獲取有用信息，而作者自己雖無意爲之，但似乎也陷入無法擺脫注定命運的泥淖裏，自怨自艾中加重了詩文的「怨氣」，其言行無形中又爲讀者提供了更多的佐證。讀者和作者兩方面都對作品文本的功利性的工具論予以某種程度上的認同。

（三）從主客世界的角度對社會現實原因的統一認同

世界是文學活動的基本要素之一，在艾布拉姆斯的文藝觀裏，世界主要是指文學活動所反映的客觀世界，也指讀者心裏的主觀世界。隋唐實施科舉制度，尤其是設立重視文詞創作能力的「進士科」以來，詩歌便成爲下層士子改變命運的途徑，成爲對所有讀書人開放的「祿利之路」。在以詩取士制度形成之後，詩人的前途命運便與其文學才華緊密地聯繫起來。社會上對天賦極高和才華斐然的詩人的非官方評價一般都很高，在大眾眼中，他們理應在仕途上一帆風順，位居高堂。然而，唐代進士科取士的人數非常有限，傅璇琮先生《唐代科舉與文學》指出：「唐代進士科所取的人數，前後期有所不同，但大致在三十人左右。據唐宋人的統計，錄取的名額約占考試人數的百分之二三。」〔註 19〕龐大的考生數量和稀缺的錄取名額之間的巨大反差，勢必造成失敗者多、成功者少的局面。可是，客觀的社會現實決定了科舉是許多文人走入仕途、成就輝煌的重要甚至是唯一途徑。五代王定保評價隋唐設立科舉以來士人的出路：「三百年來，科第之設，草澤望之起家，簪紱望之繼世；孤寒失之，其族餒矣；世祿失之，其族絕矣。」〔註 20〕可見，科舉制度和以詩取士的社會現實將詩歌和詩人的命運緊緊結合在了一起，成爲「詩能窮人」的客觀世界歷史背景。

客觀世界要求讀者在面對作家作品的時候，必然要與作家的實際命運相印證，以迎合中國古代士子百里挑一、出類拔萃之大不易的殘酷現實。而中國文學史上「士不遇」母題的集體認同，又讓他們的主觀世界裏存在著一種

〔註 19〕 傅璇琮：《唐代科舉與文學》序，西安：陝西人民出版社，2007 年，第 5 頁。
〔註 20〕 王定保撰：《唐摭言》卷九，前引書，第 97 頁。

詩人或者士人天生就會被其才能所困擾的慣性思維：詩人的窮困潦倒和屢試不第，不是由於他們水平或能力不足，而可能是因為他們的詩人身份或是因為詩歌本身所造成的命運悲劇，正如吳承學教授所言：「正是到了唐代實施以詩取士的科舉制度後，能詩者普遍可平步青雲，取得上流社會的入場券。而一旦其中有能詩卻窮苦不達的詩人，則與人們原有的期望值形成巨大的反差。雖然是少數，但給人以更為強烈的印象。與貴族政治時代由血緣出身決定人的等級差異不同，科舉制度強調的是對於人才的平等精神。在這樣『平等』的時代，如果傑出的人才還遭遇窮困，其原因大概只能歸之天命了。」〔註21〕因此，客觀世界詩人不遇的現象給予「詩能窮人」觀以現實的強大支撐，解詩者在閱讀時從詩人的隻言片語中肆意引申，將其不遇的命運和詩歌的預兆聯繫在一起。這類詩讖，也是解詩者篤信「詩能窮人」的觀點而以此為出發點，融合客觀世界的社會現實和主觀世界的思維慣勢而對落第窮困的詩人報以同情的產物。

第三節 「詩能窮人」觀關照下詩讖中的矛盾與衝突

古代漢語中，「貧」指物質方面的貧乏、「窮」指精神方面的貧乏，「貧」和「窮」的使用語境不同。這裡「詩能窮人」觀裏的「窮」不只指物質生活的窮困潦倒，而更指向人生志向和兼濟抱負不得伸展和滿足的精神窮乏。自古以來，仕途不順、命運多舛的詩人層出不窮，屈原、賈誼等一系列文人落魄讓後世歷代文士唏噓不已，深恐步其後塵。這些不得志的文人，有些在物質上一窮二白、貧寒果腹，有些在精神上特立獨行、不被認可，他們郁郁寡歡、抱恨而終。「仕途窮達」型讖言詩大都是詩人窮苦和薄命的文本證據，在「詩能窮人」觀的關照下，這些詩讖的文字背後存在著兩組不可調和的矛盾與衝突，不斷地困擾著詩人、影響著讀者。

（一）才與命的矛盾

李商隱《有感》詩云：「中路因循我所長，古來才命兩相妨。」〔註22〕杜

〔註21〕吳承學：《「詩能窮人」與「詩能達人」——中國古代對於詩人的集體認同》，載《中國社會科學》，2010年4期，第4頁。

〔註22〕李商隱：《有感》，劉學鍇、余恕誠注：《李商隱詩歌集解》，北京：中華書局，2004年，第2220頁。

甫《天末懷李白》詩云：「文章憎命達，魑魅喜人過。」〔註23〕古代中國文人對於「才」和「命」之間的矛盾關係有著深刻而統一的認同。才高者命薄如紙，「才」和「命」之間很難求得一統，「才」高多是以「命」薄為代價。儘管這種提法很不科學，卻從某種層面上反映了文人對自我命運的一種探討和審視。縱觀文學史，雖有部分天才詩人能在「才」和「命」上得到完美的統一，但是不可否認的是，才高命苦是絕大多數文人的真實命運寫照。「詩能窮人」觀可以說是這種現象的一種體現和總結，將「才」的因素代入到詩歌裏，認為是詩歌造成詩人命運窮困的原因。在「仕途窮達」型詩讖現象中，詩人的命運在詩歌中得到預示或窺見，就是這組矛盾和衝突的深刻體現。《太平廣記》引《感定錄》：

> 唐杜牧自宣城幕除官入京，有詩留別云：「同來不得同歸去，故國逢春一寂寥。」其後二十餘年，連典四郡。後自湖州刺史拜中書舍人，題汴河云：「自憐流落西歸疾，不見春風二月時。」自郡守入為舍人，未為流落，至京果卒。〔註24〕

杜牧的讖文學材料中有兩個現象值得關注。首先，杜牧系出名門，能詩善文，青年時代即得中進士，但是仕途仍是多舛，「自宣城幕除官入京……其後二十餘年，連典四郡」，並沒有找到發揮其政治和文學才華的舞臺，「故國逢春一寂寥」，正是其郁郁不得志的真實寫照，「不得同歸」，意味著其回京為官希望渺茫。可見，即使像杜牧這樣的名門之後且進士高中，也未必能夠確保仕途的一帆風順。以上是在窮達層面上的探討。其次，杜牧的「自憐流落西歸疾，不見春風二月時」二句，從藝術審美上來說無可挑剔，但卻成為杜牧的詩讖，其詩中的「西歸疾」，本意是指杜牧是按照自東向西的方向急速返京，相對於京城長安，湖州在其東南，開封汴河一帶在其正東，從地理位置上來說是「西歸」。但是「西歸」又犯了民間對於死亡的某種語言禁忌：民眾在佛教思想的影響下，認為人死之後靈魂去向西方的極樂淨土，故把過世稱為「歸西」；「疾」放在「西歸」的後面，本意是迅速。《水經注‧三峽》：「有時朝發白帝，暮到江陵，其間千二百里，雖乘奔御風，不以疾也」〔註25〕，即是此意，但是放

〔註23〕杜甫撰，仇兆鰲注：《杜詩詳注》卷七，前引書，第590頁。
〔註24〕李昉：《太平廣記》卷一四四，前引書，第1038頁。
〔註25〕酈道元撰，戴震校：《水經注》卷三十四，臺北：世界書局，1980年，第426頁。

在特定語境當中，則有詛咒死亡的意味。「疾」，又兼有疾病的意思，生老病
死這些忌諱，都一併出現在杜牧的詩句中。「不見春風二月時」更隱含活不過
明年二月的意味。杜牧「自湖州刺史拜中書舍人」，結束了邊緣化的政治生涯
本是可喜可賀，然而這首詩的吟誦，似乎導致了「自郡守入爲舍人，未爲流
落，至京果卒」的局面出現，使作品與作者死亡形成了一種因果關係。這是
在生命層面上的反思。

　　關於杜牧的仕途悲劇，《感定錄》的作者在記錄軼事之時，必然認定了冥
冥中有一種難以言說的超自然神秘力量，導致杜牧政治生涯的失敗原因有可
能是其「能詩」，這是其「才」與「命」的第一重矛盾。其次，儘管在政治命
運上杜牧一度守得雲開見月明，迎來了關鍵的轉捩點，然而「自憐流落西歸
疾，不見春風二月時」這句詩又犯了太多的禁忌、埋下禍根，造成了杜牧的
生命悲劇，這是其「才」與「命」的第二重矛盾。這兩重矛盾，都能明顯體
現了「詩能窮人」觀的影響力，詩人稍不留神，就會在作品中授人以柄，留
下「讖」的線索，在後世解詩中被發揮、被引申、被誤解。只要「才高而命
舛」的事實存在，「才」和「命」之間的衝突就不可調和。

（二）求知之難和感知之切的矛盾

　　繆鉞先生曾經指出：「有兩個問題經常困擾中國古代士人的心靈：一是道
與勢的矛盾；一是求知之難和感知之切。這兩個問題也可以說是兩個情結。」
〔註26〕這裡的「知」是知遇，被瞭解、被認同之意。本小節借鑒繆鉞教授的
這一觀點，來討論求知之難和感知之切的矛盾。求知一直是中國文人的深層
心理願望，《詩經》中就有「嚶其鳴矣，求其友聲」、「知我者謂我心憂，不知
我者謂我何求」〔註27〕等心聲的流露。然而求知的難度卻很高，劉勰《文心
雕龍》坦言：「知音其難哉！音實難知，知實難逢，逢其知音，千載其一乎！」
〔註28〕陶淵明《詠貧士》詩云：「知音苟不存，已矣何所悲。」〔註29〕知音難
覓，可見一斑。中國古代士人，要想在政治上有所作爲，他們所要求得的不

〔註26〕繆鉞：《兩千多年來中國士人的兩個情結》，載《中國文化》，1991年1期，第97頁。
〔註27〕《小雅·伐木》、《國風·黍離》，鄭玄注，孔穎達疏：《毛詩正義》卷九、四，阮元：《十三經注疏》，前引書，第410、330頁。
〔註28〕劉勰撰，王利器注：《文心雕龍校證》卷四十八，前引書，第288頁。
〔註29〕陶淵明：《詠貧士》，逯欽立注：《陶淵明集》，北京：中華書局，2008年，第123頁。

僅是知音的支持，難上加難的更是諸侯、君主及統治者的賞識。然而，求為
君王所知的難度並沒有打消士人被認同被賞識的迫切心情，畢竟為君王所接
納而入仕為官，是仕途實現自己人生價值與信仰的終南捷徑。所以，求知的
難度越大，想要被知的意願就越強烈，此二者在對立和矛盾中時而統一、時
而分裂，很難求得某種平衡。《詩話總龜》引《古今詩話》：

> 滕倪善詩，宗人滕郎中守吉州，往謁之，會秋試告別，為詩云：
> 「秋風江上別旌旗，故國無家淚欲垂。千里未知投足地，前程應是
> 聽猿啼。誤攻文字身空老，卻返漁樵計已遲。羽翼凋零歸不得，丹
> 青無路接差池。」守得詩云：「此生不與子相見。」別後卒於旅邸。
> 〔註30〕

滕倪之詩充滿悲傷和淒涼之意，雖然是寫告別，但是卻無處可別。故國無家，
前程未卜，滿聲猿啼，這些傷感的景象和情愫，是詩人內心鬱悶和失落的真
實反映。這一切的原因，被歸結為「誤攻文字」卻無所成，求為所知卻不得，
想要歸隱卻無路可循。這首詩寫於秋試之後，作者的失落很可能源自考試的
發揮失常。由於考得不好而情緒低落，可見詩人對躋身仕途的執著、對為主
試與君王所賞識的重視。可是，然而，客觀世界的現實決定了科舉考試的錄
取比例很低，想要通過此種途徑實現「感知」的可能性很小，而儒家經典對
於入仕精神的強烈感召，又讓每一個讀書人幾乎從開始讀書的那天就有了堅
定「求知」的願望，所謂「十年窗下無人問，一舉成名天下知」〔註31〕。默
默無聞或者舉場失利之時，士子內心的苦痛無法排遣，由此形成「求知」和
「感知」之間的尖銳衝突。更有甚者，正如滕倪詩識所示，儘管他「善詩」，
受到「求知」的內在驅動而應舉，但是理想被殘酷的現實被擊潰，「求知」的
困難使其詩境變得狹促，出現了「歸不得」、「無路」等識眼，詩作就帶上了
危及生命的可怕魔力。

　　無論是「求知」還是「感知」，「知」對「入仕」來說僅僅是一個起點和
前提，「知」還包含著被賞識和被重視，要有一番作為，並被充分理解和接受。
客觀世界是複雜艱難的，能夠位居高位並有所作為的人實屬鳳毛麟角，「求知」
難度之大，超乎想像。然而，在每一個文人的內心深處，都是以此為終極追

〔註30〕阮閱撰，周本淳校：《詩話總龜》卷三十三，前引書，第 332 頁。
〔註31〕劉祁：《歸潛志》卷七，臺北：華文書局影印武英殿刻本，1969 年，第 171
　　　　頁。

求和畢生願望的。正如余英時《士與中國文化》提到：「中國知識階層剛剛出現在歷史舞臺上的時候，孔子便已努力給它貫注一種理想主義的精神，要求它的每一個分子——士——都能超越他自己個體的和群體的利害得失，而發展對整個社會的深厚關懷。」〔註32〕知識分子「求知」之切，不單純是爲了自己，更是爲了社會，在人生宇宙觀和社會責任感中找準自己的座標。「感知」很難，但是並非沒有希望。再以上章第四節所引馬植讖言詩爲例。馬植孜孜於仕進，兼具文治和吏治之功，《舊唐書》傳稱其「文雅之餘，長於吏術」，「以文學政事爲時所知」〔註33〕，其才學是毋庸置疑的。然而，「才」與「命」的衝突依然存在——馬植被發配到邊遠地區爲官，「殊不得意」。但是他運氣還不錯，遇到了一位能夠預測前途的世外高人，給他指明了一條道路，讓他有底氣地去調節求知之難和感知之切之間的矛盾。最後依據詩中的讖言提示，他「入爲大理卿，遷刑部侍郎，判鹽鐵，遂作相」。在馬植的例子裏，「求知」和「感知」得到了較完美的統一，然而卻只能算是特例。畢竟，大多數的士子並無貴人相助。求知之難和感知之切的矛盾，在唐人讖文學現象裏是另一組突出的矛盾，而這組矛盾亦推動著「詩能窮人」的觀念深入人心，並反過來影響對詩作的正確解讀。

第四節　「詩能窮人」觀與詩讖的內在聯繫

「詩能窮人」的觀和詩讖現象之間有著密不可分的聯繫，二者都以詩歌文本爲核心和中介去挖掘詩人及其作品之間的關係。概言之，「詩能窮人」觀認爲，詩是導致詩人悲劇命運的導火索，作品和作者命運之間存在著時間維度上的因果關係。詩讖現象則力圖說明，詩是呈現詩人悲劇命運的預兆晴雨錶，讀者通過對詩讖的解讀，能夠從蛛絲馬迹中推斷出詩人的命運結局，作品和作者命運之間存在著空間維度上反映與被反映關係，同時又必然與作者用意和讀者解讀之間存在著有意或無意的誤讀。這兩者都缺少科學依據，都不夠客觀，但卻在中國傳統文化中長期存在和影響深遠，擁有廣泛的接受群體。同樣是研究詩人和詩作之間的關係，釐清「詩能窮人」觀和詩讖現象二者之間的內在聯繫，對瞭解讖文學的成因和發展應該是有一定價值的。

〔註32〕余英時：《士與中國文化》，上海：上海人民出版社，2003年，第25頁。
〔註33〕劉昫：《舊唐書》卷一百七十六，前引書，第4565頁。

　　一方面，「詩能窮人」觀爲詩讖現象的闡釋提供合理性。詩讖形成的決定性因素是讀者，即解詩者的理解和接受及對詩句的再詮釋。中國詩歌的閱讀傳統既重視詩意的整體把握，強調全詩意境渾然、韻味深遠，也看重字句的反覆錘鍊，強調字斟句酌、佳對詩眼。詩性語言是隱喻式的，其語言形式的審美取向以朦朧美爲主，允許甚至鼓勵詩歌產生多義性解讀的可能。在中國傳統詩論中，隱喻被稱爲「象外之象」、「言外之旨」，即尋求同一文本背後的不同語義指向。因此，上文提到的嚴惲詩讖的「零落」、來鵬詩讖的「剪破」、杜牧詩讖的「西歸疾」，都被解詩者附加上決非作者本意的引申義。然而，這種闡釋能夠爲大眾所接受和認同，並不能單憑解詩者的一己之力，也要依靠「詩能窮人」觀的大眾心理。對於這些生命困頓、仕途蹇澀的士人，人們總是試圖從他們的語言文字中探究蘊含文本背後的情感和生命脈絡走向，從而聯繫和推衍其人生際遇，來爲詩讖的合理性解讀尋求立足點。「詩能窮人」觀正好爲這些難以索解的超自然現象提供一種貌似合情合理的解釋：詩既然能夠成爲詩人「窮」之命運的導火索，那麼就一定會露出馬腳，爲讀者提供晴雨錶功能式的某些暗示性的話語線索。只要按圖索驥，就能夠找到這些話語，並將其生成建構爲詩讖，最終在製讖者和解讖者共有的理解域中實現彼此的認同。

　　另一方面，詩讖現象反過來能爲「詩能窮人」的觀點提供有力的證據。有趣的是，我們在整理隋唐五代讖文學的過程中發現，但凡仕途窮達型的詩讖，大多都有「善爲詩文」、「屢試不第」、「頗不得志」之類的套話。一個工於詩文又兼德才的詩人，卻在仕途上屢遭挫敗，以致於無法相信能夠通過自身努力來把握自己人生的命運，其中的一個重要原因，就在於隱藏在詩歌背後的「魔力」。這種魔力，不僅是一種預兆性的指示，更被相信與作者的命運之間存在著某些不可言說的深層次因果聯繫。對於仕途窮達型的詩讖現象，本著「知人論世」和「以意逆志」的文藝觀，讀者基本上都極易被引導去深入思考和探尋詩人和詩歌之間的內在聯繫，加上有才華而不得志的事實大量存在，不斷地去抹殺作品與作者之間原本毫無因果聯繫的客觀現實，或然變成必然，最後形成一種思維定勢。越多的讖文學現象的湧現，越能有力地證明「文章憎命達」、「才命兩相妨」的「詩能窮人」現象的不可避免，結果越說越玄乎，卻也沒有較多的反證出現來證僞，遂逐漸沉澱成爲了大眾文化心理。

　　「詩能窮人」觀和詩讖現象之間是相互依存和促進的關係，彼此之間達成某種程度上的微妙平衡。它們之所以能在古代社會長期存在並不被推翻，是在於二者都是古代文人對文學作品和文人命運之間關係的一種思考方式，一些稗官野史都是按照客觀的敘述方式「如實」地將這些史料記錄下來，並認定這些材料和記錄是可信的。儘管，其真實性是非常可疑的。然而，若是為了刻意營造神秘而製作讖文學的話，則有可能會產生前後矛盾及被人識破的危險。《詩話總龜》引《唐宋遺史》：

　　　　孟東野《下第詩》曰：「棄置復棄置，情如刀劍傷。」又《再下第詩》曰：「兩度長安陌，空將淚見花。」其後登第詩曰：「昔日齷齪不足嗟，今朝曠蕩思無涯。春風得意馬蹄疾，一日看盡長安花。」進取得失，蓋亦常事。而東野器宇不宏，偶下第則情隕獲如傷刀劍，以至下淚，既登科則志意充溢，一日之間花即看盡，何其速耶。後授溧陽尉卒。〔註34〕

孟郊屢試不第，直到年近半百才得以考取進士，仕途亦不順暢，只當了個小小的縣尉。在評詩者看來，「一日看盡長安花」太過縱情和迅速，缺少收斂和含蓄，故「堆出於岸，流必湍之」，認定孟郊違背了傳統的為人處世、藏器待時之道，必定會受到懲罰。果然，任職小官竟死於任上，印證了解詩者的猜想。然而，有意思的是，同書亦載：

　　　　鄭毅夫登科，嘗作詩曰：「春風得意馬蹄疾，一日看盡長安花。」或人云：「一日長安花看盡，意已足矣。」毅夫終於內相，亦其讖也。
　　　　《雲齋廣錄》、《青箱雜記》為孟東野作。〔註35〕

鄭毅夫即鄭獬，少負俊才，高中狀元，可謂少年得志，最後官至翰林學士，位極人臣〔註36〕。在這段史料中，評論者對同樣詩句的解讀，就跟對孟郊的評價完全相反──「意已足矣」。「意足」本身語義具有模糊性，既可褒指意氣風發、蓄勢而動，也可貶指力道枯竭、中路而廢。我們且不論這首詩作者歸屬問題，同樣詩句，面向運乖時蹇的孟郊和運旺時盛的鄭獬，評論者完全因人而異，用模棱兩可的點評作出截然不同甚至對立的結論，為闡釋留下充

〔註34〕阮閱撰，周本淳校：《詩話總龜》卷三十三，前引書，第 328 頁；吳景旭：《歷代詩話》卷五十引文字略同，臺北：世界書局，1979 年，第 687 頁。
〔註35〕阮閱撰，周本淳校：《詩話總龜》卷三十四，前引書，第 339 頁。
〔註36〕脫脫：《宋史》卷三百二十一，前引書，第 10417～10419 頁。

足的餘地。由此可見，解詩者的牽強附會和見風使舵，在詩讖的生成中起了不容忽視的導向作用。

因此，我們應該持客觀、冷靜、批判的態度來對待讖文學。讖文學中的封建宿命觀念誠不可取，但是詩讖作為一種文學現象，其背後隱藏的社會價值取向和思想影響卻值得我們重視和反思，透過分析和揚棄詩讖表象上的牽強附會，才能撥開迷霧瞭解其文學意義和時代特色之所在。我們不僅要從文學研究的角度對其加以重新審視，釐清其與中國傳統民俗文化和古典詩學批評之間的關係，而且也應該從社會歷史學的角度去把握讖文學與其所處時代的政治經濟方面的關係，為其找到更為合理的闡釋和證據，促進讖文學研究的深化。

（舒坦、周睿）

第八章　隋唐五代讖文學的美學闡釋

　　當帶有神秘主義色彩的讖緯思想與文學中的詩歌相遇，便產生了中國詩學中一個有趣的文學現象——讖文學。讖文學在發軔之初，或多或少地帶有「推陰陽、言災異」〔註1〕的神秘預測性，尤其在預言朝代更迭之事方面體現得更加明顯。政治家看到了「讖緯」的這一功用，便主動利用讖緯製造輿論以維護自己的統治，或以此達到藉口改朝換代的目的，比如隋唐之際有「江北楊花作雪飛，江南李樹玉團枝；李花結子可憐在，不似楊花無了期」〔註2〕的讖言詩。除了在有關國事的政治領域，也有不少讖文學屬於有關人事的人文領域。讖文學因多體現爲預言文人的凶讖，使得文人在寫詩時有所顧忌，如劉希夷、崔曙的詩讖之例。很多研究者對讖言詩的研究都採取了科學的態度，對其附會性和荒誕性進行駁斥。

　　我們對待讖言詩的態度也是批判的。本章對詩讖的附會性和荒誕性不作考察和舉證，而主要把研究視角放在其美學闡釋上。對於讖文學這種特殊的文學現象，從現存的隋唐五代材料來看，按照其凶吉屬性來劃分，大部分的讖文學以表現國家社會的災難以及士人民眾的悲慘命運爲主，多屬「凶讖」，具有較強的悲劇性。吳承學教授就曾指出凶讖偏多的事實，「這些詩讖其實都反映出古代文人深層的心態，那就是他們對於生命與仕途的關切與焦慮。死亡是人類最恐懼也是最忌諱的事情；而仕途達則是關係到當時仕子的生活理

〔註 1〕班固：《漢書》卷七十五，前引書，第 3194 頁。
〔註 2〕史虛白：《釣磯立談》，知不足齋本，板橋：藝文印書館，1966 年，第 4 頁。

想與目標能否實現的大問題」〔註3〕，基於古代文人的生活狀態與生活現實來解釋凶讖集中出現的原因。本章試圖從美學角度切入，運用文藝美學的相關理論來重新審視讖文學，考察讖文學蘊含的文學審美心態，探究讖文學現象存在的社會和心理基礎，著力關注讖文學中的「死讖」和「夢讖」的個案現象，並比較中西方思維下的讖美學精神差異。

第一節　以悲爲美的中國傳統文學審美心理

中國最早的文人詩讖可以追溯到潘岳「白首同所歸」。據《世說新語》〔註4〕所載，潘岳《金谷集》詩云「投分寄石友，白首同所歸」，本是希望自己與石崇能夠友誼長存，但「白首同所歸」卻暗含了一同掉腦袋的凶讖。不幸的是，他們最後竟然眞的同一天死於刑場。隋唐五代的文人讖文學大都以此爲藍本，即文人的生平暗合其創作的詩句，命運多以悲劇收場，由此形成一種文人詩讖的模式。例如，有關駱賓王的詩讖：「《帝京篇》曰：『倏忽搏風生羽翼，須臾失浪委泥沙。』賓王後與徐敬業興兵揚州，大敗逃死，此其讖也。」〔註5〕再如，關於武元衡的詩讖：「嘗夏夜作詩曰：『夜久喧暫息，池臺惟月明。無因駐清景，日出事還生。』翌日遇害，詩蓋其讖也。」〔註6〕這些文人詩讖的情節，都有清晰可辨、相似相承的發展脈絡，結局也差不多都是黯淡無望的。

讖文學最早出現在歷史舞臺時，首先是作爲政治家的輿論工具，其爲人所重視的是神秘的預言性和背後所蘊藏的天命觀和超自然力量，其本身並不帶任何悲觀或者樂觀的感情色彩。這一點在第一章已有詳論，此不絮言。但是，讖緯神秘文化和文學中的詩歌一相結合，就出現了大量的表現文人悲慘命運的「凶讖」，「吉讖」則寥寥無幾。與中國傳統戲曲、小說多數的大團圓結局相比，爲何詩讖偏重於出現和導致悲劇結局呢？

中國古代文學在漫漫歷史長河中浸淫著一種悲美的氣氛，形成了一種以悲爲美的傳統悲劇審美趣味。追根溯源，不論是孔子的「詩可以怨」，還是屈原《離騷》中強烈的哀傷；也不論是嵇康在《琴賦》序所說「稱其材幹，則

〔註3〕吳承學：《論謠讖與詩讖》，載《文學評論》，1996年2期，第109頁。

〔註4〕劉義慶撰，徐震堮注：《世說新語校箋》下，前引書，第493頁。

〔註5〕計有功撰，王仲鏞箋：《唐詩紀事校箋》卷七，北京：中華書局，2007年，第220頁。

〔註6〕辛文房撰，傅璇琮箋：《唐才子傳校箋》卷四，第二冊，前引書，第209頁。

以危苦爲上，賦其聲音，則以悲哀爲主，美其感化，則以垂涕爲貴」〔註7〕，還是韓愈所言「夫和平之音淡薄，而愁思之聲要妙，歡愉之辭難工，而窮苦之言易好也」〔註8〕；又不論是司馬遷的「發憤著書」說，還是歐陽修的「窮而後工」論，都從文學的各個方面展現出中國古代文學偏愛悲美的特質。正如上一章所討論的「詩能窮人」觀，其思維模式在傳統悲劇審美趣味中也有著深遠的影響。

從中國古代文學的內容題材上看，表現文人窮愁潦倒、悲憤苦惱的作品在數量上的確佔了相當大的比重。錢鍾書在談到中國傳統文藝時說：「苦痛比快樂更能產生詩歌，好詩主要是不愉快、煩惱或『窮愁』的表現和發泄。」〔註9〕歷代詩人的悲吟，比如「國無人莫我知兮，又何懷乎故都？既莫足與爲美政兮，吾將從彭咸之所居」〔註10〕；「天高地迥，覺宇宙之無窮；興盡悲來，識盈虛之有數」〔註11〕、「前不見古人，後不見來者。念天地之悠悠，獨愴然而涕下」〔註12〕，都在文學史上佔有一席之地。

魯迅《中國小說史略》總結中國文學有「悲涼之霧，遍被華林」〔註13〕的現象，正好可以爲中國傳統悲劇審美情趣作注腳。從創作主體看，作爲個體存在的文人一生不免會遇到各種挫折，比如生活的艱辛、仕途的偃蹇、精神的愁悶、心靈的困頓。當文人陷入潦倒愁悶之際，鬱積在胸的塊壘借文章得以排遣，正所謂「文章憎命達，魑魅喜人過」〔註14〕。這種深沉的悲哀，是貫穿在整個中國古代文學史中的情感線索，它折射出古代文人的審美趣味，同時，它也是文人詩識中存在大量凶識的文學審美基礎，表現出識文學以悲爲美的主要審美取向。

〔註 7〕嵇康：《琴賦》序，戴明揚注：《嵇康集校注》卷二，北京：人民文學出版社，1962 年，第 83～84 頁。
〔註 8〕韓愈：《荊潭唱和詩序》，馬其昶注：《韓昌黎文集校注》卷四，上海：上海古籍出版社，1998 年，第 262 頁。
〔註 9〕錢鍾書：《七綴集》，北京：三聯書店，2002 年，第 116 頁。
〔註 10〕屈原：《離騷》，王逸注，黃靈庚疏：《楚辭章句疏證》卷一，前引書，第 547～550 頁。
〔註 11〕王勃：《秋日登洪府滕王閣餞別序》，蔣清翊注：《王子安集注》卷八，上海：上海古籍出版社，1976 年，第 232 頁。
〔註 12〕陳子昂：《登幽州臺歌》，《新校陳子昂集》補遺，臺北：世界書局，1980 年，第 232 頁。
〔註 13〕魯迅：《中國小説史略》，前引書，第 165 頁。
〔註 14〕杜甫：《天末懷李白》，仇兆鰲注：《杜詩詳注》卷七，前引書，第 590 頁。

　　以帝王文人的特例來探究以悲爲美的審美趣味，較有代表性。《隋書·五行志》：

　　　　大業十一年，煬帝自京師如東都，至長樂宮，飲酒大醉，因賦五言詩。其卒章曰：「徒有歸飛心，無復因風力。」令美人再三吟詠，帝泣下霑襟，侍御者莫不歔欷。帝因幸江都，復作五言詩曰：「求歸不得去，眞成遭箇春。鳥聲爭勸酒，梅花笑殺人。」帝以三月被弒，即遭春之應也。……〔註15〕

隋煬帝楊廣的這則史料中，因其五言讖詩中「求歸不得去」數句所隱含的死亡氣息，造就了一則典型的凶讖。古典文學中以悲爲美的審美取向不自覺地在這則凶讖中有所流露。隋煬帝被歷史定位爲暴君，但其文學修養卻是很高的，在隋代文學史上佔有重要的一席之地，他自視甚高，標榜自己爲文壇翹楚（例如殺薛道衡之說就是一證）。在前一首作品，其文集僅存殘篇，末二句「徒有歸飛心，無復因風力」暗含了國勢之不振之義，身爲一國之君卻力有不逮，頗有一種時不我予的無奈和悲涼，故「飲酒大醉」並「令美人再三吟詠」，而他自己的反應是——「帝泣下霑襟，侍御者莫不歔欷」，可見，萬尊之軀在命運面前亦如此無力。後一首作品被收入楊廣文集，題爲《幸江都作詩》〔註16〕，其寫作的背景，是大業末年反隋暴動風起雲湧，席卷全國，隋煬帝倉惶南竄，避難江都。逃奔江南，遙望帝京，「求歸不得去」也，凄苦哀傷，湧上心頭；冬去春來，局勢動蕩，「眞成遭箇春」也，是劫是難，已至目前；愁雲慘淡，物我相染，感時花濺淚，恨別鳥驚心，故云「鳥聲爭勸酒，梅花笑殺人」。這兩句當中的「殺」字，本字「煞」，用在動詞後表示程度深，與「殺人」的「殺」通假，這難免讓詩中充斥著刀光劍影的殺機。很快，隋煬帝於義寧二年三月在江都被部下宇文化及縊殺，應了詩句中「遭箇春」、「笑殺人」之讖。隋煬帝荒誕亡國，本是歷史洪流中的一段插曲，但是具體代入到其詩人身份上，讀者容易設身處地爲其必然的滅頂之災產生同情心理，除了責備其咎由自取之外，還對他多了一分生不逢時的感慨。文學本身蘊含著「詩能窮人」的力量，蘊涵了喜怒哀樂無常人生的溫度，而不是冷冰冰的歷史時間、地點和事件的簡單羅列，體現出讖文學中所包含的「以悲爲美」的審美基礎。

〔註15〕 魏徵：《隋書》卷二十二，前引書，第 639 頁。
〔註16〕 逯欽立：《先秦漢魏晉南北朝詩》隋詩卷三，前引書，第 2673 頁。

第二節　以悲爲美的悲劇社會審美心理

　　凶讖在詩讖中居多，不僅僅有其「以悲爲美」的文學基礎，也有更深層面的社會與心理基礎。「悲劇」作爲文學藝術中重要的美學範疇，自古就是中外文學藝術家們著意關注的主題之一，其原因在於悲劇能夠以強烈和集中的形式與手段來呈現矛盾衝突以及人類的痛苦與死亡等問題，而這些素來無解的問題一直困擾著人類的哲學觀。朱光潛的《悲劇心理學》運用愛德華‧布洛（Edward Bullough）的「心理距離說」對悲劇的快感與惡意、快感與同情、憐憫和恐懼、悲劇的正義感、「情緒的淨化」等方面作了心理學和美學的闡述。他指出，從讀者接受心理來看，悲劇之所以能夠吸引讀者，是因爲在悲劇故事中，主人公比我們強大卻要遭受命運的嘲弄與打擊，而讀者作爲旁觀者，在一定的距離之外欣賞悲劇卻安然無恙便會產生優越感。儘管我們不得不提防，悲劇帶給人們快感的理論前提不可避免地會陷入「人性惡」的爭論，比如尼柯爾（Nicoll）在《戲劇理論》中談悲劇的惡意快感；而與之相對，也有學者認爲悲劇快感是因爲人們同情悲劇中受苦的人，並不認可「性惡論」，比如博克（Burke）在《論崇高與美兩種觀念的根源》認爲悲劇快感來源於人類的同情。由此，作爲局外的讀者也會對遭受苦難的主人公產生同情心，這種同情心，美學上稱之爲「移情」（Enifühlung），即審美關照中的同情模仿。朱先生總結道：「同情就是把我們自己與別的人或物等同起來，使我們也分有他們的感覺、情緒和感情。過去的經驗使我們懂得，一定的情境往往引起一定的感覺、情緒或感情；當我們發現別的人或物處於那種特定情境時，我們就設身處地，在想像中把自己和他們或它們等同起來，體驗到他們或它們正在體驗、或我們設想他們或它們正在體驗的感覺、情緒或感情。」〔註17〕當讀者讀到凶讖時，也會有相似的心理反應。鄭處誨《明皇雜錄》卷下：

> 　　李遐周者，頗有道術，唐開元中，嘗召入禁中，後求出，住玄都觀。唐宰相李林甫嘗往謁之，遐周謂曰：「若公存則家泰，歿則家亡。」林甫拜泣，求其救解。笑而不答，曰：「戲之耳。」天寶末，祿山豪橫跋扈，遠近憂之，而上意未寤。一旦遐周隱去，不知所之，但於其所居壁上題詩數章，言祿山僭竊及幸蜀之事，時人莫曉，後

〔註17〕　朱光潛：《悲劇心理學——各種悲劇快感理論的批判研究》，臺北：駱駝出版社，2001 年，第 57 頁。

> 方驗之。其末篇曰：「燕市人皆去，函關馬不歸。若逢山下鬼，環上
> 繫羅衣。」「燕市人皆去」，祿山悉幽薊之眾而起也；「函關馬不歸」
> 者，哥舒翰潼關之敗，匹馬不還也；「若逢山下鬼」者，馬嵬蜀中驛
> 名也；「環上繫羅衣」者，貴妃小字玉環，馬嵬時，高力士以羅巾縊
> 之也。其所先見，皆此類也。〔註18〕

這則材料在唐代是非常有名的故事，《太平廣記》、《古諺謠》等都有相關的引述。這則故事中，李遐周是一位知名術士，具有溝通天人、傳達天意的能力，他把安史之亂和貴妃之死都歸咎為命中注定。中國傳統思維信奉「天機不可泄露」，如果泄露天機會招致殺身之禍，所以他以模糊性的詩歌語言為載體，揭示即將發生的悲劇。他留在其所居壁上的題詩，被看作是詩讖。顯然，他的詩同時蘊含了國事與人事兩方面的悲劇，國破、家亡、人死，都被囊括其中，預言了一個即將到來的災難，是一則凶讖。其中最讓讀者津津樂道的，是楊玉環的悲劇命運。簡而言之，美好的人或事的毀滅就是悲劇，魯迅曾說：「悲劇將人生有價值的東西毀滅給人看。」〔註19〕悲劇的毀滅力量，能夠出奇地引人振奮，而振奮之餘又讓人心有餘悸，心生恐懼，拜倒在不可抗拒的自然力之下。詩讖中楊玉環的悲劇命運就是一種毀滅，而這種毀滅折射出的是古代中國「紅顏禍水」思維影響下女人對於自身命運的無奈與無助，女人要為王朝興衰承擔本應帝王擔負的社會責任，彷彿只有這些禍國殃民的「女禍」被消滅了，王朝方有重振雄風的中興希望。然而，楊玉環和李隆基之間的愛戀卻是真摯的，超越了帝王宮妃之間傳統的虛情假意，為大眾所接納、認可，甚至祝福，後世諸如《長恨歌》、《梧桐雨》、《長生殿》等詩文曲賦，都毫不吝惜地讚美二人之間的感情。然而，正如李商隱《馬嵬》詩云：「如何四紀為天子，不及盧家有莫愁。」〔註20〕君臨天下的一國之主，竟然連自己心愛的女人都保護不了，讓她成為了戰爭起因的替罪羊，這不禁讓人為楊玉環的殉難掬一把同情之淚。詩讖不僅傳達了「死生有命」的宿命觀，甚至描述了楊玉環之死的具體細節，呈現出未知神秘力量的強大與無情。讀者在讀

〔註18〕鄭處誨撰，田廷柱校：《明皇雜錄》卷下，北京：中華書局，1997 年，第 33
頁。

〔註19〕魯迅：《再論雷峰塔的倒掉》，《墳》，《魯迅全集》第一卷，北京：人民文學出
版社，1998 年，第 192 頁。

〔註20〕李商隱：《馬嵬》，劉學鍇、余恕誠注：《李商隱詩歌集解》，前引書，第 336
頁。

這類讖文學的時候，心裏自然而然地會為楊玉環之死而感到惋惜，這種感情就是孟子所說的「惻隱之心」。重要歷史人物的灰飛煙滅是悲壯的，紅顏美人的香消玉殞也是悲壯的，這種悲壯的力量來源於悲劇的崇高與壯大。

　　重要人物的命運決定甚至改變了歷史的走向，那麼普通民眾的悲劇命運又是如何？《太平廣記》引《唐闕史》：

　　　　唐盧駢員外，才俊之士。忽一日晏抵青龍精舍，休僧院，詞氣淒慘，如蓄甚憂，其呼嗟往復於軒檻間，僧問不對。逮夜將整歸騎，徘徊四顧，促命毫硯，題於南楣曰：「壽夭雖云命，榮枯亦太偏；不知雷氏劍，何處更衝天。」題畢，草草而去。涉旬出官，未逾月卒。其詩至今在院，僧逢其人，輒話其異。〔註21〕

古人解釋詩讖常常把詩歌氣格和詩人命運聯繫在一起，運用氣象論解釋詩讖的這種風氣亦早已有之，故總結曰：「詩之作也，窮通之分可觀：王建詩寒碎，故仕終不顯；李洞詩窮悴，故竟不第；韋莊詩壯，故至臺輔；何瓚詩愁，未幾而卒。」〔註22〕這則材料中，盧駢本是「才俊之士」，但其在青龍精舍的表現卻很反常，「詞氣淒慘，如蓄甚憂」，似乎想要釋放內心的苦悶卻找不到合適的途徑。他的寺壁題詩似乎暗示了他對仕途和生命的憂患。「壽夭」，原指長命與夭折，語本《莊子・應帝王》：「鄭有神巫曰季咸，知人之死生存亡，禍福壽夭」〔註23〕，後引申為壽限，「壽夭雖云命」，有盧駢似乎知道自己命不久矣的意味。「榮枯」，原指草木茂盛與枯萎，後比喻人事的盛衰窮達，「榮枯亦太偏」，「太偏」二字又暗指仕途的不順。開頭兩句就連犯了惠洪所總結的幾大「詩忌」——貧賤事、衰老事、疾病死亡事。儘管後兩句提到「雷氏劍」、「更衝天」，試圖重振詩力，一扭頹靡。雷氏劍典出《晉書・張華傳》，傳說三國吳未滅時，斗、牛二星之間常有紫氣。及吳被滅，紫氣愈明。豫章人雷煥妙精緯象，知紫氣為豫章豐城寶劍之精。尚書令張華遂補雷煥為豐城令，密令覓之。煥至任，得雙劍，一曰龍泉，一曰太阿。是夕紫氣不復見。及張華、雷煥死，兩劍化龍飛去〔註24〕。此典活用，有「不愁明月盡，自有

<hr />

〔註21〕李昉：《太平廣記》卷一百四十四，前引書，第1038頁。
〔註22〕阮閱撰，周本淳校：《詩話總龜》卷五引《鑒誡錄》，前引書，第53頁；文淵閣四庫全書本何光遠：《鑒誡錄》卷九，前引書，第917頁，與《詩話總龜》文字出入較大。
〔註23〕莊周撰，陳鼓應注：《莊子今注今譯》內篇，前引書，第220頁。
〔註24〕房玄齡：《晉書》卷三十六，前引書，第1075～1076頁。

夜珠來」〔註 25〕的轉合，但畢竟還是涉及到死生有命的宿命觀，雷煥死後，劍亦失之，也並非吉兆。盧駢的結局是——「涉旬出官，未逾月卒」，印證了悲劇發生的必然性。

我們之前解讀過孟郊詩讖現象也包含這樣的情形，孟郊詩歌氣格「思苦奇澀，讀之每令人不懂」〔註 26〕，登科後寫出「春風得意馬蹄疾，一日看盡長安花」而氣數用盡，解詩者聯繫孟郊的仕途闡釋其詩，自然而然地就得出仕途悲劇的結論。從接受視野來看仕途凶讖，其讀者多爲古代文人，文人仕途的窮達往往決定了他們的政治理想。讀者在讀到文人仕途悲劇的同時會經歷一個移情的過程，以己比人，把自己代入爲故事中的主人公，從而憂人憂己，產生閱讀的快感。詩人仕途的悲劇所帶給讀者的這種悵然若失的快感，是建立在文人關心仕途的共同心理基礎和古代天命觀念的社會基礎之上的。朱光潛《悲劇心理學》說審美距離要恰到好處，讀者一旦拉開了自己與故事主人公的距離，他們就會跳出故事之外來理智地看待凶讖，將這些凶讖視爲「前車之鑒」，爲求得一個完滿的仕途而在自身的詩歌創作中不越雷池半步〔註 27〕。叔本華在談悲劇與人世的痛苦時說：「在任何不幸和苦難中，一想到其他人比你自己身處在更加惡劣的困境中，這不諦是一劑最好的安慰藥，這種安慰適宜於每一個人。」他認爲世界就是一個大的悲劇舞臺，「生存的全部痛苦就在於，時間不停地在壓迫著我們，使我們喘不過氣來，並且緊逼在我們身後，猶如持鞭的工頭」〔註 28〕。藝術將這種悲劇性表現出來，使讀者從中得到慰藉而從人生苦海中得到解脫。同樣地，讖文學也將這種悲劇性表現出來，詩讖中那些以悲劇收場的文人們正是這個悲劇世界的眞實反映之一。詩人的悲劇人生因不完美而更具震撼力，所以無論是仕途的悲劇，還是生命的悲劇，抑或是情感的悲劇，都能給讀者帶來更具衝擊力的審美體驗，也因此更能吸引讀者。

〔註 25〕 宋之問：《奉和晦日幸昆明池應制》，陶敏注：《宋之問集校注》卷二，北京：中華書局，2006 年，第 480 頁。

〔註 26〕 辛文房撰，傅璇琮注：《唐才子傳校箋》第二冊，前引書，第 512 頁。

〔註 27〕 朱光潛：《悲劇心理學——各種悲劇快感理論的批判研究》，前引書，第 23～25 頁。

〔註 28〕 叔本華撰，范進、柯錦華譯：《叔本華論說文集》，北京：商務印書館，2000 年，第 416 頁。

第三節　死讖：敬畏生命的死亡觀

在論及生死的問題上，儒家的立場是「未知生，焉知死」〔註29〕，側重強調「生」的社會價值；與此相反，道家人物莊子的立場是「相忘以生，無所終窮」〔註30〕，強調從自然意義上「齊生死」；佛教則創建生死輪迴和來世觀念消解生死界限，教導世人在現世修持、積德行善以求得輪迴轉世的福祉。從古至今，對生死問題的討論從未停歇過，儒、釋、道作爲中國文化的主導因子，用各自的觀點看待生死的問題。而在地球的另一端，西方哲人也從未停止過對生死觀的探索，柏拉圖（Plato）和蘇格拉底（Socrates）皆主張「靈魂不死論」，即死亡是不死的靈魂離開肉體重獲釋放的經歷；亞里斯多德（Aristotle）否認「靈魂不死」，但強調「理性不死」，人們應當追尋這種理性從而使自己獲得不朽；康德（Kant）對生死的看法是，人生應該把關注點放在理想的實現上，全力以赴，唯有如此生命才能充滿動力；尼采（Nietzsche）對待生死的學說即獨特的「超人哲學」，既能超越生死、克服人生苦難，也能同情萬物，回歸大地；海德格爾（Heiddger）認爲人生觀即人死觀，人生不可避免地要走向死亡，但人們應當在平日裏盡職盡責，以積極的態度面對生死〔註31〕。由此可見，古今中外的哲學家都把生死視爲人生的重大課題，從而不斷探索得出各自對生死的看法。

讖文學作爲詭譎的神秘主義和文學相結合的產物，其中存在著大量有關死讖的記載。這些死讖源於一個重要的主題，即死亡。人生終究難逃死亡的威脅，這是擺在人類面前的終極困境，不論是自然死亡還是非正常死亡，就像一張無形的網，籠罩在人們的頭頂揮之不去，正如德國哲學家卡西爾（Cassirer）所說：「對死亡的恐懼無疑是最普遍最根深蒂固的人類本能之一。」〔註32〕這種人類普遍的情感體驗，較爲集中地體現在讖文學中。《朝野僉載》：

> 瀛州饒陽人宋善威曾任一縣尉，嘗晝坐，忽然取鞋衫笏走出門，迎接拜伏引入。諸人不見，但聞語聲。威命酒饌樂飲，仍作詩曰：「月

〔註29〕何晏注，邢昺疏：《論語注疏》《論語注疏》卷十一，阮元：《十三經注疏》，前引書，第 2499 頁。

〔註30〕莊周撰，陳鼓應注：《莊子今注今譯》內篇，前引書，第 193 頁。

〔註31〕馮滬祥：《中西生死哲學》，新北：博揚文化事業有限公司，2001 年，第 127～309 頁。

〔註32〕恩斯特‧卡西爾撰，甘陽譯：《人論》，上海：上海譯文出版社，1985 年，第 111 頁。

落三株樹，日映九重天。良夜歡宴罷，暫別庚申年。」後威果至申
年卒。〔註33〕

讖文學在談到死亡的時候，大都流露出對死亡的極度恐懼，乃至形成杯弓蛇
影、草木皆兵的心理暗示，加速死亡悲劇的降臨，從而反映出古人樸素的生
死觀。在宋善威的例子中，他對死亡的恐懼感源自生命的短暫、渺小與脆弱，
在自然界無限的時空中，人的生命稍縱即逝，正如莊子所說「人生天地之間，
若白駒之過隙，忽然而已」〔註34〕，與未生之前和已死之後的時間比起來，
人活在世上的光陰實在少得可憐，更何況這本已短暫得可憐的生命，卻因一
句「暫別庚申年」的詩戛然而止。在這個狹小而迫促的世界，有如此多的禁
忌不可觸碰，那張無形的高壓密網，籠罩在生民們的周遭，令人束手束腳、
膽戰心驚。

與廣闊夐絕的宇宙時空相比，作為個體存在的人的生命顯得異常卑微和渺
小。聞一多曾用「宇宙意識」來講解唐詩《春江花月夜》，「宇宙意識」即是將
作者的詩句和亙古不息的宇宙時空聯繫起來，這樣解詩會更加凸顯人的渺小
〔註35〕。宋善威詩中的前兩句「月落三株樹，日映九重天」，雖然僅是對日月
的描寫，但蘊含了人力不可抗拒的力量，其所彰顯的，就是聞一多所談到的「宇
宙意識」，兩句詩形成對個體綿渺生命的背景式的擠壓。即是詩讖中主角宋善
威的生命已然終結，但月亮仍舊掛在樹枝上，太陽依舊照耀著天地，亙古未變，
印證著「天行有常，不為堯存，不為桀亡」〔註36〕的道理。作為個體的人被放
置於廣闊的宇宙時空視域下，顯得微乎其微甚而無足輕重，這會讓人感到無
助、自卑與絕望，對生命敬畏的情感體驗加劇了人們對死亡的恐懼。

詩的後兩句「良夜歡宴罷，暫別庚申年」，則寓意了人生無常的輪迴。中
國人歷來信奉「日中則昃、月滿則虧」的辯證邏輯。張愛玲在翻譯海明威名
著《老人與海》時，將其中一句 It is too good to last，譯為「事情本來太好了，
決不能持久的」〔註37〕。這其中所反映出來的思想，就是盛極而衰的歷史必

〔註33〕張鷟撰，趙守儼校：《朝野僉載》卷六，前引書，第 146 頁。
〔註34〕莊周撰，陳鼓應注：《莊子今注今譯》外篇，前引書，第 570 頁。
〔註35〕聞一多：《宮體詩的自贖》，《唐詩雜論》，前引書，第 22 頁。
〔註36〕荀況撰，王先謙注：《荀子集解》卷十一，臺北：世界書局，1978 年，第 205
頁。
〔註37〕海明威撰，張愛玲譯：《老人與海》，北京：十月文藝出版社，2012 年，第 64
頁。

然性。良辰美景、賞心樂事，之後便是拋物線式的盛極而衰，注定是悲劇的結局在等待。「暫別」，既有分離的意思，也有辭世的引申義，「庚申年」則明確了「死亡」的時間，這是所有古代中國讀者共同的閱讀期待。最後的結局是「果至申年而卒」，「果」字值得玩味，夾帶著一種充滿死亡氣息的不可抗力量。

此外，死讖還有一個基本共性，即人的死亡並非壽終正寢，而是遭遇不測的非正常死亡，將人的死亡原因歸咎於帶有神秘主義色彩的讖緯力量上。這類文人詩讖非常之多，且看《老學庵筆記》：

> 李後主《落花詩》云：「鶯狂應有限，蝶舞已無多。」未幾亡國。
> 宋子京亦有《落花詩》，云：「香隨蜂蜜盡，紅入燕泥乾。」亦不久
> 下世。詩讖蓋有之矣。〔註38〕

李煜和宋祁都是因爲自己的詩句「自讖」而死。就詩藝而言二詩皆本是好詩，但被貼上了讖的標籤，強調衰敗、寥落的自然意象。李煜亡國，宋祁喪命，似乎都被歸咎爲讖文學的預測魔力。翻檢正史可見，李煜身爲亡國之君，生命的最後時刻受盡屈辱，最後被投毒致死，完全喪失了國君的尊嚴，曾經有過的歌舞昇平都恍若南柯一夢。但是宋祁，壽六十四，在當時實屬高壽，但其詩風所流露出來的死亡恐懼體驗，也似乎必須要找到注腳。《宋史·宋祁傳》云：「以羸疾請便醫藥，入判尚書都省。逾月，拜翰林學士承旨，詔遇入直許一子主湯藥。復爲群牧使，尋卒」〔註39〕，這才完成了讖言詩的應有期待：他們都必須死於非命。

李煜、宋祁都是名盛於世的文人，他們的生死宿命易爲好事者所曲解發揮，那麼，在讖文學中普通士人對死亡的恐懼體驗是否也會如此強烈呢？《太平廣記》引《前定錄》：

> 韋泛者，不知其所來。大曆初，罷潤州金壇縣尉。客遊吳興，
> 維舟於興國佛寺之水岸。時正月望夜，士女繁會。泛方寓目，忽然
> 暴卒。縣吏捕驗，其事未已。再宿而甦，云：「見一吏持牒來，云：
> 『府司追。』遂與之同行。約數十里，忽至一城，兵衛甚嚴，入見
> 多是親舊往還。泛驚問吏曰：『此何許也？』吏曰：『此非人間也。』

〔註38〕陸游撰，李劍雄、劉德權校：《老學庵筆記》卷四，北京：中華書局，2005年，第52頁。
〔註39〕脫脫：《宋史》卷二百八十四，前引書，第9598頁。

泛方悟死矣。俄見數騎呵道而來，中有一人，衣服鮮華，容貌甚偉。泛前視之，乃故人也，驚曰：「君何爲來此？」曰：「『爲吏所追。』其人曰：『某職主召魂，未省追子。因思之曰：『嘻，誤矣！所追者非追君也，乃兗州金鄉縣尉韋泛也！』遽叱吏送之歸。泛既喜得返，且恃其故人，因求其祿壽。其人不得已，密謂一吏，引於別院，立泛於門。吏入，持一丹筆來，書其左手曰：『前楊復後楊，後楊年年強。七月之節歸玄鄉。』泛既出，前所追吏亦送之。」既醒，具述其事。沙門法寶好異事，盡得其實，因傳之。後六年，以調授太原楊曲縣主簿，秩滿至京師。適遇所親與鹽鐵使有舊，遂薦爲楊子縣巡官，在職五年。建中元年，六月二十八日，將赴選，以暴疾終於廣陵旅舍，其日乃立秋日也。〔註40〕

韋泛是一位名不見經傳的普通文人，其對死亡的抗拒代表了大眾心理。他先是「暴卒」，之後「再宿而甦」，這種死而復生的情節，是中國古典文學中尤其是小說中常見的文學母題，例如《還魂記》、《牡丹亭》、《鏡花緣》等。這也在某種程度上反映了古人樸素的生死觀，表現出人們貪生惡死的普遍心態。中國人篤信有獨立於人世的陰間世界，可以通過某種溝通實現對陰間世界的一些預知，比如《西遊記》孫悟空勇闖閻羅殿，勾畫掉自己名字的情節，引起了古今讀者的廣泛共鳴。在這則讖言詩中，彼岸世界傳達旨意的「故人」，「衣服鮮華，容貌甚偉」，顯然在陰間世界頗爲得勢，他爲韋泛帶來一些關於仕途與生死的暗示與線索，卻不許一語道破。「前楊」、「後楊」代指其爲宦之地，前爲楊曲，後爲楊子（當是「陽曲」、「揚子」，讖文學在形音義上慣用的偷梁換柱法），「七月之節」，在讖言詩中被指派給「立秋」（若是理解七月乃中元節的習俗，亦未嘗不可）。讖文學的讖性，是要求主角「非正常死亡」，即使先前逃過一劫，延長壽祚，但最終仍難逃一死，且多以「暴疾」的方式。

　　古代人民受限於認知水平，其蒙昧的世界觀導致他們喜言讖緯，並將無法解釋的非正常死亡一律歸結於神秘主義或者宿命。人的生命本就短暫渺小且無比脆弱，在浩瀚無垠的宇宙時空視野下，人生好比滄海一粟，而這短暫的人生頭頂上還盤桓著一片神秘主義的陰雲，更加劇了人們對死亡的敬畏，這正是「死讖」盛行於讖文學現象的主要原因。

〔註40〕李昉：《太平廣記》卷一百四十九，前引書，第1076頁。

第四節　夢讖：託夢言志的文藝觀

　　儘管現代自然科學日趨成熟，心理學尤其是精神分析學對夢都有一定的闡釋，本書第四章第四節已有闡述，但本章側重從文藝美學角度重新審視這一題材。在自然科學興起之前，人們對夢的理解，往往依靠挖掘夢境與現實的聯繫，「把它看作是上蒼力量——惡魔的力量和神靈的力量給予的善意或惡意的表示」〔註41〕。在中國傳統文化中，周公往往是幫助人們瞭解自己夢境的主角，是人與神意之間的重要傳達者，是可以窺探天機的神秘人物，連孔子都對他深信不疑，說「久矣吾不復夢見周公」〔註42〕。《周公解夢》是我國民間一部影響深遠的探析夢境的重要文獻，千百年來口耳相傳。按照《周公解夢》的思路，夢是上蒼給做夢者未來利害的暗示，做夢者可以通過夢境中的提示來預知未來。譬如，夢中出現棺材，意味著做夢者會在不久的將來陞官發財。顯然，中國式解夢多是人們的臆度，並沒有任何科學依據，是人們對於未知力量的迷信和曲解。人們狂熱地崇信未知的神秘力量，源於人們對夢的無知與敬畏。在我國古典文學中，跟夢有關的作品很多，諸如莊周夢蝶、黃粱美夢、南柯一夢、臨川四夢、紅樓夢等等，這些文學經典都跟夢境有關。

　　讖緯本身是一種帶有預見性的文化現象，同樣地，夢在中國文化中也有著相似的預示功能，二者的聯姻結合，凸顯了中國神秘文化的詭秘色彩。夢是許多讖文學的物質外殼，讖文學借助夢的形式來實現和昭示自身的神秘力量。顯然，夢的預見性被解讖者刻意利用，造成了中國神秘文學中的託夢言志文藝觀的廣泛流行。《古今類事》引《脞說》云：

> 范仁恕，字超光，盧質辟為同州錄事參軍，經蒲津浮梁，有釣師鬻一大魚，鱗鬣頗異，乃市而放之河流。一夕，夢鐸舍中廳西俱變為水，有朱衣人自水中出，捧詩一首以獻，云：「感公脫蒲津之厄，惟公富貴壽考固已前定，更不敢言，今報公它日之事。」詩云：「欄馬遇孫陽，超光力自強。北林花正發，西江彩筆香。萬彙須經手，千年事更長。感君施大惠，從此佐吾皇。」後果為先主辟入蜀。孟氏據兩川，自御史中丞拜左僕射平章事，凡十六年在位，授太子太保致仕，壽八十七歲。〔註43〕

〔註41〕弗洛伊德撰，孫名之譯：《釋夢》，北京：商務印書館，1996年，第624頁。
〔註42〕何晏注，邢昺疏：《論語注疏》卷七，阮元：《十三經注疏》，前引書，第2481頁。
〔註43〕委心子：《新編分門古今類事》卷六，前引書，第91頁。

《十國春秋》有范仁恕傳：

> 范仁恕，廣政中官御史中丞。時封建諸王，以仁恕爲夔王册使，仁恕以職居風憲，不宜持節藩邸，請免。俄拜中書侍郎，兼吏部尚書、同平章事。會成都水災，奉詔禱青羊觀，卒。〔註44〕

范仁恕當過後蜀宰相，「孟氏據兩川，自御史中丞拜左僕射平章事」，小說家言在史書中可謂歷歷有據。他的仕途命運，與他拯救大魚而所得到的一些回饋型的暗示相合。「欄馬遇孫陽」，化用伯樂的典故，《莊子·馬蹄》：「及至伯樂，曰：『我善治馬』」〔註45〕；陸德明《釋文》：「伯樂姓孫名陽，善馭馬。石氏《星經》云：『伯樂，天星名，主典天馬。孫陽善馭，故以爲名。』」〔註46〕「超光力自強」，超光，傳說中的駿馬，王嘉《拾遺記·周穆王》：「王馭八龍之駿：……六名超光，一形十影。……」〔註47〕「超光」又恰好跟主人公的名字相重合。「北林花正發，西江彩箋香」，北林，阮籍《詠懷詩》：「孤鴻號外野，翔鳥鳴北林」〔註48〕，泛指北方，西江，《莊子·外物》：「我且南遊吳越之土，激西江之水而迎子，可乎？」成玄英疏：「西江，蜀江也。」〔註49〕這句似乎勾勒了范仁恕從北方同州到西鄙蜀州的仕宦軌迹。「萬彙須經手」，萬彙，即萬物、萬類，暗示其未來的一人之下、萬人之上的總理型官職，「千年事更長」，千年，暗扣千歲，預示其輔佐的只能是偏安一隅的王侯型的君主。「感君施大惠，從此佐吾皇」，最後較爲明顯地說明了述詩的原由並給予祝福，同時表明了政治立場，視蜀爲正統。

受到傳統陰陽思想潛移默化的影響，宿命論在普通民眾的思想中根深蒂固，凡事皆如天定，人力不可違抗，富貴壽考固已前定。一切事物的興衰成敗似皆有定數、命中注定，並通過一定的預兆中顯示出來，抹煞了人的主觀能動性；但另一方面，讖言由天及人，雖有定數，但中國傳統奉行「諸善奉行、諸惡莫作」的行爲準則，思想模式導向「善有善報、惡有惡報，不是不

〔註44〕 吳任臣：《十國春秋》卷五十二，前引書，第 776 頁。
〔註45〕 莊周撰，陳鼓應注：《莊子今注今譯》外篇，前引書，第 244 頁。
〔註46〕 陸德明撰，黃焯校：《經典釋文匯校》卷二十七，北京：中華書局，2006 年，第 763 頁。
〔註47〕 王嘉：《拾遺記》卷三，《漢魏六朝筆記小說大觀》，上海：上海古籍出版社，1999 年，第 509 頁。
〔註48〕 阮籍：《詠懷詩》，陳伯君注：《阮籍集校注》卷下，北京：中華書局，2012 年，第 210 頁。
〔註49〕 莊周撰，陳鼓應注：《莊子今注今譯》雜篇，前引書，第 705～706 頁。

報，時辰未到」的傳統心理結構，也是值得注意的現象。儘管「天機不可泄露」，但是在哲學精神的引領下，人畢竟還得有所抗爭，不能完全地聽天由命，任之擺佈，要想方設法地尋求一些暗示，儘其所能地趨利避害，這也在某種程度上顯示出中華民族審美心理的功利性。

夢讖與死讖常常交織融合，例如《太平廣記》引《聞奇錄》：

> 蘇檢登第，歸吳省家，行及同州澄城縣，止於縣樓上。醉後，夢其妻取筆硯，篋中取紅牋，剪數寸而爲詩曰：「楚水平如鏡，周迴白鳥飛。金陵幾多地，一去不知歸。」檢亦裁蜀牋而賦詩曰：「還吳東去下澄城，樓上清風酒半醒。想得到家春欲欲原作巳，據明抄本改。暮，海棠千樹巳凋零。」詩成，俱送於所臥席下。又見其妻笞檢所挈小青極甚。及寤，乃於席下得其詩，視篋中紅牋，亦有剪處。小青其日暴疾。已而東去，及鄂岳已來，捨陸登舟，小青之疾轉甚。去家三十餘里，乃卒。夢小青云：「瘞我北岸新塋之後。」及殯於北岸，乃遇一新塋，依夢中所約瘞之。及歸，妻巳卒。問其日，乃澄城縣所夢之日。謁其塋，乃瘞小青墳之前也。時乃春暮，其塋四面，多是海棠花也。〔註50〕

在上一節已經提及，死讖所反映的生死觀念是人類所面臨的共同的生命哲學問題。這則讖言詩與之前所闡釋的死讖觀的不同之處在於，它將夢境作爲讖語來源的手段，增強讖文學的詭秘性，而死讖的「死」，是讖的終極目標。這則讖言詩極富傳奇色彩，主人公蘇檢在夢中與妻子和詩，詩中「一去不知歸」、「海棠千樹巳凋零」，皆深蘊不祥之氣，等他回到家的時候發現妻子已死，而死期正好就是他做夢對詩的那天，並且，夢詩中的情景與妻子墳塋之況驚人地相似；另外，故事中還穿插著蘇檢身邊侍妾（或是侍妓）小青的命運情節，活生生的就是一部情節跌宕的小說。我們似可推斷唐傳奇有向讖文學取材的迹象。如果孤立地看這兩首詩，其詩意仍然不脫春花秋月、離愁別恨的傳統意境，並無出眾之處，而且事實上也很難從中把握其要傳遞的具體信息。只有聯繫其妻、妾的辭世及其墳冢等相關信息，才能「恍然大悟」地發現其中的關聯，這也是很多讖文學的共性，即斷章取義之後再移置到另外的上下文當中去，令讖言詩的解讀產生歧義，導向讀者所期待的結果。

從上述讖文學材料裏不難發現，詩讖中夢境出現的頻率很高，故事作者

〔註50〕李昉：《太平廣記》卷二百七十九，前引書，第 2223～2224 頁。

強調讖與夢結合的事實與蘊含其中的神秘力量，這些夢讖中的夢境就像冥冥中上天予人泄露的天機，作爲解開詩讖的一把密鑰，似乎可以由此揭開其神秘的面紗，探究現象背後的本質。夢境頻繁出現的意義在於製造神秘詭異性，爲原本神秘難解之力量增添砝碼。同時，夢境也是窺探人們內心的一面雙棱鏡，讖文學中的夢境是古代人們夢的迷信的反映。由此可見，中國式的夢讖現象，是一種託物言志的文藝觀，解夢者借助夢與讖的雙重神秘力量，把原本無稽的現象或聯繫合理化，力求找到一種安身立命的導引力量，將中國式夢讖的審美性引向功利性，從而在闡釋上佔得先機。

第五節　中西方思維下的讖美學精神差異

　　西方美學意義上的悲劇精神強調人對不可違事物（例如命運、性格等）的抗爭，這種抗爭在強大的力量面前顯得渺小而脆弱，雖然最終以失敗告終，但卻展示出「悲劇美感」，即「悲劇精神」，如朱光潛《悲劇心理學》所說：「對悲劇說來緊要的不僅是巨大的痛苦，而且是對待痛苦的方式。沒有對災難的反抗，也就沒有悲劇。引起我們快感的不是災難，而是反抗」。〔註51〕如果照搬西方悲劇理論，之於中國讖文學的美學精神分析就會陷入死角，因爲中國凶讖中的主人公面對神秘力量的時候幾乎完全沒有招架之力，更遑論抗爭！「悲劇」從古希臘悲劇中產生，隨著西方文學及其理論的發展不斷豐富自身的內涵。20 世紀以來，隨著西方文藝理論傳入中國，悲劇美學這一概念在與中國傳統文學與文藝理論相互融合時發生了排異，比如，中國古代文學中到底有沒有西方意義上的悲劇，一直都是學界爭論的熱點之一。

　　美學範疇上的悲劇是由悲劇意識與悲劇精神二者共同構成的，相較於西方悲劇中的人物，中國讖文學中的人物缺少抗爭的鬥志和行爲，也即是說，凶讖缺少西方美學中的悲劇精神。古希臘神話中，普羅米修斯（Prometheus）因爲幫助人類盜取火種而被宙斯鎖在山崖上，每天遭受老鷹的啄食，但普羅米修斯拒不承認自己的錯誤，勇敢地承擔著這份苦難。在索福克勒斯（Sophocles）的悲劇《伊底帕斯王（Oedipus the King）》中，伊底帕斯接受了阿波羅的神諭，但終究逃不掉弒父娶母的命運，最終不得不刺瞎自己的雙眼來抗爭自身的命運。在莎士比亞（Shakespeare）的悲劇《哈姆雷特（The

---

〔註51〕朱光潛：《悲劇心理學——各種悲劇快感理論的批判研究》，前引書，第 209 頁。

Tragedy of Hamlet）》中，哈姆雷特由於自身性格的缺陷，錯失了多次爲父報仇的機會，最終中毒劍而死。在這些西方經典悲劇中，劇中人物對自身遭受的苦難都有著強烈的反抗意識，不論是伊底帕斯王刺瞎自己雙眼並自我流放，還是普羅米修斯認同自己的行爲並勇於承受啄心之痛，抑或是哈姆雷特對自己語言與行動的內心獨白與反省，都體現出西方悲劇人物的反抗精神，正是這種反抗，構成了悲劇美學中的悲劇精神。

相反地，中國式凶讖中的人物面對自身的悲慘命運時，似乎缺少這樣的抗爭精神。在強大而神秘的未知力量面前，命運的輪盤不給人們絲毫喘息的機會，個體顯得渺小至極，連抗爭的意識和行爲都沒有來得及產生便以悲劇收尾。這是作爲中式悲劇的凶讖與西方悲劇最大的精神差異。王富仁先生指出，「這種悲劇意識和悲劇精神的分化及二者之間的複雜組合，帶來了中國悲劇美學特徵的複雜性，同時也帶來了全部中國文學審美特徵的複雜性」〔註52〕，凶讖的悲劇意識在於人與未知力量的對立上，正因爲這力量未知且神秘，因而顯得格外強大，所以在這種力量絕對失衡的對立中，渺小的人類永遠不可能戰勝天意及讖緯。此外，凶讖中的人物在解碼這股神秘力量的時候一般顯得苦乏對策，極少能夠把握住與命運抗爭的機會，在災難降臨時才有所覺悟或反應，但爲時已晚。這也決定了凶讖中的人物難以擺脫自己的宿命之災，從而促成其無法抗爭的悲劇結果，故而談不上具備西方悲劇式人物的抗爭精神，也缺少西方美學意義上的悲劇精神。例如，《北夢瑣言》卷十：

> 先是，路巖相自成都移鎮渚宮，所乘馬忽作人語，且曰：「蘆荻花，此花開後路無家。」不久及禍。然畜類之語，豈有物憑之乎？石言於晉，殆斯比也。〔註53〕

「石言於晉」典出《左傳》：「（昭公）八年，春，石言于晉魏榆（晉地）。晉侯問於師曠曰：『石何故言？』對曰：『石不能言，或馮（憑）焉（謂有精神憑依石而言）。不然，民聽濫（失）也。抑臣又聞之曰：作事不時，怨讟動于民，則有非言之物而言。今宮室崇侈，民力彫盡，怨讟並作，莫保其性。石言不亦宜乎？』」〔註54〕可見，在傳統中國天人感應思想的影響下，「作事不

〔註52〕 王富仁：《悲劇意識與悲劇精神（上篇）》，載《江蘇社會科學》，2001 年第 1 期，第 116 頁。

〔註53〕 孫光憲撰，賈二強注：《北夢瑣言》卷十，前引書，第 225 頁。

〔註54〕 杜預注，孔穎達正義：《春秋左傳正義》卷四四，阮元《十三經注疏》，前引書，第 2052 頁。

時，怨讟動于民，則有非言之物而言」，就是上天給予的警示。在這則讖文學中，主人公路巖相也遇到了怪事，「非言之物而言」，坐騎竟然開口說人話，以一則暗嵌「路」的複義性的韻語來預警，但是路巖相並沒有意識到自身與讖緯的對立，沒有感受死亡的直接威脅，或者說即便感受到了怪異，但是亦無從準備，來採取任何對命運的抗爭的行為，也並不知曉抗爭的對象。「旬日而歿」，暗示了凶讖的來勢洶洶，不管路巖相是否作了預先防備，他的結局都是死亡。再如之前引用過的劉希夷詩讖之例，劉希夷的反應是「此句復似向讖矣，然死生有命，豈復由此」〔註55〕，他對待預警也是消極被動的。讖緯將人的力量擠壓到最小的程度，其力量之強大不言而喻。面對苦難，西方悲劇中的人物知道自己要抗爭的對象，或是命運，或是強權，而凶讖中的人物卻不知道自己要抗爭的是何物，災難就突然降臨到人們的頭上。綜上所述，造成中式凶讖與西方悲劇美學精神差異的原因就在於悲劇意識和悲劇精神的分化。

（陳科龍、周睿）

〔註55〕劉肅撰，許德楠校：《大唐新語》卷八，前引書，第128頁。

第九章　讖文學的生成與傳播機制

　　讖文學創作作爲中國古典文學創作的一支，有其獨特的類型文學的思想內容表達；在形式上，則受到文學創作的一般修辭規則的影響，這與先秦以來漢語修辭不斷完善、文學形態不斷豐富息息相關。此外，讖文學獨特的傳播過程也是方興未艾的研究話題。然而，學界在歸納讖文學特徵時，卻相對忽視了讖文學的生成與傳播機制這個問題，反而更多地受到唯物主義史觀的影響，把研究重點放在了對其迷信與荒誕表象的駁斥上。本章將以讖文學語言結構方法中蔚爲大宗的雙關與析字兩種修辭方式，對讖文學的語言結構進行考察，探究讖文學的生成機制，並對傳讖與解讖的心態加以分析，從而描摹出讖文學傳播的一般過程。

第一節　生成讖文學的修辭格之漢語史釋義與梳理

　　雙關與析字都是漢語修辭格中的重要內容，前輩論述雖然有異，但大都給出了經典定義，以下僅就一般意義上的雙關與析字定義，來對讖文學的語言結構進行分析，一方面能爲理解讖文學的豐富內涵提供重要工具手段，進而重估讖文學在文學發展中的作用和地位，另一方面也可附帶審視雙關與析字作爲修辭格在讖文學中的運用，來作二種修辭格之內涵穩定性與定義經典化的語言學案例考察。

（一）雙關的語言學概念梳理

在一般的文學研究中，修辭格考察往往有以古度今之虞，因爲漢語修辭是一個歷時漫長且變化較大的語言史研究課題，運用某種定義的漢語修辭進行階段性或類型化文學研究，首先需要考慮本修辭格在研究中使用的穩定性與定義的經典化。

雙關最早的源頭無從考證，但是上古文、史、哲文獻裏都出現過雙關，例如《詩經·靜女》「彤管有煒，說懌女美」〔註1〕，《道德經》開篇「道可道，非常『道』」〔註2〕，都是有名的例子。把雙關有意識地運用於詩歌創作中，漢樂府就有努力的痕迹，比如《江南》，以「蓮」諧「憐」，成爲後世雙關文學模仿的典範；而至少六朝時，雙關的運用已較爲普遍和成熟，如南朝吳聲歌曲《子夜歌》「高山種芙蓉」〔註3〕句，以「芙蓉」諧喻「夫容」，西曲歌《作蠶絲》「晝夜常懷絲」〔註4〕句，「懷絲」諧喻「懷思」。此種民歌創作影響主流詩壇的現象在唐朝較爲突出，最爲典型的一例，是擅長學習民歌的中唐詩人劉禹錫的《竹枝詞》：「東邊日出西邊雨，道是無晴還有晴」〔註5〕，以「晴」喻「情」，即是民歌創作規則在文人詩創作領域的反芻。詩格中專門有一類「風人詩」，又名「吳歌格」、「子夜體」，就是一類特殊的諧音雙關格。

雙關的修辭語源已難考實，論者多以爲范仲淹創論「兼明二物者，謂之雙關」〔註6〕首釋其義。《詞源》、《漢語大詞典》等通行字書皆本於此。亦有學者指出中晚唐詩人方干《袁明府以家醞寄余，余以山梅答贈，非唯四韻，兼亦雙關》，題中言明此詩寫作初衷即涉「雙關」之意，且詩中每聯出句寫酒，對句言梅，亦屬廣義雙關，可與范論一較先後〔註7〕。語源的考據問題會隨著新語言材料的佐證而不斷取得進展，而相對穩定的語義規則奠定了語言學研究的基礎，而穩定的規則來自於經典的定義。范論「雙關」的經典定義，其

〔註1〕 鄭玄注，孔穎達疏：《毛詩正義》卷二，阮元：《十三經注疏》，前引書，第310頁。
〔註2〕 李耳撰，陳鼓應注：《老子注釋及評介》一章，前引書，第1頁。
〔註3〕 《子夜歌四十二首》，逯欽立：《先秦漢魏晉南北朝詩》晉詩卷十九，前引書，第1040頁。
〔註4〕 《作蠶絲》，逯欽立：《先秦漢魏晉南北朝詩》陳詩卷九，前引書，第2617頁。
〔註5〕 劉禹錫：《竹枝詞二首》，卞孝萱校訂：《劉禹錫集》卷二十七，北京：中華書局，1990年，第364頁。
〔註6〕 范仲淹：《賦林衡鑒序》，《范文正公集》別集卷四，前引書，第296頁。
〔註7〕 馬國強：《「雙關」稱名之由來》，載《修辭學習》，1998年第6期，第40頁。

內容不僅符合傳統文學的「雙關」含義，也深遠地影響了一般文學創作，故而本書仍將其視作雙關定義的發端。

近代漢語語法研究始自《馬氏文通》，書多佶屈聱牙之處，並未詳解雙關；現代修辭學則首推陳望道所著《修辭學發凡》一書，其較早詳細地闡述了雙關的定義：「雙關是用了一個語詞同時關顧著兩種不同事物的修辭方式」〔註8〕，其定義內容與范文正之「兼明二物」並無異義，例如在解說劉禹錫《竹枝詞》中「晴」字時，認爲「雙關所及的兩個不同的對象，內容上是有輕重主從的分別的：如眼前的事物『晴』實際是輔，心中所說的意思『情』實際是主。但在語言文字上卻是並無輕重主從的分別地雙方都關顧到。就形式來說，卻是平行地雙關」〔註9〕。上世紀六十年代張弓的《現代漢語修辭學》則使用了「雙關式」一名，其定義爲：「利用詞語『音』『義』的條件，構成雙重的意義的辭式，叫做『雙關式』。所用的雙關詞語，表面是一種意義，裏面又是一種意義，表面的意義不是主要的，裏面的意義才是主要的。」〔註10〕儘管在音義組合方式上未有超越陳著，但在雙關釋義上張著比陳氏之說更加清晰可辨，突破了陳氏在語義形式上的並行雙關，認爲「照意許」（語底的意思）的重要性高於「照言陳」（語面的意思）。而到了本世紀初王希傑的《修辭學導論》，雙關作爲重要的修辭手段被單獨成篇（陳、張二著是將雙關作爲修辭小類，范氏論更是僅將其作爲「賦」法別析十二門之一），是書定義雙關爲「寫者爲了達到某種特殊目的而自覺地運用包含著兩種或兩種以上含義的話語」〔註11〕，沿襲了前輩「裏面的意義才是主要的」的論斷，更強調了「寫者」的意圖才是關鍵。

以上諸論，其根源都可以上溯至范文正公前述的「兼明二物者」之義，「雙關」在文學中的運用自古以來皆遵照一個較爲穩定和成熟的模式類型，雙關概念之使用具有穩定性。

（二）析字的語言學概念梳理

析字作爲修辭學上的一種辭格，在中國文學史上很早就有所運用，以前的術語叫離合。建安詩人孔融有《離合作郡姓名字詩》，共二十二句，前四句

〔註 8〕陳望道：《修辭學發凡》，上海：上海人民出版社，1976 年，第 96 頁。
〔註 9〕陳望道：《修辭學發凡》，前引書，第 96～97 頁。
〔註10〕張弓：《現代漢語修辭學》，天津：天津人民出版社，1963 年，第 202 頁。
〔註11〕王希傑：《修辭學導論》，杭州：浙江教育出版社，2000 年，第 391 頁。

爲：「漁父屈節，水潛匿方；與時進止，出行施張。」〔註12〕前二句「離『魚』字」，後二句「離『日』字」，四句離析，「魚」、「日」合爲「魯」，以示郡地，應該說是最早的有意識爲之的文人析字格，詩題亦標舉「離合」之法。葉夢得在《石林詩話》詳加闡釋：

> 古詩有離合體，近人多不解。此體始於孔北海，余讀《文類》，得北海四言一篇云：「漁公屈節，水潛匿方，與時進止，出寺弛張。呂公磯釣，闔口渭旁，九域有聖，無土不王。好是正直，女回于匡，海外有截，隼逝鷹揚。六翮將奮，羽儀未彰，龍蛇之蟄，俾也可忘。玟璇隱曜，美玉韜光。無名無譽，放言深藏，按轡安行，誰謂路長。」此篇離合「魯國孔融文舉」六字。徐而考之，詩二十四句，每四句離合一字。如首章云：「漁父屈節，水潛匿方，與時進止，出寺弛張。」第一句漁字，第二句水字，漁犯水字而去水，則存者爲魚字。第三句有時字，第四句有寺字，時犯寺字而去寺，則存者爲日字。離魚與日而合之，則爲魯字。下四章類此。殆古人好奇之過，欲以文字示其巧也。〔註13〕

《文心雕龍‧諧隱》對於這種修辭手法也有論述：「自魏代以來，頗非俳優，而君子嘲隱，化爲謎語。謎也者，回互其辭，使昏迷也。或體目文字，或圖像品物，纖巧以弄思，淺察以銜辭，義欲婉而正，辭欲隱而顯。」〔註14〕從字謎的角度來闡釋修辭在文學中的運用，需要運用漢字形體的特點來進行編碼和解碼。明人徐師曾《文體明辨序說》把離合詩分爲四體：「其一，離一字偏旁爲兩句，而四句湊合爲一字……其二，亦離一字偏旁爲兩句，而六句湊合爲一字……其三，離一字偏旁於一句之首尾，而首尾相續爲一字……其四，不離偏旁，但以一物二字離於一句之首尾，而首尾相續爲一物。」〔註15〕可見離合在古典詩文中的運用日漸精細。

　　析字這一修辭學概念，大約明清時開始被提出，如顧炎武在《日知錄》

〔註12〕孔融：《離合作郡姓名字詩》，俞紹初校：《建安七子集》孔融卷一，北京：中華書局，2006年，第 1 頁。

〔註13〕葉夢得：《石林詩話》卷中，何文煥：《歷代詩話》上，北京：中華書局，2004年，第 418 頁，所引詩字與《孔北海集》略有出入。

〔註14〕劉勰撰，王利器注：《文心雕龍校證》卷十五，前引書，第 103 頁。

〔註15〕徐師曾撰，羅根澤校：《文體明辨序說》，北京：人民文學出版社，1998年，第 162 頁。

中說「析字之體」，俞正燮在《癸巳存稿》裏說「《茗溪集》有析字詩一首」等〔註16〕，而經典釋義是由陳望道先生提出的，《修辭學發凡》給「析字」的定義是：「字有形，音，義三方面；把所用的字析爲形音義三方面，看別的字有一面同它相合相連，隨機借來代替或即推衍上去的，名叫析字辭。」〔註17〕即根據字的形、音、義來運用化形、衍義等修辭手法，主要方式有離合、增損、借形、借音、切腳、雙反、代換、牽附等。曹石珠先生《漢字修辭研究》對其加以闡釋發揮：「利用漢字的結構形體，就是通過拆開、合併、增加、減少、合形、同旁等方法，對漢字的形體進行巧妙地利用，以改變原有的結構，構成新的表意符號，或構成三個或三個以上相同偏旁漢字的連用。利用漢字的結構形體進行思維，是漢字修辭活動者拆字、併字、增筆、減筆、合形、聯邊等 6 種漢字修辭手段的共同特徵。」〔註18〕他進一步指出離合析字的施受關係：「離合作爲一種方法，是從作者運用與讀者理解兩個方面來概括的，它所體現出來的本質特徵是『作者離，讀者合』。我們還可以變換一種說法：即離析成文，組合解意。前者是對作者運用的要求，後者是對讀者理解的要求。在一個修辭術語中包含著對作者、讀者兩方面的要求，這是很有特點的。」〔註19〕

關於析字（離合）的手段，拆字是最爲主要的手法，這是毋庸置疑的。按照一般的拆字定義，即作者運用拆字法把漢字拆開，讀者理解拆字時要把作者拆開的漢字進行重新布置與組合。在本章，除了拆字之外，併字法也被納入考察範圍。作者運用併字時，把短語或句子並聯，讀者理解時要把作者並聯的部分拆開並重新布置及還原。「析字」在字謎型文字遊戲中的使用，也是讖文學生成和傳播的最主要的途徑之一。

（三）讖文學生成中的音形義關係與意義

讖文學作爲一種依託大眾傳播的文學形式，在讖言語體結構的音、形、義三方面中傳播速率有所不同。字音與字形在傳播過程中較爲便捷，容易形成共識，體現出文學的社交功能，而字義作爲較爲複雜的語體形式，則需要

〔註16〕杜高印：《繼承與創新的楷模》，《〈修辭學發凡〉與中國修辭學》，上海：復旦大學出版社，1983 年，第 197 頁。

〔註17〕陳望道：《修辭學發凡》，前引書，第 145 頁。

〔註18〕曹石珠：《漢字修辭研究》，長沙：嶽麓書社，2006 年，第 17 頁。

〔註19〕曹石珠：《漢字修辭研究》，前引書，第 82 頁。

結合時事、典故與語境來加以闡釋，有時會出現同讖異解的情況，例如，《太平廣記》引《異苑》：

> 晉東瀛公騰，字元邁，以永嘉元年鎮鄴。時大雪，當其門前方十數步，獨液不積。騰怪而掘之，得玉馬，高尺許，齒皆缺。騰以爲馬者國姓，稱吉祥馬。或謂馬無齒則不食。未幾，晉大亂。[註20]

讖文學中的雙關修辭格，作爲單一語源文本的語法規則，具有定量的語源基礎和使用範例。學界一般把雙關修辭的類型分爲三類：以音類同，以形類同，以義類同，或者分爲兩類：諧音雙關和語義雙關。置於雙關格中的讖文學，有時會兼屬數種類型，不能單純地將其劃歸到某一類型中去，例如兼有音、義的，或兼有形、義的讖言。本章在劃分這些讖文學類型時會著重考慮其形、音、義各要素中發揮最重要影響的方面作爲劃類依據。

本章通過雙關與析字兩種修辭手法來討論讖文學的生成手段，其中雙關修辭中的「以形類同」在傳統修辭格的歸屬上，是與析字有一定區別的：雙關修辭兼顧語表與語底，而以語底爲重，語底含義有一層與多層之別；析字則完全以文字爲社交遊戲，只注重語底含義，而無需考量語表合適與否，語底的含義指向也往往比較單一。然而，考慮到讖文學有著濃厚的民間文學傳統，且其流傳過程也需要假藉口耳或文字相傳，故在語言規範上多有妥協，並未拘於六書傳統。事實上，「以形類同」與析字一類在實際的運用和傳播過程中差別是可以等量齊觀的，故而一以類之。因此本章將雙關修辭僅保留「以音類同」和「以義類同」二類，而將「以形類同」歸於析字分析部分。

雙關與析字作爲修辭格都以傳遞作者意圖爲主要目的，出現雙關與析字，則意味著讀者需要關注文字的另一層含義。兩者的差別在於，雙關兼顧語表、語底兩方，往往詞藻華麗而意味悠遠，而析字則無須關注詩歌的藝術形式，甚至句辭嶙峋也不爲意，只要符合拆字與併字的要求即可。兩種手法同是作者爲了欲蓋彌彰的某種目的而刻意使用的，往往作爲傳遞如政治、災異、生死、仕途等隱秘信息的輿論工具。分析讖文學的雙關與析字，既要運用修辭格本身的定義與規則，更要結合時代背景與具體事件，否則，即便是揭開了隱藏的謎底，也無法破譯作者所要傳遞信息的心態與目的，遑論對此

〔註20〕李昉：《太平廣記》卷一百三十九，前引書，第 1000 頁。

作社會文化方面的宏觀研究了。

第二節　讖文學生成與傳播機制之一：雙關

（一）以音類同：以語音關涉語面與語底

　　以音類同，或稱「諧音雙關」，是讖文學借助同音或者近音現象來實現語面和語底的關涉，以達到複義複指、「言外有意」的修辭效果。

　　例一，《蜀檮杌》卷下：

　　　　（孟知祥）薨，年六十一，僞諡文武聖德英烈明孝皇帝，廟號高祖，葬和陵。初有丐者自號醋頭，手攜一燈架，所至處卓之，呼曰：「不得燈便倒。」至是人以爲應。〔註21〕

燈，與「登」同音。結合醋頭丐者說話的語境與道具，此句原意爲，如果沒有燈架的支撐，燈火就會無復依傍。「得」字是一個詞義模糊的動詞，字面義當依照《左傳・定公九年》的解釋：「《書》曰：『得，器用也。』凡獲器用曰得，得用焉曰獲。」〔註22〕當諧音雙關被應用，闡釋上就會出現多義性的語境。「燈」諧音「登」，被偷換爲「登基」之義，而「得」字，在此可釋爲「可」。「倒」字，本義爲豎立的東西躺下來，在此引申指重病、死亡。這樣，通過同音雙關，實現了詛咒性讖文學的生成：不能登基，登基就會死。據史籍記載，孟知祥即位不足十月即薨〔註23〕，「應驗」了這條讖言詩。

　　例二，《宣室志》卷一：

　　　　大曆中，彭偓未仕時，嘗有人謂曰：「君當得珠而貴，後且有禍。」尋爲官得罪，謫爲澧州司馬。既至，以江中多蚌，偓喜，以爲珠可即，即命人採之，獲蚌甚多，而卒無有應。及朱泚反，召偓爲僞中書舍人，偓方悟得珠乃朱泚也。果誅死。〔註24〕

珠，與「朱」同音。彭偓對讖語採取了較爲主動的迎合姿態，去揣摩「得珠而貴」背後所隱藏的含意。他先是在澧州爲官，見江中多蚌，而聯想到蚌中生珠，故而採之，以求應兆，然而「卒無有應」，可見製讖也可能出現前後矛

〔註21〕張唐英：《蜀檮杌》卷下，前引書，第18頁。
〔註22〕杜預注，孔穎達正義：《春秋左傳正義》卷五五，阮元《十三經注疏》，前引書，第2144頁。
〔註23〕歐陽修：《新五代史》卷六十四，前引書，第802～803頁。
〔註24〕張讀：《宣室志》卷一，稗海本，前引書，第7頁。

盾的情形。後來彭偓被朱泚所召，這才明白「得珠而貴」是諧音「得朱而貴」，亦即闡釋上的同音現象的運用。如果彭偓能夠真的悟得三昧之義，又何能忘卻「後且有禍」的警告呢？最終「果誅死」應讖，真可謂「身後有餘忘縮手，眼前無路想回頭」，亦可見製讖的牽強附會。

例三，《舊五代史・梁書・劉知俊傳》：

> 時知俊威望益隆，太祖雄猜日甚，會佑國軍節度使王重師無罪見誅，知俊居不自安，乃據同州叛。……以舉家入蜀，終慮猜忌，因與親信百餘人夜斬關奔蜀。王建待之甚至，即授偽武信軍節度使，尋命將兵伐岐，不克，班師，因圍隴州，獲其帥桑弘志以歸。久之，復命為都統，再領軍伐岐。時部將皆王建舊人，多違節度，不成功而還，蜀人因而毀之。先是，王建雖加寵待，然亦忌之，嘗謂近侍曰：「吾漸衰耗，恆思身後。劉知俊非爾輩能駕馭，不如早為之所。」又嫉其名者於里巷間作謠言云：「黑牛出圈棬繩斷。」知俊色黔而丑生，棬繩者，王氏子孫皆以「宗」、「承」為名，故以此搆之。偽蜀天漢元年冬十二月，建遣人捕知俊，斬於成都府之炭市。〔註25〕

功高蓋主歷來是君臣大忌，越是「威望益隆」，越易招致君主的「雄猜日甚」，為求自保，劉知俊只能叛梁奔蜀。然而，功高力強的他在蜀作戰失利，蜀主王建對他的態度從「待之甚至」轉變為「亦忌之」、「不如早為之所」，意圖先下手為強，斬草除根。這則讖語就是在這樣的背景下被製作出來，「黑牛」，「色黔而丑生」，以義類同，牛，影射屬相地支丑牛；「棬繩者，王氏子孫皆以『宗』、『承』為名」，以音類同，影射蜀主宗室子嗣。讖語並不注重詩格的藝術形式，而是刻意要傳達一種亂臣賊子意圖謀權篡位的威脅。

以音相類的讖文學往往比較明瞭易懂。儘管現代漢語較之隋唐五代的中古漢語，某些語音已經發生了較大的變化，但是漢語語音體系規則還是保持了較為穩定的傳承性，故今天讀起來並不至於出現太大的誤差。以音相類往往只運用借音這一種修辭手段，解讖者能夠相對容易地解碼信息，這讓讖文學的傳播顯得幾乎沒有什麼障礙。然而，其缺陷也在於此：解碼越是無礙，語底內容的編碼也就越容易為傳讖者和解讖者所利用，是形式上較為低級的讖文學製作方式。

〔註25〕薛居正：《舊五代史》卷十三，前引書，第178～180頁。

（二）以義類同：以語義關涉語面與語底

以義類同，或稱「語義雙關」，是讖文學利用詞語的多義性，包括本義和轉義，來達成語面和語底的關涉，使語句所表達的內容出現兩種或以上不同的解釋。

例一：《太平廣記》引《錄異記》（明抄本作《野人閑話》）：

> 黃萬祐修道於黔南無人之境，累世常在。每三二十年一出成都賣藥，言人災禍無不神驗。蜀王建迎入宮，盡禮事之。問其服食，皆祕而不言。曰：「吾非神仙，亦非服餌之士。但虛心養氣，仁其行，尟其過而已。」問其齒，則曰：「吾只記夜郎侯王蜀之歲，蠶叢氏都郫之年，時被請出。爾後烏兔交馳，花開木落，竟不記其甲子矣。」忽一日，南望嘉州曰：「犍為之地，何其炎炎，請遣人赴之。」如其言，使至嘉州，市肆已為瓦礫矣。後堅辭歸山，建泣留不住，問其後事，皆不言之。既去，於所居壁間見題處曰：「莫交牽動青猪足，動即炎炎不可撲。鷙獸不欲兩頭黃，黃即其年天下哭。」智者不能詳之。至乙亥年，起師東取秦鳳諸州。報捷之際，宮內延火，應是珍寶帑藏，並為煨燼矣。乃知太歲乙亥，是為青猪，為焚蓺之期也。後三年，歲在戊寅土而建殂。方知寅為鷙獸，干與納音俱是土，土黃色，是以言鷙獸兩頭黃。此言不差毫髮。〔註26〕

黃萬祐是精通天人之道的術士，能夠預測未來態勢，以犍為火災為證，其留詩當中亦設下諸多可供「發揮」的線索和可能性。上兩句以「青猪」扣「乙亥」，基於陰陽五行學說，天干中的「乙」對應五行中的「木」，主東方，配色「青」，地支中的「亥」對應五行中的「水」，生肖配「豬」，從字形上來說，甲骨文的「亥」像豬形，《說文・亥部》：「古文亥為豕，與豕同。」〔註27〕《論衡・物勢》：「亥，水也，其禽豕也。」〔註28〕語面的「青猪」本義並非讖文學想要傳達的真實意圖，而是一個謎面，其目的在於通過傳統曆法天干地支學說的闡釋，來揭示隱藏在語底的轉義，故曰「太歲乙亥，是為青猪」。太歲，木星，又名歲星、太陰，古代中國以其圍繞太陽公轉的周期紀年，一周是十二年。下兩句以「鷙獸」扣「寅」，以「兩頭黃」扣「五行之土」，仍然需要借助陰陽五行學說的知

〔註26〕李昉：《太平廣記》卷八十六，前引書，第558頁。
〔註27〕許慎：《平津館校刊說文解字》卷十四下，前引書，第497頁。
〔註28〕王充撰，黃暉注：《論衡校釋》卷三，前引書，第148頁。

識來予以說明。「鷙獸」，猛獸。《後漢書·馬融傳》載：「鷙獸毅蟲，倨牙黔口。」
〔註29〕在十二生肖中，能配得上「猛獸」之稱的，非虎莫屬，而虎相又跟十二
地支中的「寅」相配，故曰「方知寅爲鷙獸」。「兩頭黃」，五行學說中至少需要
有兩處來相配：一是天干之「戊」對應五行中的「土」，主中央，配色「黃」，
一是納音五行之「戊寅」亦對應五行中的「土」，配色「黃」，故曰「干與納音
俱是土，土黃色，是以言鷙獸兩頭黃」。這裡提到的納音，也是一個五行學說的
概念，天干有天干的五行，地支有地支的五行，統稱正五行；而天干與地支相
配會出現新的五行，即「納音五行」，又名假借五行，古代以宮、商、角、徵、
羽五音，與黃鍾、太蔟、姑洗、蕤賓、夷則、無射、大呂、夾鍾、仲呂、林鍾、
南呂、應鍾十二律，相合爲六十音，與六十甲子相配，按金、火、木、水、土
五行之序旋相爲宮〔註30〕。這樣，憑藉傳統文化知識的闡釋，「鷙獸兩頭黃」被
賦予了語面之外的語底引申義，形成製讖和解讖雙方都能認知的共同概念指
向，而不會出現理解上的偏差。可見，讖文學的製作和傳播，都離不開中國傳
統文化的大背景，具有典型的文化民族性，假若是一個熟悉習得漢語的外國人
來讀此詩讖，必定會不知所云，茫然無解。

例二，章淵《稿簡贅筆》：

> 蜀妓薛濤，字弘度，本長安良家子，父鄭因官寓蜀。濤八、九
> 歲知聲律，其父一日坐庭中，指井梧示之曰：「庭除一古桐，聳幹入
> 雲中。」令濤續之。應聲曰：「枝迎南北鳥，葉送往來風。」父愀然
> 久已。……〔註31〕

薛濤的詩讖流傳甚廣。中國古代女子被要求須遵循封建禮節，不宜拋頭露面；
而「詩言志」的傳統，又賦予了讀者以意逆志的方法論。薛父吟詠梧桐，從整
體意象入手，表達志存高遠的意向，而薛濤則通過細節來展現梧桐的特性。「迎
送」二字，本義是迎來送往，《顏氏家訓·風操》：「北人迎送並至門，相見則
揖，皆古之道也。」〔註32〕可見此乃傳統禮節。引申有交際應酬之義，如鄭谷
《題慈恩寺默公院》詩：「春來老病厭迎送，翦卻牡丹栽野松。」〔註33〕此似

〔註29〕范曄：《後漢書》卷六十上，前引書，第 1962 頁。
〔註30〕沈括：《夢溪筆談校證》卷五，臺北：世界書局，1978 年，第 213～218 頁。
〔註31〕章淵：《稿簡贅筆》，陶宗儀：《說郛三種》卷四十四，前引書，第 719 頁。
〔註32〕顏之推撰，王利器注：《顏氏家訓集解》卷二，臺北：明文書局，1990 年，第
　　　　85 頁。
〔註33〕鄭谷：《題慈恩寺默公院》，嚴壽澂等注：《鄭谷詩集箋注》卷二，上海：上海

流露出薛濤有不甘寂寞、迎來送往的意向。「鳥」字也有雙關之意，本義指鳥類，轉義音ㄉㄧㄠˇ，代指男性生殖器。例如關於李冶的一則軼事：「嘗會諸賢於烏程開元寺，知河間劉長卿有陰重之疾，誚曰：『山氣日夕佳。』劉應聲曰：『眾鳥欣有託。』舉座大笑，論者兩美之。」〔註34〕這裡，「山氣」諧音「疝氣」，「眾鳥」諧音「重鳥〔ㄉㄧㄠˇ〕」，劉長卿藉以自嘲病情狀況。可見，「迎鳥」、「送風」等意象被用以暗示薛濤今後會淪落風塵、入籍為妓，其詩讖的解讀，正是基於大眾文化的共識下的語義雙關，這與第五章分析的李季蘭的讖言詩是一脈相通的。

　　例三，《迷樓記》：

　　　　大業九年，帝將再幸江都。有迷樓宮人抗聲夜歌云：「河南楊柳謝，河北李花榮。楊花飛去去何處？李花結果自然成。」帝聞其歌，披衣起聽，召宮女問之云：「孰使汝歌也？汝自歌之邪？」宮女曰：「臣有弟在民間，因得此歌，曰：『道途兒童多唱此歌。』」帝默然久之，曰：「天啓之也，天啓之也！」帝因索酒，自歌云：「宮木陰濃燕子飛，興衰自古漫成悲。它日迷樓更好景，宮中吐豔戀紅輝。」歌竟不勝其悲。近侍奏：「無故而悲又歌，臣皆不曉。」帝曰：「休問，它日自知也。」後帝幸江都，唐帝提兵號令入京，見迷樓，太宗曰：「此皆民膏血所為也。」乃命焚之，經月火不滅。前謠前詩皆見矣，方知世代興亡，非偶然也。〔註35〕

迷樓故事多見於小說家言。此處有兩首讖言詩，第一首以「楊」扣隋朝國姓，以「李」扣唐朝國姓，從自然物象的語面，讓渡給王朝更替之輿論的語底，而「謝」、「榮」、「飛去」、「結果」這些本身語義指向模糊的詞，更增添了雙關闡釋的合理性。第二首，「吐豔戀紅輝」，隋煬帝所要表達的意思是期待迷樓重振，綻放光輝，比如梁簡文帝《梅花賦》即有「吐豔四照之林，舒榮五衢之路」〔註36〕之句。而解詩者則在末世光景中看到頹靡的亡國之音，拿「紅輝」比照烈

　　　　古籍出版社，1991年，第216頁。
〔註34〕辛文房撰，傅璇琮箋：《唐才子傳校箋》卷二，第一冊，前引書，第328頁。
〔註35〕韓偓：《迷樓記》，古今逸史本，板橋：藝文印書館，1955年，第5頁。魯迅校錄：《唐宋傳奇集》卷六，濟南：齊魯書社，1997年，第156頁，作者佚名，文字稍有出入。
〔註36〕蕭綱：《梅花賦》，嚴可均：《全上古三代秦漢三國六朝文·全梁文》卷八，前引書，第2997頁。

火，故云「前謠前詩皆見矣」，並總結出「方知世代興亡非偶然也」的結論，強化了讖文學的神秘力量。其實這樣的讖文學很多，再如《大唐創業起居錄》所載《桃李子歌》〔註37〕，所要傳達的都是相同的興論力量，即李唐取代楊隋。在讖文學的結構方式上，並不刻意提升解讖的難度與內涵，而是有較為明顯的影射或線索可循，這或許與隋末大亂導致中央權力衰落有關，對造讖和傳讖的控制力度不強，民間有容許此種粗陋讖言製作與流傳的空隙。

此外必須指出的是，第六章所討論的「語言禁忌」，多屬語義雙關的範疇，這些對於不潔或危險的事物的禁忌出現在詩歌內容當中，也是基於以義類同的原則，強調了其引申的轉義，例如「西歸」、「凋零」、「成灰」、「無家」、「寂寥」等，皆可以雙關作解。

以義類同相對於以音類同來說，屬於雙關讖文學中的高級結構形式，在製讖過程中，需要更多地考慮如何更加隱晦地隱藏語底。無論哪一種雙關形式，都是為了傳遞語表所不能或不應完整詮釋的內容，因為讖言現象既包括造讖與製讖等信息輸出環節，還包括傳讖和解讖等信息接收環節，兩個環節的暢通無阻，才能完成讖文學的傳播。讖文學如果不能通過流傳來實現某種隱含意義的表達，其作為純文學鑒賞和批評的價值就極其有限。不將讖文學納入宏觀的社會、歷史範疇中去考察，既低估了讖文學作為古典文學重要組成部分的影響力，也讓古代社會與歷史研究在「信仰」與「書寫」兩個概念部分得不到充分的給養。

第三節　讖文學生成與傳播機制之二：析字

（一）拆字：作者離，讀者合

讖文學的拆字法，即作者利用漢字可拆拼部首的特點，對語面的文字形狀、筆劃、部首、偏旁進行增損變化或離合歸納，使原來的字形發生變化，而讀者在理解拆字語底時需要揣摩作者意圖，把進行過字形分拆的漢字結構重新排布組合起來。

〔註37〕溫大雅撰，李季平、李錫厚校：《大唐創業起居注》，上海：上海古籍出版社，1983年，第11頁。原文如下：《桃李子歌》曰：」桃李子，莫浪語。黃鵠繞山飛，宛轉花園裏。」案：李為國姓，桃當作陶，若言陶唐也；配李而言，故云桃花園，宛轉屬旌幡。汾晉老幼，謳歌在耳，忽睹靈驗，不勝懽躍。帝每顧旌幡，笑而言曰：「花園可爾，不知黃鵠如何。吾當一舉千里，以符冥讖。」

例一，《太平廣記》引《會稽錄》：

　　董昌未僭前，有山陰縣老人，僞上言於昌曰：「今大王善政及人，
願萬歲帝於越，以福兆庶。三十年前，已聞謠言，正合今日，故來
獻。其言曰：『欲識聖人姓，千里草青青。欲知聖人名，日從日上生。』」
昌得之大喜，因謂曰：「天命早已歸我，我所爲大矣。」乃贈老人百
縑，仍免其征賦。先遣道士朱思遠立壇場，候上帝。忽一夕云，天
符降於雨中，有碧紙朱文，其文又不可識。思遠言「天命命與董氏」。
又有王守眞者，欲謂之王百藝，極機巧。初立生祠，雕刻形象，塑
繢官屬，及設兵衛，狀若鬼神，皆百藝所爲也。妖僞之際，悉由百
藝幻惑所致。昌每言：「我『兔子上金牀』識我也。我卯生，來年歲
在卯，二月二日亦卯，即卯年卯月卯日，仍當以卯時，萬世之業，
利在於此。」乾寧二年，二月二日，率軍俗數萬人，借袞冕儀衛，
登子城門樓，赦境內，改僞號羅平國，年號天冊，自稱聖人。及令
官屬將校等，皆呼「聖人萬歲。」俯而言曰云云。詞畢，復欲舞蹈，
昌乃連聲止之：「卿道得許多言語，壓得朕頭疼也。」緣土人所製天冠
稍重，故有此言。時人聞，皆大笑之。〔註38〕

山陰老人的讖言詩，《古謠諺》所載「日從日上生」作「日從日上生」〔註39〕；
《全唐詩》「知聖人」作「識聖人」，亦從雙日〔註40〕；《新唐書‧逆臣‧董昌
傳》前二句不載，後二句作「欲知天子名，日從日上生」〔註41〕，所見版本
文字稍異，但並不影響句意的理解。顯然，這是篡權者的造神運動，他們亟
需天命觀的輿論支撐，其所用就是拆字法：姓，「千里草青青」，扣「董」；名，
「日從日上生」，扣「昌」，來與「聖人」、「天子」的頭銜相配。有趣的是，
這種給人一種似曾相識之感的造讖法，明顯抄襲了東漢末期董卓的讖言詩。
《後漢書‧五行志一》：

　　獻帝踐祚之初，京師童謠曰：「千里草，何青青。十日卜，不得
生。」案千里草爲董，十日卜爲卓。凡別字之體，皆從上起，左右
離合，無有從下發端者也。今二字如此者，天意若曰：卓自下摩上，

〔註38〕李昉：《太平廣記》卷二百九十，前引書，第 2310 頁。
〔註39〕杜文瀾輯，周紹良注：《古謠諺》卷八十七，前引書，第 952 頁。
〔註40〕彭定求：《全唐詩》卷八百七十八，前引書，第 9947 頁。
〔註41〕歐陽修、宋祁：《新唐書》卷二百二十五下，前引書，第 6467 頁。

以臣陵君也。青青者，暴盛之貌也。不得生者，亦旋破亡。〔註42〕

漢字是由若干構件按層次生成的，生成後以靜態的二維構形方式存在，每個構件在自己的參構層次中表達一定的構意。人們有時會利用漢字可拆合的特點來委婉地表達某種預言，或構成文字遊戲，這種對字形拆分所構成的一種隱語，是爲了表達拆分者的意圖，藉此說出不便直說的話，因此不一定符合漢字本來的構成狀況。一般規則上的離析字形，大多是採用從上到下、由左及右的順序，而童謠對「董」、「卓」二字的拆分順序則是「倒行逆施」、從下往上的，這種拆字法暗示著造讖者對於董卓以下陵上行徑的一字春秋式的暗諷。然而，七百年後，山陰老人的讖言詩被「按需」地加以解碼，而董卓詩讖中倒行逆施的附加意義被徹底消解。

還值得一提的是，這種造讖的製法，在亂世之際往往是相互抄襲。錢易《南部新書》丁：

> 黃巢令皮日休作讖詞，云：「欲知聖人姓，田八二十一。欲知聖人名，果頭三屈律。」巢大怒。蓋巢頭醜，掠鬢不盡，疑「三屈律」之言是其讖也，遂及禍。〔註43〕

這首讖言詩有明顯的人造痕迹，乃黃巢授意而爲，而皮日休所製之讖詞的句法結構，竟然跟山陰老人所製的董昌讖言詩幾乎一模一樣。姓，「田八二十一」扣「黃」字，亦未對字形順序的顛倒加之深慮，名，「果頭三屈律」扣「巢」字，不經意觸犯了黃巢「頭醜」的忌諱，一說是黃巢頭髮是自然卷，所以皮日休因此招致殺身之禍。事實上，這則讖言是非常靠不住的，皮日休之死是文學史上的一椿懸案，如果說讖言詩是由黃巢授意皮日休而造，成詩當在黃巢稱帝之前，以爲其奉天承運的眞命天子身份造勢，但事實上，黃巢稱帝之後還任皮日休爲翰林學士，足見皮日休因作讖言詩殞命的故事是子虛烏有的。另外，史稱「讖書非聖人所作，其中多近鄙別字，頗類世俗之辭，恐疑誤後生」〔註44〕，以皮日休的文氣和才力，製讖不當如此鄙陋，製讖手法上的因循守舊，是這則讖言詩的破綻。

例二，李公佐《謝小娥傳》：

> 小娥姓謝氏，豫章人，估客女也。生八歲喪母，嫁歷陽俠士段

〔註42〕范曄：《後漢書》志第十三，前引書，第 3285 頁。
〔註43〕錢易著，黃壽成校：《南部新書》丁，前引書，第 51 頁。
〔註44〕范曄：《後漢書》卷七十九上，前引書，第 2558 頁。

居貞。居貞負氣重義，交遊豪俊。小娥父畜巨產，隱名商賈間，常與段婿同舟貨，往來江湖。時小娥年十四，始及笄，父與夫俱為盜所殺，盡掠金帛。段之弟兄，謝之生姪，與童僕輩數十悉沉於江。小娥亦傷胸折足，漂流水中，為他船所獲。經夕而活。因流轉乞食至上元縣，依妙果寺尼淨悟之室。初父之死也，小娥夢父謂曰：「殺我者，車中猴，門東草。」又數日，復夢其夫謂曰：「殺我者，禾中走，一日夫。」小娥不自解悟，常書此語，廣求智者辨之，歷年不能得。

至元和八年春，余罷江西從事，扁舟東下，淹泊建業。登瓦官寺閣，有僧齊物者，重賢好學，與余善，因告余曰：「有孀婦名小娥者，每來寺中，示我十二字謎語，某不能辨。」余遂請齊公書於紙，乃憑檻書空，凝思默慮，坐客未倦，了悟其文。令寺童疾召小娥前至，詢訪其由。小娥嗚咽良久，乃曰：「我父及夫，皆為賊所殺。邇後嘗夢父告曰：『殺我者，車中猴，門東草。』又夢夫告曰：『殺我者，禾中走，一日夫。』歲久無人悟之。」余曰：「若然者，吾審詳矣，殺汝父是申蘭，殺汝夫是申春。且『車中猴』，車字，去上下各一畫，是『申』字，又申屬猴，故曰『車中猴』；『草』下有『門』，『門』中有『東』，乃蘭字也；又『禾中走』，是穿田過，亦是『申』字也。『一日夫』者，『夫』上更一畫，下有日，是『春』字也。殺汝父是申蘭，殺汝夫是申春，足可明矣。」小娥慟哭再拜，書「申蘭、申春」四字於衣中，誓將訪殺二賊，以復其冤。娥因問余姓氏官族，垂涕而去。……〔註45〕

這是唐傳奇中非常有名的一篇，其故事原型可能出自作者李公佐的親身經歷：

尼妙寂，姓葉氏，江州潯陽人也。初嫁任華，潯陽之賈也。父昇，與華往復長沙廣陵間。唐貞元十一年春，之潭州不復。過期數月，妙寂忽夢父，被髮裸形，流血滿身，泣曰：「吾與汝夫，湖中遇盜，皆已死矣。以汝心似有志者，天許復讎，但幽冥之意，不欲顯言，故吾隱語報汝，誠能思而復之，吾亦何恨！」妙寂曰：「隱語云何？」昇曰：「殺我者，車中猴，門東草。」俄而見其夫，形狀若父，泣曰：「殺我者，禾中走，一日夫。」妙寂撫膺而哭，遂為女弟所呼

〔註45〕李昉：《太平廣記》卷四百九十一，前引書，第 4030 頁。

覺。……有李公佐者，罷嶺南從事而來，攬衣登閣，神彩雋逸，頗異常倫。妙寂前拜泣，且以前事問之，公佐曰：「吾平生好爲人解疑，況子之冤懇，而神告如此，當爲子思之。」默行數步，喜招妙寂曰：「吾得之矣。殺汝父者申蘭，殺汝夫者申春耳。」妙寂悲喜嗚咽，拜問其說。公佐曰：「夫猴申生也，車去兩頭而言猴，故申字耳。草而門，門而東，非蘭字耶！禾中走者，穿田過也，此亦申字也。一日又加夫，蓋春字耳。鬼神欲惑人，故交錯其言。」……〔註46〕

無論是謝小娥還是妙寂，她們所接收到的讖信息都是一樣的，而後者的故事對讖文學的文化特徵闡釋得更加清晰，「幽冥之意，不欲顯言」，「隱語報汝」，「鬼神欲惑人，故交錯其言」，都是極好的背景描述。單就讖言詩本身來說，其所用的修辭手法都是拆字，殺父之人，「車中猴」，射「申」，除運用減筆拆字之外，還結合了陰陽五行的干支學說；「門東草」，射「蘭」，所用的是拆字法，將一個字拆分成三個部件（獨體字或偏旁部首）。殺夫之人，「禾中走」，射「申」，以禾代田，所用是借代之旁借法，以走代丨（人穿田而過的情貌），所用是比擬之以人擬物法；「一日夫」，射「春」，所用修辭同「門東草」射「蘭」之法。由此可見，拆字法是解讀此讖言詩的關鍵所在，但解讖同時也需要多種修辭手法的綜合運用。

必須要指出的，由於簡體字自 1956 年開始在中國大陸地區公佈推行，對於讖文學這類神秘傳統文學的解讀可能會出現偏差。我們在解讀謝小娥與妙寂的讖言詩時，就沒法用簡化字來揭示謎底。再如後漢永初年間王溥的讖言詩「一土三田，軍門主簿」，預言其未來官職，「三田一土，『疊』字也，中疊校尉掌北軍疊門，故曰軍門主簿」〔註47〕，亦當如是觀。

（二）併字：作者合，讀者離

讖文學的併字法，即作者運用多數漢字獨體字亦可作爲偏旁部首使用的特點，把兩個或兩個以上的字構成的短語或句子，拼合並聯成一個結構較複雜的漢字，而讀者理解併字時需要把作者進行過字形並聯的漢字重新拆分和排序，還原作者的眞實意圖。從流程上講，拆字和併字是兩組相反相成的製讖和傳讖的手法。

〔註46〕 李昉：《太平廣記》卷一百二十八，前引書，第 906 頁。
〔註47〕 王嘉：《拾遺記》卷六，《漢魏六朝筆記小說大觀》，前引書，第 533 頁。

例一，《太平廣記》引《感定錄》：

> 有進士李嶽，連舉不第。夜夢人謂曰：「頭上有山，何以得上第？」
> 及覺。不可名「嶽」。遂更名「言」。果中第。〔註48〕

中國人重視取名，講究生辰八字、天地人格、陰陽五行、寓意寄託等，在民間形成的「命名學」影響中國民眾數千年，直到今天依然發揮著潛移默化的作用。「嶽」，在「命名學」語言魔力崇拜的文化背景下有著獨特的命定力量，被歸咎爲李嶽「連舉不第」的罪魁，成爲一個「謎面」。而想要破譯其中的奧秘，夢中人反用併字法，把「嶽」的語面打破，拆分成「山」和「獄」二字，以扣語底──「頭上有山」。李嶽在經過「點撥」之後決定打破畫地爲牢的困境，不僅去掉了「頭上有山」的壓迫感，而且把不吉利的「獄」字也改掉了，重新取名「言」字。不斷積累的學識修養和調整妥當的良好心態，再加上一些運氣，他迎來了學業的曙光──「果中第」。

例二，《朝野僉載》卷五：

> 裴炎爲中書令，時徐敬業欲反，令駱賓王畫計，取裴炎同起事。
> 賓王足踏壁，靜思食頃，乃爲謠曰：「一片火，兩片火，緋衣小兒當殿坐。」教炎莊上小兒誦之，并都下童子皆唱。炎乃訪學者令解之，召賓王至，數啖以寶物錦綺，皆不言。又賂以音樂、女妓、駿馬，亦不語。乃對古忠臣烈士圖共觀之，見司馬宣王，賓王欻然起曰：「此英雄丈夫也。」即説自古大臣執政，多移社稷。炎大喜。賓王曰：「但不知謠讖何如耳？」炎以謠言「片火緋衣」之事白，賓王即下，北面而拜曰：「此眞人矣。」遂與敬業等合謀。揚州兵起，炎從內應，書與敬業等合謀，唯有「青鵝」，人有告者，朝臣莫之能解，則天曰：「此『青』字者十二月，『鵝』字者我自與也。」遂誅炎，敬業等尋敗。〔註49〕

此則材料亦見於《廣記》卷二八八、《通鑑》卷二百三，其中隱含了兩則隱語，第一則是駱賓王所製之讖，「一片火，兩片火」，二「火」疊加，扣「炎」字（一説裴炎名「焱」），「緋衣小兒」，減筆組合，扣「裴」字。駱賓王製讖，小兒童子傳讖，裴炎解讖，所用乃上節已述之拆字法也。第二則是裴炎所製之隱語，「青」，可解爲「十」「二」「月」三個字並置，「鵝」，可解爲「我」「自」

〔註48〕李昉：《太平廣記》卷一百五十六，前引書，第1122頁。
〔註49〕張鷟撰，趙守儼校：《朝野僉載》卷五，前引書，第117頁。

「與」三字並置,其中「與」字形體與「鳥」相近。從字形結構上看,「青」、「鴛」都是上下結構,解碼的時候亦須遵從自上而下的閱讀傳統,兩個字的語面隱藏六個字的語底信息,所用乃併字法也。

　　基於漢字結構的固定性,拆字讖大多僅需將分離部件按照整字的部首組合次序重新編排即能恢復原貌,將一句讖合成一兩個字,不太容易產生歧義;而併字讖在解讖時則不僅需要正確拆分併在一起的構成一個或多個完整漢字的偏旁部首或獨體字,而且還需要考慮各個部件的詞序語序,將其重組成意義完整的短語或句子,有時還必須綜合考慮借音、借義等修辭手法,故而併字法會讓解碼環節增加複雜性和不確定性,這也是併字讖相較於拆字讖更為難解也更為難見的主要原因之一。

第四節　讖言詩的生成與傳播程序

　　除了之前提到的雙關與析字二法,還有一些修辭手法亦可用作讖文學的生成手段,例如藏頭、迴文等。本章限於篇幅,不再討論。在傳統歸類上,作為異象和徵兆的讖言並非文學,而是史料,故其不列於「藝文」而列於「五行」。讖文學被大多數傳統研究者輕視的原因在於其內容中充斥的「怪力亂神」,作為古典文獻的可信度並不高。但讖文學的生成和傳播是傳統思想文化研究中的重要組成部分,其心理機制類同於猜謎,這在朱光潛先生《詩論‧詩與諧隱》中所論甚詳,試摘錄一段以展現施受雙方的心理背景:

　　　　就謎語作者說,他看出事物中一種似是而非、不即不離的微妙關係,覺得它有趣,值得讓旁人知道。他的動機本來是一種合群本能,要把個人所見到的傳達給社會;同時又有遊戲本能在活動,彷彿像貓兒戲鼠似的,對於聽者要延長一番懸揣,使他的好奇心因懸揣愈久而愈強烈。他的樂趣就在覺得自己是一種神秘事件的看管人,自己站在光明裏,看旁人在黑暗裏繞彎子。就猜謎者說,他對於所掩藏的神秘事件起好奇心,想揭穿它的底蘊,同時又起一種自尊情緒,彷彿自己非把這個秘幕揭穿不甘休。懸揣愈久,這兩種情緒愈強烈。幾經摸索之後,一旦豁然大悟,看出事物關係所隱藏的巧妙湊合,不免大為驚讚;同時他也覺得自己的勝利,因為歡慰。〔註50〕

〔註50〕 朱光潛:《詩論》,上海:上海古籍出版社,2001 年,第 30 頁。

通過對讖文學的生成與傳播途徑的研究，我們可以總結出讖文學的一般傳播的程序規律，其大致分爲造讖、傳讖、解讖三個過程，用信息學的術語，亦可歸納爲編碼、傳播、解碼三個環節，試表述如下：

一，造讖（編碼）

造讖者在製讖時候一般是先預設好語底，再根據語底來製作語面。目的與語底的充足材料準備，以及在雙關與析字修辭格上的精通和經驗，都是讖文學在語言結構上的必要條件之一。從更縱深的層次來說，天人感應的思維模式和精深的漢語修辭經驗積澱，是製讖的先行條件。從人物要素來說，製讖者必須是精通文學創作和文字遊戲的人，比如皮日休的例子。讖文學在創作過程中，並不受到高尚的道德情懷的制約，造讖者大多爲參與政治的文人或者在政治社會利益上有所訴求的巫妖，另外，也不乏善於製造談資的好事之人。他們的目的性非常明確，就是要傳達「天命神授」觀，以彰顯他們具備窺探天機的過人能力。絕大部分的讖文學都是後天人爲的。比如亂世篡位的讖言詩，就是爲了尋找登基立業的輿論支持。

二，傳讖（傳播）

聯接和溝通造讖和解讖之間的環節是傳讖。傳讖環節可能會出現傳讖者，他們或是承擔著特殊使命而有意爲之者，甚至就是製讖者本人，前者比如劉知俊之讖，後者比如醋頭僧、山陰老人等；或是不明眞相的好事群眾，尤其是傳讖很容易利用無知的孩童之口，通過童謠的方式來傳遞某些神秘的線索，比如裴炎之讖，就是駱賓王「教炎莊上小兒誦之，并都下童子皆唱」；或是直接不借助人力，而是以文字、夢境等純媒介的方式，比如題壁、託夢等。由此可見，傳播過程很容易受到造讖者操縱，但是其本身的傳播需要經過民間大眾的口耳相傳，這是因爲中國文化有「從眾」的傳統心理，相信人多力量大、眾口鑠金，民眾通過語言可以傳遞某種神性的力量，但是必須指出的是，讖言詩本身所包含著隱秘性和模糊性，必須要有適當的引導，否則可能會傳播中失眞。

三，解讖（解碼）

讖言詩與一般詩歌最大的差異之處在於，詩歌美學講求自身形式上的韻律聲諧、辭藻精妙以及內容上典雅精工、意境深遠，主張思想性和藝術性的和諧統一，但是如果只偏重某一方面，依然可以保持其獨特的文學性，比如宮體詩；而讖文學如果不能傳達其內容上包含的眞實意圖，或者無法作爲應

驗的隱語來解釋，那麼它就沒什麼文學價值，故而讖文學具有強烈的被解碼的需求。面對具有隱語特點的讖文學，受眾往往需要一番懸揣，借助傳統天命觀的思維方式和古典語言學知識的基本素養來還原讖意，比如彭偶之讖。另外，讖言在傳播過程中，由於自身內容的趣味性，會吸引更多的受眾關注，容易形成「媚俗」的心態，期待解讖的心態會逐漸累加，推動解讖進程的完成。儘管，很多受眾只是充當了傳播者的角色，對解讖並未發揮任何實質性的幫助作用，因此很多材料中，最後出現「人云」、「人說」這樣模糊性的解讖群體。但是也有借助他人智慧來完成解碼程序的例子，比如李公佐幫助謝小娥或妙寂解讖。

（鄧昱全、周睿）

第十章　文人讖文學的個案研究：
以杜詩爲例

　　讖是對未來吉凶有所徵兆及應驗的隱語預言，是古代的方士、儒生編造
出來的具有預言性質的文字和圖記，假借文學的語言物質外殼來宣揚其思想
精神內核，並通過這種語言載體進行傳播，從而達到某種先兆的預測或實現
某種目的。從文學的角度來看，讖文學是從神學或超自然的觀念出發對文學
的解讀，彰顯山神秘文化主義對中國古代文學的潛在影響。對讖文學加以批
判性的歷史理性主義分析，或可發掘掩藏在傳統的神學歷史觀和社會觀面紗
下的人文主義精神。諸家注杜，皆曾言之，杜詩數首，頗見讖緯之數。儘管
不免附會之嫌，但是通過剖析某些帶有讖言色彩的杜詩，可以解讀杜甫人格
和風格的一些特點，並以此爲切入，通過個案研究來以點及面地瞭解隋唐五
代讖文學在流傳過程中是如何被運用和誤讀的。〔註 1〕

第一節　形勢型讖言杜詩

　　杜甫是一位對時政相當敏感並且頗有預見性的詩人。懷著對國家的深切
關懷，他對時政形勢和國家未來命運有著自己的觀察和思考，並善於通過詩
歌的形式表達出來。這類探討形勢的讖言詩，在杜集中相對集中。

〔註 1〕此章亦可參見拙文：《杜甫詩讖初探》，載《杜甫研究學刊》，2008 年 4 期，第
　　　　31～35 頁；《再談杜甫「預測詩」》，2011 年 3 期，第 18～22 頁。

（一）有關國家命運的讖言詩

探討國家命運，是杜詩的常見主題。《收京三首》其三：

汗馬收宮闕，春城鏟賊壕。賞應歌《杕杜》，歸及薦櫻桃。

雜虜橫戈數，功臣甲第高。萬方頻送喜，無乃聖躬勞。

《杜詩詳注》卷五注云：「三章，收京而憂事後⋯⋯。但恐回紇恃功邀賞，諸將僭奢無度，故又為之慮曰：今京師收復，此萬方送喜之時，無乃聖躬焦勞之漸乎。公蓋憂鹵橫臣驕，將成蹂躪跋扈之勢，厥後邊方猾夏，藩鎮專權，果如所慮，惜當時不能見及此耳。」〔註2〕據《舊唐書·肅宗紀》載，「（九月）丁亥，元帥廣平王統朔方、安西、回紇、南蠻、大食之眾二十萬，東向討賊⋯⋯癸卯，廣平王收西京。⋯⋯（冬十月）壬戌，廣平王入東京，陳兵天津橋南，士庶歡呼路側。」〔註3〕安史之亂，二都淪陷，黎民「日夜更望官軍至」，等待兩年，方得收復。按說收京之喜當大快人心，但杜甫憑藉敏銳的政治觸覺，居安思危，一方面憂患「鹵橫」至於「邊方猾夏」，預感到當年助唐軍一臂之力的回紇「非我族類，其心必異」，必將邀功甚乃發難。據《資治通鑑·唐紀》載，當時在靈武匆匆即位的肅宗李亨為了能夠鞏固自己的政治地位，急於彰顯其武功軍威，復兩京迎上皇，故與回紇簽下秘密軍事協議，約定「克城之日，土地、士庶歸唐、金帛、子女皆歸回紇」〔註4〕，而回紇拿下長安之後，就迫不及待的要求兌現承諾，廣平王李俶「拜於馬前」，稱：「今始得西京，若遽俘掠，則東京之人皆為賊固守，不可復取矣，願至東京乃如約」，回紇方才沒有立即在西京展開大規模的掠奪；收復洛陽之後，回紇「意猶未厭」，史書稱「父老請率羅錦萬匹以賂回紇」，並「約每年送絹二萬匹」〔註5〕，回紇從此成為邊關大患，印證了杜甫的擔憂。另一方面，杜甫擔心「臣驕」導致「藩鎮專權」。肅宗政治大局觀狹隘、目光短淺，不僅格外倚重宦官，埋下了唐代閹黨分取皇權的禍種，而且繼續姑息藩鎮尾大不掉的威脅。乾元元年，肅宗同意高麗人李懷玉舉薦自己的姑表兄弟侯希逸為節度副使，史稱「節度使由軍士廢立自此始」〔註6〕。杜甫曾於肅宗朝拜左拾遺，為盡諫官職守而觸怒肅宗，在一段「伴君如伴虎」的經歷後，或能感知肅宗「偷取一時之安，

〔註2〕杜甫：《收京三首》，仇兆鰲注：《杜詩詳注》卷五，前引書，第 423～424 頁。

〔註3〕劉昫：《舊唐書》卷十，前引書，第 247 頁。

〔註4〕司馬光：《資治通鑑》卷二百二十，北京：中華書局，1982 年，第 7034 頁。

〔註5〕司馬光：《資治通鑑》卷二百二十，前引書，第 7041 頁。

〔註6〕司馬光：《資治通鑑》卷二百二十，前引書，第 7064 頁。

不思永久之患」的性格缺陷。杜甫在詩中表現出對未來事態發展的擔憂，可謂形成準確的預測，「雜虜橫戈數，功臣甲第高」二句，亦可謂不虛言也。楊綸《杜詩鏡銓》稱：「公之有遠識如此，而語義仍含蓄不露。」〔註7〕

另一首《收京》云：

> 復道收京邑，兼聞殺犬戎。衣冠却扈從，車駕已還宮。
>
> 剋復誠如此，安危在數公。莫令回首地，慟哭起悲風。

《杜詩詳注》卷十三注云：「上四收京而喜，下乃事後之憂。兩次收京，故云復道。子儀力戰能殺吐蕃也。《杜臆》：衣冠自然扈從，用一却字，有不滿諸臣意。平日諂諛依阿，有變則奔亡坐視，及至收京，却來扈從，而車駕則已還宮矣，此輩何益成敗之數耶。克復之功，全在數公，朝廷當信任以圖久安，無使京華之地，再哭亂離也。未幾，僕固懷恩引回紇、吐番入寇，京師震駭，公之先見明矣。」〔註8〕兩京收復後兩年，東都洛陽再陷敵手，生靈塗炭，直至廣德元年方再克復。杜甫在詩中提醒皇上，要信賴李光弼、郭子儀這樣在光復大業中效死衛國的大將，警惕那些牆頭草般見風使舵的小人。不幸的是，代宗倚重的正是心術不正的僕固懷恩等人，使得事態的發展正如杜甫所擔憂的那樣。僕固懷恩曾經一度依附魚朝恩，瞎亂指揮李光弼收復東都而大敗，後「恃功驕蹇」，剛愎自用，同時工於政術，唯恐「賊平寵衰」，陽奉陰違，依仗回紇可汗是其女婿，勾結外敵，有「外交回紇」的狼子野心，以至於「回紇登里可汗歸國，其部眾所過抄掠，廩給小不如意，輒殺人，無所忌憚」，無人敢問，甚至「犯含光門，突入鴻臚寺，門司不敢遏」〔註9〕。回紇在京城肆行如入無人之境，可見僕固懷恩對回紇的縱容達如此之地步。在其為政期間，西方大患，吐蕃大舉進犯唐土，攻破大震關之後，盡取河隴之地，一路東進，位高權重的宦官程元振，一直壓制軍情不報，吐蕃軍隊兵臨城下已至咸陽，他還「自矜定策之功，忌嫉宿將」，拒絕了郭子儀增兵的要求，以至於後世裴度對此咬牙切齒：「臣讀國史，知代宗朝蕃戎侵軼，直犯都城。代宗不知，蓋

〔註7〕楊綸：《杜詩鏡銓》卷四，上海：上海古籍出版社，1980年，第171頁。

〔註8〕杜甫：《收京》，仇兆鰲注：《杜詩詳注》卷十三，前引書，第1078頁；王嗣奭：《杜臆》卷五，上海：上海古籍出版社，1983年，第176～177頁，文字略有不同：「衣冠自然扈從，用『却』字是不滿諸臣之意；平日諂諛依阿，有變則奔亡坐視，及收京則扈從而回，何益於成敗之數耶？……『剋復誠如此』矣，扶顛持危，全在爾數公，前車可鑒，勿令今日回首之地，『慟哭起悲風』可也。」

〔註9〕司馬光：《資治通鑑》卷二百二十二，前引書，第7141頁。

被程元振蒙蔽，幾危社稷」〔註10〕。很快，長安淪落敵手，代宗倉惶出逃，「吐蕃劌掠府庫市里，焚閭舍，長安中蕭然一空」。而官除中書令的僕固懷恩繼續扮演不光彩的角色，史稱其「既不為朝廷所用，遂與河東都將李竭誠潛謀取太原」，先是謀反，後充「漢奸」，連其母都要「提刀逐之」〔註11〕，落到眾叛親離的下場。在這首詩當中，杜甫提醒在上位者注意可能隱藏的危機，避免朝廷信任佞臣、京城再逢厄運的悲劇，但恨無知音賞，弦斷無人聽。

（二）有關軍事軍情的讖言詩

身為文士的杜甫卻對兵機有極敏感的洞悉力，能夠提出自己的軍事見解。因其時不為人所重，故警示竟不得為時人所知，千百年後方為人所察，致使其詩誤入詩讖一格。《劍門》：

> 惟天有設險，劍門天下壯。連山抱西南，石角皆北向。
>
> 兩崖崇墉倚，刻畫城郭狀。一夫怒臨關，百萬未可傍。
>
> 珠玉走中原，岷峨氣悽愴。三皇五帝前，雞犬各相放。
>
> 後王尚柔遠，職貢道已喪。
>
> 至今英雄人，高視見霸王。并吞與割據，極力不相讓。
>
> 吾將罪真宰，意欲鏟疊嶂。恐此復偶然，臨風默惆悵。

《杜詩詳注》卷九注云：「末段言其形勝，恐蜀人罹於戰爭也。并吞者王，如漢光武是也。割據者霸，如公孫述是也。從古多因疊嶂憑險，恐此復有其事，故臨風而生恨。」〔註12〕蜀道歷來為兵家必爭之地，李太白詩云：「劍閣崢嶸而崔嵬，一夫當關，萬夫莫開。所守或匪親，化為狼與豺。朝避猛虎，夕避長蛇，磨牙吮血，殺人如麻」〔註13〕，岑參詩云：「劉氏昔顛覆，公孫曾敗績。始知德不修，恃此險何益」〔註14〕，皆暗示割據一方的軍閥或成國家安全之大患。乾元二年臘月，正值華夏滿目瘡痍之際，是時蜀中稍顯治寧，但是杜甫眼見天險若此，臨風惆悵，深知一旦有人據此作亂，劍門天險將「助紂為虐」，故大聲疾

〔註10〕劉昫：《舊唐書》卷一百七十，前引書，第 4423 頁。

〔註11〕司馬光：《資治通鑑》卷二百二十三，前引書，第 7152，7161～7162 頁。

〔註12〕杜甫：《劍門》，仇兆鰲注：《杜詩詳注》卷九，前引書，第 720～721 頁。

〔註13〕李白：《蜀道難》，王琦注：《李太白全集》卷三，北京：中華書局，1999 年，第 165 頁。

〔註14〕岑參：《入劍門作寄杜楊二郎中時二公並為杜元帥判官》，廖立注：《岑嘉州詩箋注》卷一，北京：中華書局，2008 年，第 265 頁。

呼：「西蜀地形天下險，安危須仗出群材。」〔註15〕杜甫的擔憂是不無道理的。翻檢正史，杜甫寓蜀五年，蜀地數亂：上元二年三月，梓州刺史段子璋叛亂並破遂州，兩月後在綿州覆滅；寶應元年七月，劍南兵馬使徐知道謀反，重兵把守軍機要道，力拒嚴武赴任，二十六天後叛亂遂平；永泰元年冬十月，西川兵馬使崔旰殺嚴武的繼任者、劍南節度使郭英乂，遂據成都，邛州柏茂林、瀘州楊子琳、劍南李昌夔趁勢起兵征討，蜀中再亂。《舊唐書·杜甫傳》：「是歲（永泰元年），崔寧殺英乂，楊子琳攻西川，蜀中大亂。甫以其家避亂荊、楚，扁舟下峽。」〔註16〕可見，蜀中大亂是迫使杜甫離開西蜀的直接原因之一。也就是在這年，杜甫順江而下，滯留雲安，有《懷錦水居止二首》：

> 軍旅西征僻，風塵戰伐多。猶聞蜀父老，不忘舜謳歌。
>
> 天險終難立，柴門豈重過。朝朝巫峽水，遠逗錦江波。

《杜臆》卷七：「『天險』即所云『西蜀地形天下險』，曰『終難立』，公預知蜀亂之難平矣。」〔註17〕杜甫對野心勃勃的叛亂軍閥早有防備，已然感受到其咄咄逼人的殺戮之氣，故遠走避禍。再如，《大曆三年春白帝城放船出瞿塘峽》詩有「迴首黎元病，爭權將帥誅」句，仇兆鰲注曰：「爭權將帥，如成都之郭英乂、崔旰，互相殺伐，襄陽之來瑱、裴茙，謀奪節鎮，皆是。未及，湖南有臧玠之亂，公之明炳幾先如此。」〔註18〕杜甫對軍閥爭鬥的本質洞若觀火。故言之，這幾首詩與其說是「讖」，不如說是杜甫所作的「恐此復偶然，臨風默惆悵」的沉痛之語，一方面基於他不忍亂離的民胞物與思想和忠君愛國、主張一統的政治立場，同時也源自其對時局的準確預測和判斷。《杜詩詳注》的總結極爲精當，茲錄如下：「按公《登慈恩寺塔》詩：『秦山忽破碎，涇渭不可求。』知天寶之將亂也。《悲青阪》詩：『安得附書與我軍，忍待明年莫倉卒。』知收京在次年也。《收京》詩：『雜虜橫戈數，功臣甲第高。』知回紇生釁，藩鎮跋扈也。《秦州》詩：『西征問烽火，心折此淹留。』知吐蕃寇邊，不能安枕也。此詩（案：《劍門》）云：『恐此復偶然，臨風默惆悵。』知必有事，而深憂遠慮也。未幾，段子璋、徐知道、崔旰、楊子琳輩果據

〔註15〕 杜甫：《諸將五首》，仇兆鰲注：《杜詩詳注》卷十六，前引書，第 1370 頁。
〔註16〕 劉昫：《舊唐書》卷一百九十，前引書，第 5055 頁。
〔註17〕 杜甫：《懷錦水居止二首》，王嗣奭：《杜臆》卷七，前引書，第 230 頁。
〔註18〕 杜甫：《大曆三年春白帝城放船出瞿塘峽》，仇兆鰲注：《杜詩詳注》卷二十一，前引書，第 1872～1872 頁。

險爲亂。公之料事多中如此，可見其經世之才矣。」〔註19〕

（三）災異禎祥的天命思想觀照下的杜詩讖

通過自然界的異常徵兆來預測時局，是讖文學經常借助的手法。從文學的角度來看，這是一種以神學的觀念對詩的解釋，是神秘文化主義對中國古代文學潛在影響的體現。中國自古有災異禎祥的天命觀念，如《禮記・中庸》云：「國家將興，必有禎祥；國家將亡，必有妖孽」〔註20〕，讖言詩也極易成爲附會天意、索解人事的工具。如《一百五日夜對月》：

> 無家對寒食，有淚如金波。斫却月中桂，清光應更多。
>
> 仳離放紅蕊，想像顰青蛾。牛女漫愁思，秋期猶渡河。

此詩作於至德二年寒食。杜甫與妻兒阻隔日久，每逢佳節思親又倍，身陷賊中無家可歸而愈覺清冷，故望月而感懷，寄內之情，溢於言表。斫桂、嫦娥的意象緊扣「月」，末句言牛郎、織女秋期鵲橋會，寄寓了杜甫期待與老妻重逢團圓的渴望。但是詩家在解詩時，將其附會爲超自然的暗示，天上的星象變化與人世間的人事變化相應，傳遞天象變化之意以暗示人事的凶吉。仇兆鰲注：「牛女渡河，豫言聚首有期。是年克復西京，果在深秋之候」〔註21〕，把詩作和徵候聯繫起來，認爲杜甫此詩暗示了是年秋天，西京可望收復。事實上，收復西京是在九月，與杜甫所「預言」的七月初七仍有出入，此中穿鑿附會不攻自破。再如《歸雁》：

> 聞道今春雁，南歸自廣州。見花辭漲海，避雪到羅浮。
>
> 是物關兵氣，何時免客愁。年年霜露隔，不過五湖秋。

此詩作於大曆三年，《杜詩詳注》引朱注：「詩云：『聞道今春雁，南歸自廣州』，正是三年春所作。又云：『是物關兵氣，何時免客愁』，蓋浩以爲祥，公以爲異耳。」〔註22〕對於同一物象，不同人有不同的見地，事實上則都受到原始巫術思維的影響。原始時代人們處在受生產力和認知力發展限制的蒙昧狀態，他們對世界上所不能理解的一切，一律用「想其當然」加以解決，以致在頭腦中形成各種錯誤的、歪曲的、虛幻的概念。然而，基於巧合，或限於

〔註19〕 杜甫撰，仇兆鰲注：《杜詩詳注》卷九，前引書，第 722 頁。
〔註20〕 鄭玄注，孔穎達疏：《禮記正義》卷五十三，阮元：《十三經注疏》，前引書，第 1632 頁。
〔註21〕 杜甫：《一百五日夜對月》，仇兆鰲注：《杜詩詳注》卷四，前引書，第 324 頁。
〔註22〕 杜甫：《歸雁》，仇兆鰲注：《杜詩詳注》卷二十一，前引書，第 1884 頁。

時代局限性確無可解的這些概念得到某種程度的復合和印證之後，人的頭腦裏便會相信這些原本錯誤的觀念並認爲這是對客觀世界的正確解釋。原始先民篤信萬物有靈，在他們眼中，自然界的各種具有活力的運動，動物或植物與人類的密切關係，人的頭腦所產生的對外界和所經歷的事物的反映，人與人之間的相互影響與刺激，在多次交融與復合後便會產生一種信念——與人發生關係的外界也是一種有生命的靈動現象。《杜臆》卷十：「禽鳥得氣之先，明年潭州果有臧玠之亂，桂州又有朱濟之亂，此與邵堯夫洛陽杜鵑無異，可謂前知。落句正道其常，以明其爲變也。」〔註23〕將此詩視爲具有預見性的讖言詩之一，正是出自這一思維模式。湖南衡陽有回雁峰，相傳北雁南飛，至此不度，然而是年諸雁皆越過此地，飛往嶺南廣州過多。這種異象被杜甫視爲不祥之兆，是「天意」的透露，即爲「兵氣」。巧合的是，大曆五年四月，「湖南都團練使崔瓘爲其兵馬使臧玠所殺，玠據潭州爲亂」〔註24〕；差不多與此同時，「番禺賊帥馮崇道，桂州叛將朱濟時，皆據險爲亂，陷十餘州」〔註25〕，二事似乎都可以與杜詩關合。可歎的是，杜甫也在臧玠之亂中飽受其罹，此是後話。綜上所述，這類讖言詩其實還是傳統天人感應思想的延續，其特點是將人事與天命、自然現象結合起來，認爲人類的活動會導致自然界的某些變化，天之所言，必有所端倪呈現世間。這類預測詩，其實是傳統的天人感應思想的延續，其重要特點是將人事與天命、自然現象結合起來，認爲人類的活動會導致自然界的某些變化，天之所言，必有所預兆，並通過「詩讖」的介質傳達到人間，而杜甫「似乎」能夠捕捉到這些微妙的訊息，在詩中加以表達。把這部分杜詩視爲預測之作，是將杜詩「神秘化」、「神聖化」，是對杜甫詩聖、杜詩詩史地位的人爲拔高。

〔註23〕杜甫：《歸雁》，王嗣奭：《杜臆》卷十，前引書，第371頁。邵堯夫洛陽杜鵑之事，出自邵伯溫撰，李健雄、劉德權校：《邵氏聞見錄》卷十九，北京：中華書局，1997年，第214～215頁，原文如下：「（邵康節）平居於人事機祥未嘗輒言，治平間，與客散步天津橋上，聞杜鵑聲，慘然不樂。客問其故，則曰：『洛陽舊無杜鵑，今始至，有所主。』客曰：『何也？』康節先公曰：『不三五年，上用南士爲相，多引南人，專務變更，天下自此多事矣！』客曰：『聞杜鵑何以知此？』康節先公曰：『天下將治，地氣自北而南，將亂，自南而北。今南方地氣至矣，禽鳥飛類，得氣之先者也。《春秋》書「六鷁退飛」、「鸜鵒來巢」，氣使之也。自此南方草木皆可移，南方疾病瘴瘧之類，北人皆苦之矣。』至熙寧初，其言乃驗，異哉！」

〔註24〕劉昫：《舊唐書》卷十一，前引書，第296頁。

〔註25〕司馬光：《資治通鑑》卷二百二十四，前引書，第7217頁。

第二節　宿命型讖言杜詩

　　有一類讖言詩是詩人創作或吟誦之後，該詩或整篇、或章句、或字詞的意義被坐實讖義，預示了詩人的某種歸宿或命運，本書稱之為「宿命型讖言詩」。這類讖言詩頗具靈異傳奇的色彩，帶有濃厚的封建迷信意味。杜詩當中也有言及自己死亡的讖言詩。

　　杜甫在湖湘顛沛流離之際，詩作中屢現「招魂」字樣。如「易下楊朱淚，難招楚客魂」（《冬深》）；「夢魂歸未得，不用楚辭招」（《歸夢》）〔註26〕等等。杜甫在生命的最後幾年，不僅老病衰朽，而且飽受亂離，生理和心理都遭受了嚴重的創傷，已經對生命的行將終結有所感知。頻頻出現的「招魂」，固然有憑弔屈原、賈誼之意，但是也摻雜了對自己生命凋敝的哀歎。「但恐驚散之旅魂，未必能招之北歸耳」〔註27〕，他對自己能否在有生之年回歸故土充滿質疑。《祠南夕望》曰：

　　　　百丈牽江色，孤舟泛日斜。興來猶杖屨，目斷更雲沙。

　　　　山鬼迷春竹，湘娥倚暮花。湖南清絕地，萬古一長嗟。

《杜詩詳注》引黃生：「此近體中弔屈原賦也，結亦自喻。日夕望祠，髣髴山鬼湘娥，如見靈均所賦者。因歎地雖清絕，而俯仰興懷，萬古共一長嗟，此借酒杯以澆塊磊。山鬼湘娥，即屈原也。屈原，即少陵也。」又引張綖：「如此清絕之地，徒為遷客羈人之所歷，此萬古所以同嗟也。」〔註28〕詩家都注意到了杜甫憑弔屈原，乃是以屈原自擬，與之抒同一情懷，但是，「湖南清絕地」卻意外地透露出死亡氣息。湖湘具有獨特的地理生存環境，山深林密、地濕瘴重，素有「蠻夷之地」的說法，漢唐以來就成為遷客騷人的落難之地。虞舜死葬九嶷山，史稱「踐帝位三十九年，南巡狩，崩於蒼梧之野。葬於江南九疑，是為零陵」〔註29〕。後世文人對此吟詠頗多，如李白《遠別離》「九疑聯綿皆相似，重瞳孤墳竟何是」〔註30〕。屈原被逐沉湘洞庭，幽憤交加而作《離騷》、《九歌》，熔戀君之情、身世之歎、感懷之悲、獨立之意於一爐，

〔註26〕杜甫：《冬深》、《歸夢》，仇兆鰲注：《杜詩詳注》卷二十二，前引書，第1937、1951頁。

〔註27〕杜甫：《返照》仇注，仇兆鰲注：《杜詩詳注》卷十五，前引書，第1336頁。

〔註28〕杜甫：《祠南夕望》，仇兆鰲注：《杜詩詳注》卷二十二，前引書，第1956頁。

〔註29〕司馬遷：《史記》卷一五，前引書，第44頁。

〔註30〕李白：《遠別離》，王琦注：《李太白全集》卷三，前引書，第157頁。

而終是「信而見疑、忠而被謗」〔註31〕；賈誼貶至長沙，感同身受，而作《弔屈原賦》、《鵩鳥賦》，情感內質與抒情方式與屈原古今相承，最後落得「可憐夜半虛前席，不問蒼生問鬼神」〔註32〕的結局。盛唐賢相張說被讒貶至岳州，在入不得廊廟、出僅見瘴地的環境中內外交困，只能以詩歌來表現落魄之際的去國懷鄉之思、懷才不遇之憤、前途未卜之憂、歲月遲暮之感，史稱「說貶岳州後，詩益淒婉」〔註33〕。杜甫在憑弔屈原的時候，或許也聯想到了虞舜、賈誼、張說等落難湖湘的人物，結合自身遭際而有此感歎。「清絕地」被誤讀成自己的讖語，最終絕命於耒水之上，引得後人「萬古一長嗟」。

　　除了這首詩之外，《聶耒陽以僕阻水書致酒肉療饑荒江詩得代懷興盡本韻至縣呈聶令陸路去方田驛四十里舟行一日時屬江漲泊於方田》詩中一句「湖邊有飛旐」亦被拈出，「胡夏客曰：詩云『湖邊有飛旐』，此語遂成詩讖。」〔註34〕中國古代喪葬有以白旗招魂之習俗，「飛旐」觸犯了語言禁忌。《古今類事·讖兆門》引《晉史》載：「庾亮上武昌，出石頭，百姓觀於岸上，歌之曰：『庾公上武昌，翩翩如飛鳥。庾公還揚州，白馬牽旐旗。』庾尋卒。當時以爲白馬旐旗之讖焉。」〔註35〕而杜詩讀之不祥，所犯正與此同。

　　與杜甫相關的讖言詩，還有一則出自韋莊故事。西蜀時期，韋莊重整杜甫浣花草堂，史載：

　　　　武成三年，（韋莊）卒於花林坊，葬白沙之陽。是歲，莊日誦杜甫「白沙翠竹江村暮，相對柴門月色新」之詩，吟諷不輟，人以爲詩讖焉。〔註36〕

杜甫《南鄰》詩中「白沙」一地，本爲虛指，在此則由虛轉實。解詩者根據詩句中的某些詞句與涵義上的某種牽強附會的關聯，錯誤地將偶然性誇大成一種普遍規律並加以神秘化。此外，巴蜀歷有好巫喜讖的傳統。《後漢書·南蠻西南夷傳》：「（巴郡南郡蠻）未有君長，俱事鬼神。」〔註37〕《華陽國志·

〔註31〕　司馬遷：《史記》卷八十四，前引書，第 2482 頁。
〔註32〕　李商隱：《賈生》，劉學鍇、余恕誠注《李商隱詩歌集解》，前引書，第 1689 頁。
〔註33〕　歐陽修、宋祁：《新唐書》卷一百二十五，前引書，第 4410 頁。
〔註34〕　杜甫：《聶耒陽以僕阻水書致酒肉療饑荒江詩得代懷興盡本韻至縣呈聶令陸路去方田驛四十里舟行一日時屬江漲泊於方田》，仇兆鰲注：《杜詩詳注》卷二十三，前引書，第 2083 頁。
〔註35〕　委心子：《新編分門古今類事》卷十三，前引書，第 201 頁。
〔註36〕　吳任臣：《十國春秋》卷四十，前引書，第 593 頁。
〔註37〕　范曄：《後漢書》卷八十六，前引書，第 2840 頁。

蜀志》:「（蜀）民失在於徵巫，好鬼仙。」〔註38〕《晉書・李特傳》云道教初祖張魯「以鬼道教百姓，賨人敬信巫覡，多往奉之。」〔註39〕漢代「常卜筮於市，假蓍龜以教」〔註40〕的道人嚴君平、隋末唐初曾預言武后登基的術士袁天綱都來自巴蜀地區。在五代亂世杜詩被「讖化」，是具有歷史和地域的雙重文化背景的。

第三節　關切與焦慮：杜詩讖的主題

通過對杜甫的上述讖言詩的分析，我們不難發現，杜詩中所謂的讖言詩皆與國家命運和生命意識兩大主題息息相關，反映出杜甫「達則兼濟天下」的士人心態，及杜甫對這兩大主題的關切與焦慮。

通過言志抒情的詩歌創作，詩人可能從詩中反映出某些基於生活的預感，流露出真實心態，或是基於已知事物而對未來做出合理的推斷。杜甫對時政、國勢、軍事的把握，充分地證實了這一點。由於詩歌長於含射象徵某類事象，故讖言詩往往利用諧音、雙關、隱喻、象徵等修辭手段，以達到預測的效果和目的。杜詩在後世流傳甚廣，以至於有「千家注杜」之盛況，有些解詩者在「聖化」杜甫的過程中，對文本的意思進行了牽強附會的引申，以突出杜甫運用語言文字符號的特殊「超能力」，他們用模糊、含蓄、隱蔽的手法，對發展趨勢作出預測，將預測的結果嵌在詩中，造成一種似乎冥冥中自有天定的神秘感。但是這種解詩，多是附加了杜詩以外的他人意志。例如宋人以學力注詩，力求闡發詩中的微言大義、比興寄託，詩歌闡釋傾向於尋覓詩中所蘊含的作者真實用意，結果形成「務求深解，多穿鑿之詞」〔註41〕的不良風氣。杜甫曾在自己的《朝獻太清宮賦》說：「唯累聖之徽典，恭淑慎以允緝；茲火土之相生，非符讖之備及。」〔註42〕讖符之說不可盡信，言之甚明，但後世卻往往忽略詩人本身的意志。

而對杜甫「死讖」的解讀，則與古人的語言禁忌觀念有一定的關聯，這

〔註38〕常璩撰，錢穀校：《華陽國志》卷三，臺北：世界書局，1979年，第87頁。
〔註39〕房玄齡：《晉書》卷一百二十，前引書，第3022頁。
〔註40〕常璩撰，錢穀校：《華陽國志》卷十上，前引書，第288頁。
〔註41〕永瑢：《四庫全書總目》卷一九五，前引書，第1779頁。
〔註42〕杜甫：《朝獻太清宮賦》，仇兆鰲注《杜詩詳注》卷二十四，前引書，第2113頁。

種觀念本質涉及到語言禁忌的問題。禁忌是以信仰爲核心的心理民俗，凝結著人類原始的心理和幻想。語言禁忌建立在語言神秘感、語言魔力信仰的基礎上，是一種潛藏在民俗文化之中的古老巫術思維。讖言詩的觀念建立在對語言先兆作用信仰的基礎之上，認爲語言具有一種預示事物發展與結局的神秘力量。詩言志，就是詩人借物以表達自己的思想感情，而詩中難免流露出對某事的渴望或規避、以及對未來的展望，一旦不留神「犯忌」，就會在被解詩者捕風捉影，以暗喻、寄寓、象徵等藝術手法解釋詩中的「讖」，曲解詩者的本意，將陰陽五行的神學說教滲透進去，牽強附會、憑臆私決。

結　語

　　本書通過對隋唐五代讖文學的全面梳理和研究，釐清了讖文學的發展脈絡，對其內涵與外延進行了界定，劃分了其類型，從陰陽五行、精神分析、原型理論、語言禁忌等不同角度來闡釋了其蘊涵的文化意義，結合「詩能窮人」觀及美學闡釋來探究了讖文學的文化心態與中國式讖言文化背後的獨有民族心理，再從語言學的層面上分析了其生成與傳播機制，最後通過杜甫讖言詩的個案研究說明了讖文學滲透在中國文人生活中的具體過程。

　　讖文學的整理是件費力不討好的工作，由於其怪力亂神的屬性，歷朝政府多有禁燬，故傳播多賴於民間的口耳相傳，傳統學者也對此多持擯棄態度。杜文瀾在著錄《古謠諺》時就曾明言：「謠諺之興，其始止發乎語言，未著於文字。……讖緯稱歌者不錄，僧偈成歌者不錄，乩語作歌者不錄，占繇用歌者不錄……此皆已著於文字，不得爲謠諺者也。」〔註1〕可見，學者對於「未著於文字」的「讖緯稱歌」一般不予收錄。儘管我們不斷批判讖文學的虛妄性，然而從文化研究的角度來說，讖文學仍然具有反映時代風貌的鏡象意義。讖文學記錄了許多不能刊載於正史或儒經上的有關天命、方術、神學、運勢、陰陽、占卜等方面的中國神秘文化內容，具有還原被中國式人文主義思潮所覆蓋的古史、神話、宗教眞實面貌的意義。中國和世界其他民族一樣，在初民社會就形成了源遠流長的巫鬼傳統，但周代以禮樂制度爲核心的宗法社會的建立，限制了中國人的神話思維。而作爲以怪力鬼神爲核心內容的讖緯神

〔註 1〕 杜文瀾輯，周紹良注：《古謠諺》序，前引書，第 6～7 頁。

學實際是古代巫鬼文化的殘留，充當著溝通天人之間的重要媒介，對古代中國的政治、經濟、哲學、文學、道德、倫理、科學、藝術、宗教、神話都發揮著或深或淺的影響〔註2〕。

讖文學的文化闡釋可以從多個方面同時並行。就其哲學背景來說，讖文學是基於天人感應的傳統思維模式，其作爲附會天意、索解人事的神秘主義哲學的一支，主張以「符命」與「天譴」來印證天人感應的「眞實性」。諸如董仲舒之論，在史書中多有類似表述，如《晉書·天文志中》：「凡五星盈縮失位，其精降於地爲人。歲星降爲貴臣，熒惑降爲童兒，歌謠嬉戲，……吉凶之應，隨其象告。」〔註3〕天象的異變會在人間有所表現，來說明某些吉凶的注定性。這種思維方式，與傳統的占星分野學是一脈相承的。就其整個傳播流程來說，杜預有一個較爲恰當的總結：「童齓之子，未有念慮之感，而會成嬉戲之言，似若有憑者。其言或中或否，博覽之士，能懼思之人，兼而志之，以爲鑒戒，以爲將來之驗，有益於世教。」〔註4〕製讖者利用大眾的好事與獵奇心理來傳遞某些「天意」，故意以似是而非的語詞入讖，並在最後闡釋的多重性中對讖的合理性進行人爲地完善，造就「一語成讖」的效果。讖文學在作者那裡仍算未竟之作，在大眾傳播這個過程中，作者有時需要隱匿自我身份，退爲劇情發展的旁觀者和推動者，把闡釋工作留給解讖者。而解讖者則善於利用傳統的中國天人感應思維和中國語言文字的特殊特點，例如雙關、拆字、藏頭等手法，最後解開大眾期待已久的謎底，完成智力上的較量，使讖文學實現「以史爲鑒」的教育意義。因此，一首讖言詩需要由作詩者與解讖者共同完成，如果寫出來只是「束之高閣」，沒有經過解釋過程，即使作者本人有意傳遞某些弦外之音，也算不上眞正意義上的讖文學。

如果讖文學只是以好事或者獵奇爲目的徒增談資的話，它可能會跟中國古典文學領域中的小說、傳奇並無二致。讖文學獨特的文學性，體現在它的另一個名字上——「詩妖」。這種提法很早就已經出現，可以追溯到先秦時期。《青箱雜記》卷七：「謠讖之語，在《洪範》、五行，謂之詩妖，言不從之罰，前世多有之，而近世亦有焉。」〔註5〕又《漢書·五行志》：「君炕陽而暴虐，

〔註2〕 李中華：《讖緯與神秘文化》，北京：中央編譯出版社，2008年，第12頁。

〔註3〕 房玄齡：《晉書》卷十二，前引書，第320頁。

〔註4〕 杜預注，孔穎達正義：《春秋左傳正義》卷十二，阮元《十三經注疏》，前引書，第1795頁。

〔註5〕 吳處厚撰，李裕民校：《青箱雜記》卷七，前引書，第69頁。

臣畏刑而柑（鉗）口，則怨謗之氣發於歌謠，故有詩妖。」〔註6〕詩妖的產生，是由於某種貫通上下的氣脈被阻隔，這種源於道家或道教傳統經脈學說的提法，跟儒家的天命禎祥觀也是款曲相通的。一方面，歷代對詩妖厲行禁制，然而統治者為了下情上達，或者探試統治的底限，還是很重視讖文學「興觀群怨」的文學功能的。《國語‧晉語》：「風聽臚言於市，辨妖祥於謠。」〔註7〕這就使得讖文學在一定程度上承繼了詩經、樂府這些正統文學樣式的傳統，能夠反映民生疾苦與統治現狀，其文學認識價值得到了凸顯。所以儘管讖文學不登大雅之堂，但是又不僅僅是略供調笑的口耳之學而已。同時，統治者或者某些權力的爭鬥者，又善於利用讖文學的這一特點，刻意製讖，以印證自身的合法性。《古諺謠》引《書傳正誤》：「讖語如亡秦者胡、劉氏復起、李氏當王之類是也」〔註8〕，這是從國事的角度來說的。另一方面，從人事的角度來說，文人佔據了中國傳統社會等級制度的最高層，或者說文人是要進入到最高層，成為「士」，也具有窺視先機的迫切動機和快感。而儒家不語怪力亂神的傳統與人心逼仄的社會背景下，文人一旦能夠通過一個非正統方式來爭取捷徑，或者規避禍端，他們對於讖文學亦是抱著「寧可信其有，不可信其無」的態度。因此很多文人樂於通過「以意逆志」的途徑，按圖索驥地發掘自身和旁人的離奇之處，以此來彰顯與眾不同。而他們最為關心的內容，一般局限在兩大主題：生命與仕途。由此，讖文學亦有迹可循。我們不難發現，無論有關國事和有關人事的讖文學，為了讓讖言更加真實可信，其作為詩文體裁的文學性要求也逐漸得到提升，如韻律性和通俗性、以及較強的修辭性，以與口頭文學口耳相傳的特點相協。所以，讖文學是中國士人舒展抱負、求取干政所採取的一種特殊文體。隋唐五代時期讖文學的興盛是與門閥政治衰落與科舉制推行，文人開始萌發強烈的主體意識分不開的。

讖文學既是一種文學文本，更是一種文化現象，或者說是一種政治文化的「文本」，因為它應當成為中國文化研究的一種範式。以詩為驗，多賴於受眾解讀之意念，而非詩人本意。讖文學借助神話和巫術來闡釋自然和社會現象，並揣摩天意和預測未來，從而指導個人或社會行為。它是基於原始巫術和占卜、通過判斷徵兆的方式來趨利避害的文化產物，代表的是一種介於理

〔註6〕 班固：《漢書》卷二十七中之上，前引書，第1377頁。
〔註7〕 徐元誥撰，王樹民等校：《國語集解》晉語六，前引書，第388頁。
〔註8〕 杜文瀾輯，周紹良注：《古謠諺》引郭孔太《書傳正誤》，前引書，第1063頁。

性與非理性之間、宿命主義的、神學超自然的世界觀，強調的是某種超越人世間的神靈力量對命運的主宰和安排，傳達的核心精神是未來的發展都是按照命定的路線，按部就班地一一實現的。人事的吉凶禍福都是神靈賜予或注定，人並不具備反抗命運的力量，這樣的提法非常符合古代中國人「知天命」的人生觀。

　　限於篇幅，本書僅擇取了隋唐五代時期的讖文學材料為研究文本，難免有掛一漏萬之嫌，但這種管中窺豹、以點帶面的研究方式，或許對我們深入瞭解讖文學這一特殊的文學文本還有一定價值的。但是新時期對讖文學研究卻相對冷落，這大致存在著研究思路與研究方法兩大方面的原因：其一，大陸學界古典文學研究過度強調唯物論，對唯心主義宿命觀的產物不屑一顧，因此忽略甚至無視讖文學作為文學類型的客觀存在；其二，現有研究多以印象式的批評為主，獵奇的成分更多，而缺乏深入細緻的分析，大部分研究成果都以羅列材料或駁斥虛妄性為主調，與文化批評的論調相悖，因此在研究方法上鮮有突破。基於上述兩點，讖文學研究幾乎從未作為主題研究而進入到唐代文學研究的主流視野。這樣，讖文學成為隋唐文學研究特別是唐詩學研究的一段「殘篇」，而缺少了這個「殘篇」，隋唐五代文學的面貌是不完整的。對隋唐五代讖文學的研究，對於完善唐詩研究體系具有重要的補充作用，也對於認識唐代政治文化有莫大的裨益。進一步來說，我們通過這方面的研究能從中窺見中古乃至整個古代中國對讖文化的基本態度和對策，從而為當下國民性的改造提供一些歷史性的借鑒。

參考文獻

文學基本典籍

總　集

1. 彭定求、沈三曾：《全唐詩》，北京：中華書局，2003 年。
2. 陳尚君：《全唐詩補編》，北京：中華書局，1992 年。
3. 曾昭岷：《全唐五代詞》，北京：中華書局，1999 年。
4. 逯欽立：《先秦漢魏晉南北朝詩》，北京：中華書局，1998 年。
5. 杜文瀾輯，周紹良注：《古謠諺》，北京：中華書局，2008 年。
6. 郭茂倩：《樂府詩集》，北京：中華書局，2001 年。
7. 董誥：《全唐文》，北京：中華書局，1982 年。
8. 陳尚君：《全唐文補編》，北京：中華書局，2000 年。
9. 嚴可均：《全上古三代秦漢三國六朝文》，北京：中華書局，1999 年。
10. 歐陽詢撰，汪紹楹校：《藝文類聚》，北京：中華書局，1965 年。
11. 徐堅：《初學記》，北京：中華書局，2004 年。
12. 李昉：《太平廣記》，北京：中華書局，2003 年。
13. 李昉、徐鉉：《文苑英華》，北京：中華書局，1966 年。
14. 李昉、李穆：《太平御覽》，北京：中華書局，1998 年。
15. 王欽若：《冊府元龜》，北京：中華書局，1989 年。
16. 何文煥：《歷代詩話》，北京：中華書局，2004 年。
17. 丁福保：《歷代詩話續編》，北京：中華書局，2006 年。
18. 吳景旭：《歷代詩話》，臺北：世界書局，1979 年。
19. 阮閱撰，周本淳校：《詩話總龜》，北京：人民文學出版社，1987 年。

20. 委心子：《新編分門古今類事》，北京：中華書局，1987 年。

21. 安居香山、中村璋八輯：《緯書集成》，石家莊：河北人民出版社，1994 年。

22.《漢魏六朝筆記小說大觀》，上海：上海古籍出版社，1999 年。

23.《唐五代筆記小說大觀》，上海：上海古籍出版社，2000 年。

24.《宋元筆記小說大觀》，上海：上海古籍出版社，2001 年。

25. 阮元：《十三經注疏》，上海：上海古籍出版社，1997 年。

26. 陶宗儀：《說郛三種》，上海：上海古籍出版社，1986 年。

27. 蟲天子：《香豔叢書》，北京：人民文學出版社，1992 年。

28. 紀昀纂：《四庫全書》，國立故宮博物院文淵閣影印本，臺北：臺灣商務印書館，1983～1986 年。

29. 嚴一萍輯：《百部叢書集成》，四部叢刊本，板橋：藝文印書館，1966 年。

30. 永瑢：《四庫全書總目》，北京：中華書局，1965 年。

別　集

1. 王梵志撰，項楚注：《王梵志詩校注》，上海：上海古籍出版社，2010 年。

2. 沈佺期、宋之問撰，陶敏、易淑瓊校：《沈佺期宋之問集校注》，北京：中華書局，2006 年。

3. 盧照鄰撰，李雲逸注：《盧照鄰集校注》，北京：中華書局，1998 年。

4. 王勃撰，蔣清翊注：《王子安集注》，上海：上海古籍出版社，1976 年。

5. 駱賓王撰，陳熙晉箋：《駱臨海集箋注》，臺北：世界書局，1981 年。

6. 陳子昂：《新校陳子昂集》，臺北：世界書局，1980 年。

7. 張九齡撰，熊飛注：《張九齡集校注》，北京：中華書局，2008 年。

8. 孟浩然撰，佟培基注：《孟浩然詩集箋注》，上海：上海古籍出版社，2000 年。

9. 王維撰，趙殿成箋：《王右丞集箋注》，上海：上海古籍出版社，1976 年。

10. 王維撰，陳鐵民注：《王維集校注》，北京：中華書局，1997 年。

11. 高適撰，劉開揚注：《高適集編年箋注》，北京：中華書局，1981 年。

12. 岑參撰，廖立注：《岑嘉州詩箋注》，北京：中華書局，2008 年。

13. 李白撰，王琦注：《李太白全集》，北京：中華書局，1999 年。

14. 李白撰，瞿蛻園、朱金城注：《李白集校注》，上海：上海古籍出版社，2007 年。

15. 杜甫撰，仇兆鰲注：《杜詩詳注》，北京：中華書局，1999 年。

16. 杜甫撰，浦起龍注：《讀杜心解》，北京：中華書局，2010 年。

17. 杜甫撰，楊綸注：《杜詩鏡銓》，上海：上海古籍出版社，1980 年。

18. 杜甫撰，王嗣奭注：《杜臆》，上海：上海古籍出版社，1983 年。

19. 韋應物撰，孫望注：《韋應物詩集繫年校箋》，北京：中華書局，2002 年。

20. 劉長卿撰，儲仲君注：《劉長卿詩編年箋注》，北京：中華書局，1996 年。

21. 白居易撰，朱金城箋：《白居易集箋校》，上海：上海古籍出版社，1988 年。

22. 白居易撰，謝思煒注：《白居易詩集校注》，北京：中華書局，2006 年。

23. 元稹撰，冀勤校：《元稹集》，北京：中華書局，2000 年。

24. 劉禹錫撰，卞孝萱校訂：《劉禹錫集》，北京：中華書局，1990 年。

25. 張籍撰，徐禮節、余恕誠校：《張籍集繫年校注》，北京：中華書局，2011 年。

26. 韓愈撰，錢仲聯注：《韓昌黎詩繫年集釋》，上海：上海古籍出版社，1994 年。

27. 韓愈撰，馬其昶注：《韓昌黎文集校注》，上海：上海古籍出版社，1998 年。

28. 韓愈撰，劉真倫注：《韓愈文集彙校箋注》，北京：中華書局，2010 年。

29. 柳宗元：《柳宗元集》，北京：中華書局，2006 年。

30. 李賀撰，吳企明注：《李長吉歌詩編年箋注》，北京：中華書局，2012 年。

31. 賈島撰，李建昆注：《賈島詩集校注》，臺北：里仁書局，2002 年。

32. 戴叔倫撰，蔣寅注：《戴叔倫詩集校注》，上海：上海古籍出版社，2010 年。

33. 許渾撰，羅時進注：《丁卯集箋證》，北京：中華書局，2012 年。

34. 李商隱撰，劉學鍇、余恕誠注：《李商隱詩歌集解》，北京：中華書局，2004 年。

35. 李商隱撰，劉學鍇、余恕誠注：《李商隱文編年校注》，北京：中華書局，2002 年。

36. 杜牧撰，吳在慶注：《杜牧集繫年校注》，北京：中華書局，2008 年。

37. 溫庭筠撰，劉學鍇注：《溫庭筠全集校注》，北京：中華書局，2007 年。

38. 鄭谷撰，嚴壽澂等注：《鄭谷詩集箋注》，上海：上海古籍出版社，1991 年。

39. 皮日休撰，蕭滌非注：《皮子文藪》，上海：上海古籍出版社，1981 年。

40. 貫休撰，胡大濬注：《貫休歌詩繫年箋注》，北京：中華書局，2011 年。

41. 韋莊撰，聶安福注：《韋莊集箋注》，上海：上海古籍出版社，2002 年。

42. 李璟、李煜撰，王仲聞校：《南唐二主詞校訂》，北京：中華書局，2007年。

43. 牛僧孺撰，程毅中校：《玄怪錄》，北京：中華書局，2008年。

歷史文獻

1. 司馬遷：《史記》，北京：中華書局，2009年。
2. 班固：《漢書》，北京：中華書局，1964年。
3. 范曄：《後漢書》，北京：中華書局，1973年。
4. 陳壽：《三國志》，北京：中華書局，1964年。
5. 房玄齡：《晉書》，北京：中華書局，1974年。
6. 魏收：《魏書》，北京：中華書局，1974年。
7. 李百藥：《北齊書》，北京：中華書局，1972年。
8. 令狐德棻：《周書》，北京：中華書局，1971年。
9. 沈約：《宋書》，北京：中華書局，1997年。
10. 蕭子顯：《南齊書》，北京：中華書局，1974年。
11. 姚思廉：《梁書》，北京：中華書局，1973年。
12. 姚思廉：《陳書》，北京：中華書局，1972年。
13. 李延壽：《北史》，北京：中華書局，1974年。
14. 李延壽：《南史》，北京：中華書局，1975年。
15. 魏徵、長孫無忌：《隋書》，北京：中華書局，1973年。
16. 劉昫：《舊唐書》，北京：中華書局，1997年。
17. 歐陽修、宋祁《新唐書》，北京：中華書局，2006年。
18. 薛居正：《舊五代史》，北京：中華書局，1995年。
19. 歐陽修：《新五代史》，北京：中華書局，2007年。
20. 脫脫：《宋史》，北京：中華書局，1977年。
21. 司馬光：《資治通鑑》，北京：中華書局，1982年。
22. 張唐英：《蜀檮杌》，北京：商務印書館，1939年。
23. 張唐英撰，王文才、王炎箋：《蜀檮杌校箋》，成都：巴蜀書社，1999年。
24. 吳任臣：《十國春秋》，北京：中華書局，2010年。
25. 溫大雅撰，李季平、李錫厚校：《大唐創業起居注》，上海：上海古籍出版社，1983年。
26. 杜佑：《通典》，臺北：新興書局，1956年。
27. 王溥：《唐會要》，上海：上海古籍出版社，1991年。

28. 李林甫:《唐六典》,北京:中華書局,1994 年。

29. 張鷟撰,趙守儼校:《朝野僉載》,北京:中華書局,1997 年。

30. 鄭處誨撰,田廷柱校:《明皇雜錄》,北京:中華書局,1997 年。

31. 裴庭裕撰,田廷柱校:《東觀奏記》,北京:中華書局,1997 年。

32. 王仁裕撰,曾貽芬校:《開元天寶遺事》,北京:中華書局,2004 年。

33. 姚汝能撰,曾貽芬校:《安祿山事迹》,北京:中華書局,2004 年。

34. 王讜撰,周勛初校:《唐語林校證》,北京:中華書局,1997 年。

35. 劉餗撰,程毅中校:《隋唐嘉話》,北京:中華書局,1997 年。

36. 劉肅撰,許德楠校:《大唐新語》,北京:中華書局,1997 年。

37. 封演撰、趙貞信校:《封氏聞見記》,北京:中華書局,1997 年。

38. 錢易撰,黃壽成校:《南部新書》,北京:中華書局,2006 年。

39. 王定保:《唐摭言》,上海:上海古籍出版社,1978 年。

40. 段成式:《酉陽雜俎》,北京:中華書局,1981 年。

41. 孫光憲撰,賈二強注:《北夢瑣言》,北京:中華書局,2002 年。

42. 蘇軾撰,王松齡校:《東坡志林》,北京:中華書局,2002 年。

43. 吳處厚撰,李裕民校:《青箱雜記》,北京:中華書局,1997 年。

44. 邵伯溫撰,李健雄、劉德權校:《邵氏聞見錄》,北京:中華書局,1997 年。

45. 趙彥衛撰,傅根清校:《雲麓漫鈔》,北京:中華書局,1997 年。

46. 岳珂撰,吳企明校:《桯史》,北京:中華書局,1997 年。

47. 陸游撰,李劍雄、劉德權校:《老學庵筆記》,北京:中華書局,2005 年。

48. 洪邁撰,孔凡禮校:《容齋隨筆》,北京:中華書局,2005 年。

49. 王士禎撰,勒斯人校:《池北偶談》,北京:中華書局,1997 年。

50. 許慎撰,徐鉉校:《說文解字》,北京:中華書局,1963 年。

51. 許慎:《平津館校刊說文解字》,臺北:世界書局,1979 年。

52. 許慎撰,段玉裁注:《說文解字注》,上海:上海古籍出版社,2010 年。

53. 桂馥:《說文解字義證》,上海:上海古籍出版社,1987 年。

54. 劉熙:《釋名》,北京:中華書局,1985 年。

55. 陳廷敬、張玉書撰,王引之校:《康熙字典》,北京:中華書局,2011 年。

56. 王逸注,黃靈庚疏:《楚辭章句疏證》,北京:中華書局,2007 年。

57. 李耳撰,陳鼓應注:《老子注釋及評介》,北京:中華書局,2001 年。

58. 莊周撰,陳鼓應注:《莊子今注今譯》,北京:中華書局,2001 年。

59. 徐元誥撰,王樹民校:《國語集解》,北京:中華書局,2002 年。

60. 荀況撰，王先謙注：《荀子集解》，臺北：世界書局，1978 年。

61. 孫詒讓：《墨子閒詁》，北京：中華書局，2001 年。

62. 列子撰，楊伯駿注：《列子集釋》，臺北：明倫出版社，1970 年。

63. 管仲撰，黎翔鳳注：《管子校注》，北京：中華書局，2004 年。

64. 王充撰，黃暉注：《論衡校釋》，北京：中華書局，1990 年。

65. 許維遹注：《呂氏春秋集釋》，北京：中華書局，2010 年。

66. 董仲舒撰，凌曙注：《春秋繁露》，北京：中華書局，1975 年。

史料考證和研究資料整理

1. 計有功撰，王仲鏞箋：《唐詩紀事校箋》，北京：中華書局，2007 年。

2. 辛文房撰，傅璇琮箋：《唐才子傳校箋》，北京：中華書局，2002 年。

3. 陳寅恪：《唐代政治史述論稿》，上海：上海古籍出版社，1997 年。

4. 魯迅：《中國小說史略》，上海：上海古籍出版社，2001 年。

5. 朱自清：《詩言志辨》，上海：華東師範大學出版社，1996 年。

6. 聞一多：《唐詩雜論》，北京：三聯書店，1999 年。

7. 朱光潛：《詩論》，上海：上海古籍出版社，2001 年。

8. 傅璇琮：《唐代科舉與文學》，西安：陝西人民出版社，2007 年。

9. 程千帆：《唐代進士行卷與文學》，上海：上海古籍出版社，1980 年。

10. 陳飛：《唐代試策考述》，北京：中華書局，2002 年。

11. 王勳成：《唐代銓選與文學》，北京：中華書局，2001 年。

12. 鄧小軍：《唐代文學的文化精神》，臺北：文津出版社，1993 年。

13. 宇文所安撰，賈晉華譯：《初唐詩》，北京：三聯書店，2001 年。

14. 宇文所安撰，賈晉華譯：《盛唐詩》，北京：三聯書店，2001 年。

15. 宇文所安撰，賈晉華譯：《晚唐》，北京：三聯書店，2011 年。

16. 余英時：《士與中國文化》，上海：上海人民出版社，2003 年。

17. 錢鍾書：《管錐篇》，北京：三聯書店，2001 年。

18. 錢鍾書：《七綴集》，北京：三聯書店，2002 年。

相關研究理論專著

1. 弗洛伊德撰，高覺敷譯：《精神分析引論》，北京：商務印書館，2009 年。

2. 弗洛伊德撰，孫名之譯：《釋夢》，北京：商務印書館，1996 年。

3. 弗洛伊德撰，張燕雲譯：《夢的釋義》，瀋陽：遼寧人民出版社，1987 年。

4. 波林撰，高覺敷譯：《實驗心理學史》，北京：商務印書館，1981 年。

5. 費爾巴哈撰，榮震華譯：《基督教的本質》，北京：商務印書館，1986 年。

6. 弗萊：《*Anatomy of Criticism*》，上海：上海外語教育出版社，2009 年。

7. 葉舒憲：《神話——原型批評》，西安：陝西師範大學出版社，2011 年。

8. 程金城：《西方原型美學問題研究》，哈爾濱：黑龍江人民出版社，2007 年。

9. 傅道彬：《晚唐鐘聲：中國文化的精神原型》，上海：東方出版社，1996 年。

10. 榮格：《榮格文集》，北京：國際文化出版公司，2011 年。

11. 馮川、蘇克譯：《心理學與文學》，北京：三聯書店，1987 年。

12. James Cook, James King：《*A Voyage to the Pacific Ocean*》, London：A&E Spottiswoode, 1821.

13. 弗洛伊德撰，楊庸一譯：《圖騰與禁忌》，北京：中國民間文藝出版社，1986 年。

14. 喬治・巴塔耶撰，劉暉譯：《色情史》，北京：商務印書館，2003 年。

15. 江安民編：《色情、耗費與普遍經濟：喬治・巴塔耶文選》，長春：吉林人民出版社，2003 年。

16. 索緒爾撰，高名凱譯：《普通語言學教程》，北京：商務印書館，1999 年。

17. 盧梭撰，洪濤譯：《論語言的起源：兼論旋律與音樂的模仿》，上海：上海人民出版社，2003 年。

18. 列維・布留爾著，丁由譯：《原始思維》，北京：商務印書館，1987 年。

19. 弗雷澤撰，汪培基譯：《金枝：巫術與宗教之研究》，臺北：久大文化、桂冠圖書，1991 年。

20. 李安宅：《巫術與語言》，上海：上海文藝出版社，1998 年。

21. 張紫晨：《中國巫術》，上海：三聯書店，1990 年。

22. M. H. Abrams：《*The Mirror and the Lamp：Romantic Theory and the Critical Tradition*》, New York：W. W. Norton & Company, 1958.

23. 袁洪軍、操鳴譯：《鏡與燈——浪漫主義理論批評傳統》，北京：中國社會科學出版社，1991 年。

24. 淺見洋二：《距離與想像——中國詩學的唐宋轉型》，上海：上海古籍出版社，2005 年。

25. 朱光潛：《悲劇心理學——各種悲劇快感理論的批判研究》，臺北：駱駝出版社，2001 年。

26. 叔本華撰，范進、柯錦華譯：《叔本華論說文集》，北京：商務印書館，2000 年。

27. 馮滬祥：《中西生死哲學》，新北：博揚文化事業有限公司，2001 年。

28. 卡西爾撰，甘陽譯：《人論》，上海：上海譯文出版社，1985 年。

29. 陳望道：《修辭學發凡》，上海：上海人民出版社，1976 年。

30. 張弓：《現代漢語修辭學》，天津：天津人民出版社，1963 年。

31. 王希傑：《修辭學導論》，杭州：浙江教育出版社，2000 年。

32. 曹石珠：《漢字修辭研究》，長沙：嶽麓書社，2006 年。

33. 王力：《漢語詩律學》，上海：上海教育出版社，1979 年。

34. 鍾肇鵬：《讖緯論略》，瀋陽：遼寧教育出版社，1995 年。

35. 丁鼎、楊洪權：《神秘的預言：中國古代讖言研究》，山西人民出版社，1993 年。

36. 謝貴安：《中國讖謠文化研究》，海南出版社，1998 年。

37. 陳槃：《古讖緯研討及其書錄解題》，上海：上海古籍出版社，2010 年。

38. 李中華：《讖緯與神秘文化》，北京：中央編譯出版社，2008 年。

39. Jack L Dull：《*A Historical Introduction to the Apocryphal〔Ch'an-wei〕Texts of the Han Dynasty*》, Ph.D Dissertation, University of Washington, USA, 1966.

40. Zongli Lu：《*Power of The Words：Chen Prophecy in Chinese Politics, AD 265～618*》, Peter Lang Inc., Switzerland, 2003.

後　記

　　我必須坦誠地承認自己是個極其懶惰的人，在學術上也沒有太多進取的野心，這樣庸庸碌碌地過活，沒心沒肺地游離在學界之外，倒也自得其樂。這本學術小著的寫作緣起，一方面是在博士學位攻讀階段，受裕鍇師《中國文學闡釋學》課程方法的引導，自己對神秘文化產生了濃厚的興趣，因此在讖言詩的研究上作了一些前期的鋪墊工作，加之讀博期間某篇相關論文被人大複印資料全文轉載，這對我在四川大學中文系順利拿到博士學位這一工程提供了物質和精神的力量，讓我心存感激；另一方面是三年前我成功地申請到教育部人文社科項目的西部與邊疆青年項目，一看名字就知道項目本身多多少少有點照顧「老少邊窮」的意味，我也正是以項目名稱爲研究題目，嘗試對一些不被正統觀念所接納的文化現象作較爲全面細緻的探究，讓自己再一次憑藉系統的學術訓練在學界投石問路。儘管資料準備的時間很長，但是依然距離「窮盡」還有不少差距，動筆開始寫作更是顯得倉促，所以就呈現出存在著諸多不完美之處的論著現在的樣子了。論著中可能引發的文責問題，由我全權負責。

　　這本專著能夠面世，要感謝的機構和個人很多，這也是這篇後記的主要意義所在。首先要感謝教育部的人文社科項目，若沒有它的資助，我恐怕也沒有繼續把這個研究論題深入進行下去的決心和動力。其次要感謝的是我的學生們，寫作過程正好是我開始招收碩士研究生的嘗新期，很早就聽說研究生導師經常「剝削」自己學生的陋習存在，學生們寫論著中的某一章節，然後導師將其搖身一變，湊起來變成自己的專著。這種事我不會隨便亂說的。我的論著中的一些章節，的確是跟學生們一起合作完成的，帶著我的研究生

和本科生們確定各自的選題，然後商議研究的視角與方法，確立研究論點，再引導他們去尋找論據來論證這些論點，教他們用第一手的材料去核對出處；他們交來初稿之後，我再一句、一字、一標點地進行修改，最後仍由自己統籌全稿。這樣的合作，於師於生都是大有裨益的，彼此都學習到了很多。這裡要感謝陳科龍、舒坦、徐小雅、吳俊奕、諸舒鵬等研究生以及目前仍是本科生的鄧昱全，後者還負責了許多出處的二次核對，非常辛苦。再次要感謝的是我同事董憲臣。董阿哥不僅要當一歲半的董小姐的奶爸，而且還要完成自己的科研和教學工作，百忙之中還要來幫我修訂全稿的文字舛誤，讓人感動。接下來要感謝的是西南大學和國立屏東教育大學。西南大學為我的科研工作投入了很多的技術支撐和政策扶持，而在屏東教育大學半學期的交換講學經歷讓我能夠暫時地從繁瑣的課業中抽身出來，在館藏豐富的圖書館中完成專著最後的修定工作（所以引注和參考文獻中會出現許多臺版書籍，而這絕對不是裝逼）。最後要感謝的，是臺灣花木蘭文化出版社。出版社負責人不棄陋鄙，以極高的效率助我完成出版專著的心願，在當今學術出版已經陷入莫名驚詫的怪圈中動彈不得之際，他們的工作態度和工作熱忱實在令人敬佩。

這三年中，除了這本書的付梓，我還完成了許多於自己而言很重要的事。我觸摸阿拉斯加的冰川，感受夏威夷的熱風，在大堡礁潛水，在百老滙迷失，夏季繞青海湖騎行，冬日在漠河北極村裸奔，在峇里島烏魯瓦圖斷崖想要縱身一躍，在寮國琅勃拉邦湄公河畔想要過安靜的生活，在洛杉磯好萊塢驚鴻一瞥，在蒙特婁老街區踽踽獨行，在香港和新加坡行色匆匆，在清邁和吳哥窟緩歌慢舞。不停行走在路上，探尋生命的意義，從未把學術當作稻粱謀，這樣的話才不會覺得功利和逼仄。今天，我端坐在南臺灣的小城一隅，思考著下一步我應該行進的方向。學無止境，但決不以苦悶為舟楫。

2013.9.18 國立屏東教育大學五育樓 1109 室